KB191127

김밥천국 가는 날

김밥천국 가는 날

전혜진 소설

래빗홀
RABBIT H@LE

차례

치즈떡볶이

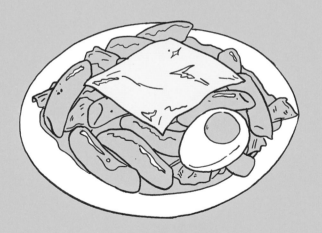

세상에는 그저 희미한 배경처럼 취급되는 사람들이 있다. 경비원이나 택배 기사, 냉장고가 달린 카트를 타고 도로를 누비는 야쿠르트 배달원 같은. 우체국의 집배원이나 가스 검침원, 늘 다니는 집 앞 편의점의 아르바이트 학생도 그렇다. 사람 많고 바쁜 도시에서, 그들은 개개인이 아니라 입고 있는 작업복이나 제복, 들고 있는 수첩이나 업무용 파일에 새겨진 커다란 로고 따위로 기억되곤 한다. 늘 아침저녁으로 마주치던 경비원이나 편의점 아르바이트 학생이 다른 사람으로 바뀌고, 몇 년째 이 구역을 돌던 녹즙 배달원의 구역이 바뀌어도, 대부분은 사람이 바뀌었다는 것조차 깨닫지 못하는 경우가 많다. 설령 알아차리더라도 그 사람의 안부를 궁금해하는 것이 아니라 자신의 눈썰미 좋음에 스스로 뿌듯해하는 게 고작이다. 서운하지만 어쩔 수 없는 일이다. 사람은 너무나 많은데 시간은 다들 부족한 대도시에서는.

은심은 자신도 사실은 그런 사람 중 하나라는 것을 잘 알고 있었다. 눈에 띄지 않게 수수하고 어두운 색으로 차려입고, 손에는 학습지 회사 로고가 박힌 커다란 검정 토트백을 들었을 뿐인 자신은, 사람들에게 '유은심'이라는 사람이 아니라 '학습지 교사' 정도로 인식될 뿐이다. 때로는 한 주에 한 번씩 집으로 찾아가 학습지 진도를 확인하는 아이의 보호자조차도, 집 밖에서 만나면 얼굴조차 알아보지 못하고 지나치는.

"그 학습지라는 거, 혹시 병원으로도 배달이 됩니까?"

그래서 그 '고객님'을 처음 만났을 때, 은심은 가슴이 덜컹 내려앉았다.

다림질된 슈트에 너무 가늘지 않은 금테 안경, 살집이 없고 섬세해 보이는 손에 근처 대학병원의 로고가 새겨진 쇼핑백을 든 채로, 그 산뜻하고 단정한 모습에 어울리지 않는 화학약품 냄새를 풍기던 초로의 남자의, 낮지만 또렷하게 들려오는 목소리 같은 그 존재감 때문에.

*

원래대로라면 사무실에 가는 날은 주간 업무 회의가 있는 화요일과 목요일뿐이지만 새 상품이 나올 때는 다르다. 다음 달한 달 동안은 새로 나온 교재의 집중 판매 기간이니 주말에도상품 안내 교육을 받으러 나오라는 말에, 은심은 자기도 모르게 한숨을 쉬었다. 월요일에서 토요일까지 꼬박 일하고, 일요일에도 상담이 한 건 잡혀 있는데, 정말 쉴 틈이 없다.

"유은심 씨, 요즘 힘든가 봐?"

나직하게 한숨을 쉰 것뿐인데, 팀장이 바로 눈을 부라렸다.

"아닙니다. 괜찮아요."

"은심 씨만 괜찮으면 뭘 해. 그렇게 괜찮으면 신규 고객을 더유치해 오든가."

20년이 넘게, 팀장보다 더 오래 이곳에서 일해온 은심에게 그가 유독 눈을 부라리는 것은, 바로 실적 때문이다. 은심은 시청앞의 고층 아파트 대단지가 예전에 5층짜리 주공아파트 단지였던 시절부터 이곳에서 학습지 교사를 하고 있다. 얼마 전에는자신의 구역인 아파트 단지 입구에서 전단지를 나눠 주다가, 예전에 자신이 유치원생용 한글 학습지부터 초등학교 졸업할 때까지 8년 동안 담당했던 아이가 좋은 대학에 들어갔다는 소식을 듣기도 했다. 한 주에 15분밖에 못 만났던 아이지만, 그래도 아이가 공부에 관심을 갖도록 나름 정성껏 관리를 했었다. 그런 이야기를 들으면 내심 뿌듯해진다. 하지만 뿌듯함은 은심의 실적에는 하등 도움이 되지 않는다. 회사에서 바라는 것은 한번 만난 회원과 오래오래 함께 가거나, 아이를 어떻게 하면 더 잘 가르칠 수 있나 하는 고민보다는, 신규 회원을 한 명이라도 더 유치하는 것이다.

"갑자기 스케줄 조정되어서 비는 시간 생기면, 그때그때 전단지라도 좀 돌리든가. 앉아서 교재만 들여다보면 어쩌자는 거야."

사실 아이를 잘 가르쳐보겠다는 의지는 은심의 수입에도 별 도움이 되지 않는다. 학습지 교사의 급여는 회원들의 교재비에다, 개인 실적과 팀 실적에 따른 요율을 곱해서 결정된다. 아무리 장기 회원이 많아도, 개인 실적인 신규 회원 유치가 부족하면 수입이 줄어드는 것은 물론, 같은 팀 사람들의 월급에도 영향을 끼치는 구조다.

"하지만 팀장님. 그래도 새 교재가 외국어 교재인데, 앞부분이라도 먼저 좀 들여다봐야 하는 것 아닌가요? 설명이라도 해주려면."

"은심 씨, 지금 이 장사 하루이틀 하나."

팀장이 은심을 향해 언성을 높였다.

"애들이 '선생님 선생님' 한다고 진짜 선생이라도 된 줄 알아?

우리는 숙제 검사나 잘하면 돼. 전자펜으로 찍어서 음성 듣고, QR 찍어서 강의 듣는 세상에, 학습지 교사가 뭘 가르친다고."

그런 말을 들을 때마다 은심은 여전히 사방이 깎여나가는 듯한 기분이 들었다. 이런 말을 들을 때마다 그가 거친 사포를 들고 은심의 얼굴이며 손발을 민숭민숭해질 때까지 마구 밀어대는 것 같은 느낌이 들곤 했다. 너는 그저 신규 회원이나 유치하면 그만이라고. 너에게는 얼굴도 이름도 없는 거나 다름없으니, 그렇게 입회시킨 회원의 성적이 오르고 말고는 알 바 아니라고.

"학부모도 학습지 교사한테 큰 기대 안 하니까 제발 실적 걱정이나 해. 잡은 고기에 밥 주는 사람이 어디 있어?"

팀장은 은심 말고도 몇 명에게 더 호통을 친 뒤에야 주간 업무 회의를 마쳤다. 이번 주에 전달할 학습지를 챙겨서 사무실 밖으로 나와보니, 같은 팀에서도 이웃한 구역을 맡은 사람들이 기다리고 있었다.

"점심 뭐 먹을까? 찾아본 거 있어?"

"세상에 만 원 한 장으로 먹을 게 없네."

"요즘은 커피값도 무시를 못 하고."

팀원들이 투덜거렸다. 팀장의 말마따나 학습지 교사가 받는 수수료는 줄었는데, 밥값은 무서운 줄 모르고 올라서 큰일이었다. 점심 한 끼만 남들과 어울려서 먹어도, 돈이 손안에 쥔 얼음 조각처럼 녹아 없어지는 것 같다. 꼭 번듯한 걸 먹어야 하나, 그냥 김밥이나 떡볶이로 대충 때우면 안 되나 생각하면서 은심은 조심스럽게 말했다.

"그러게, 너무 비싸네. 그냥 김밥천국 가서 간단하게 먹을까?"

"아이고, 언니. 우리 오후 8시까지 일해야 하는데."

팀에서 실적이 제일 좋은 경주가 한마디 했다. 그러자 다들 거들었다.

"그래, 그래. 먹는 거라도 잘 먹어야 버티지. 무슨 일 있어?"

"언니, 혹시 다이어트해요?"

다들 호기심 어린 눈으로 쳐다보지만, 은심은 안다. 동료라고 말하고, 서로의 집에 숟가락이 몇 개 있는지도 다 알 만큼 친하다고 말하지만, 정말 관심이 있고 걱정이 되어서 묻는 것은 아니라는 것을. 나쁜 일이 있으면 걱정하는 척하고, 좋은 일이 있으면 부럽다고 말하면서도 살살 비꼬다가, 돌아서서는 마치 연예인의 가십거리를 이야기하듯 떠들어댈 것이다. 누군가가 다이어트를 하거나 새해에는 영어 공부라도 해야겠다고 말하면 응원한다면서도 잔잔한 미소를 지으며 훼방 놓을 것이다. 그리고 결국 실패했다고, 열심히 해도 잘 안 된다고 한탄하는 사람을 주저앉혀놓고, 너도 우리와 똑같지, 우리보다 앞서 나가는 건 용서할 수 없지, 하는 속마음이 드러나는 웃음을 지으며 말할 것이다. 어머나, 어떡해. 그게 참 쉽지 않지. 무던하게 좋은 사람들의 무심한 악의에 걸려들지 않으려고 은심은 얼른 고개를 저었다.

"아니, 만 원 이야기하길래. 만 원 안쪽으로 밥 먹고 커피까지 마시려면 밥은 싼 거 먹어야 하지 않나 해서. 요즘 물가가 좀 무서워야 말이지."

"아이고, 그냥 하는 말이죠. 먹자고 사는 인생인데, 먹는 거라도 든든해야지."

경주가 그렇게 말하며 앞장서자, 다들 고개를 끄덕이며 그 뒤를 따랐다. 약한 모습을 보이면 바로 물어뜯기고 만다. 무슨 급한 일이라도 생겼을 때 평소에 같은 팀 사람들과 잘 어울려놓아야 어떻게든 땜빵이 되다 보니 혼자만 따로 놀 수도 없다. 은심은 속으로 지갑 사정을 걱정하면서도, 적당한 영업용 웃음을 지으며 그 무리에 섞여 걸었다.

누군가가 이야기한, 요즘 SNS에서 화제라더라는 맛집에서 점심을 먹었다. 식당 건물 화장실에서 이를 닦고, 각자의 일터로 출발하기 전 저렴한 테이크아웃 커피숍에 들러 아메리카노를 한 잔씩 주문하고 기다리는데, 메시지가 도착했다.

부고 문자였다.

— 최진수 님께서 금일 오전 숙환으로 별세하셨습니다.
가시는 길 깊은 애도와 명복을 빌어주시기를 삼가 바랍니다.

"……세상에."

"무슨 일이야, 언니. 누가 죽었어?"

경주가 은심의 휴대폰 화면을 흘끔거렸다. 은심이 한숨을 쉬며 휴대폰을 가방에 집어넣었다.

"우리 회원님."

"어떡해, 학부모가 돌아가신 거야?"

"아니…… 본인 상. 요즘 시니어 회원님들도 계시니까……."

은심은 말끝을 흐렸다.

출생률이 떨어지면서 학습지 회사들도 어려워지던 중에, 언제부터인가 성인들이 방문 학습지를 구독하기 시작했다. 회사에서는 그런 새로운 고객층의 유입을 반가워했다. 기존에 있던 학습지를 패키지만 바꾸어서 '시니어 패키지', '샐러던트 패키지' 같은 이름으로 다시 출시하기도 하고, 회사에 자기계발 비용을 신청할 수 있도록 영수증을 끊어주기도 했다. 한편으로 교사들에게는 이에 맞춘 새로운 영업 방식을 안내했다. 젊은 직장인들은 태블릿 피시가 익숙하니 종이 학습지보다 월 회비가 비싼 태블릿 학습지를 권하라거나, 구매력이 있는 시니어들에게는 원래 다 포함되어 있는 것처럼 슬그머니 스마트펜을 끼워 팔라는 식으로.

하지만 회사에서도 이런 경우는 상상하지 못했을 거다. 학습지를 직접 푸는 '회원님'의 본인 상 말이다.

"어쩌다가 돌아가셨대? 사고?"

"……글쎄."

"어떡해, 언니. 팀장이 또 실적 갖고 뭐라고 하면."

경주가 걱정을 한답시고 쓸데없이 말을 보탰다. 조금 전 먹은 게 얹힐 것 같았다. 사람이 죽었다는데, 그것도 내가 알고, 매주 15분씩 얼굴 보던 사람이 죽었다는데, 실적 이야기부터 나오는 게 너무 야박하고 기가 막혀서.

"……회원님이 돌아가셨는데, 팀장이 왜."

"이거야 뭐 불행한 사고고 언니가 어쩔 수 있는 일이 아니지만, 팀장이 언니만 보면 쪼아대잖아. 이유가 뭐가 되었건 해지가 생겼다고 뭐라고 할 게 뻔한데."

경주의 저 툭 튀어나온 입을 손바닥으로 찰싹 때려주고 싶은 것을 꾹 참으며, 은심은 고개를 돌렸다.

"경주 씨, 진짜……."

"1년은 넘었어? 1년 안쪽으로 해지된 거면 실적에 반영되잖아. 아, 언니. 정말 걱정되겠다."

"……지금 사람이 갔는데."

은심도 안다. 경주가 그렇게 나쁜 사람도 아니거니와, 악의를 가지고 저런 소리를 하는 것은 아닐 것이다. 실적이 좀 좋다고 으스대긴 하지만, 기본적으로 사람은 착하다. 다른 사람들 실적도 걱정해주고, 신입이 들어오면 등하굣길 홍보에 데리고 다니면서 노하우를 가르쳐주기도 하고, 같은 팀 사람들이 집에 무슨 일이 생겨서 사무실에 올 시간이 부족하면 배송된 교재를 풀어서 착착 정리해놓거나 홍보물을 챙겨주기도 한다. 하지만……

"오늘 일 끝나고 가봐야겠다."

은심은 경주에게 정색을 하고 싫은 소리를 하려다가, 그냥 못 들은 척 자기 할 말만 했다. 경주는 은심의 코앞으로 얼굴을 불쑥 들이밀며 물었다.

"가보다니, 어딜?"

"장례식장."

"언니, 학습지 선생님이 무슨 문상을 가."

"아는 사람이 죽었는데, 인사는 해야지."

"언니도 참. 학습지 선생이 그런 데 올 거라고 아무도 기대 안 해. 게다가 남자 회원이면, 무슨 이상한 오해나 하지 않으면 다행일걸? 그리고, 요즘 부의금이 얼만데."

은심은 뭐라고 대답해야 하나 싶어 입만 벙긋거렸다. 경주나 다른 사람들이 자기를 걱정해서 하는 말인 것은 알았지만, 솔직하게 화냈다간 그들과 당분간 얼굴 보고 이야기하기도 힘들 만큼 심하게 낯을 붉히고 싸우게 될 것 같았다.

"언닌 너무 사람이 착해서 탈이야."

마침 그때 누군가가 배우의 열애설을 화제로 꺼냈다. 사람들은 조금 전까지 누군가의 죽음에 대해 이야기하던 것을 금세 잊고, 그 배우가 어떤 영화에 나왔고, 상대는 누구고, 누가 아까운지에 대한 이야기를 너도나도 한마디씩 보탰다. 은심은 어쩌면 조금 전의 말도, 연예인의 가십거리를 이야기하듯 되는대로 내뱉은 소리일지도 모른다고 생각했다. 심각하지도 진지하지도 않고, 상대가 반응할 거라고 생각하지도 않고, 동물원의 울타리 너머를 바라보며 하는 것 같은 그런 이야기다. 그런 말에 상처받을 이유도, 굳이 진지하게 대꾸하느라 싸울 이유도 없다. 은심은 조금 분위기를 보다가, 주문한 커피가 나오자마자 먼저 자리에서 일어났다. 학습지가 가득 담긴 토트백이 유난히 버겁게 느껴졌다.

*

인천에서 가장 큰 규모였던 구월주공아파트 자리에 재건축한 아파트 단지는 30층이 넘는 고층 아파트인 데다, 구월2동의 절반 가까이를 차지할 만큼 단지 면적도 넓었다. 은심은 이 아파트 단지를 같은 팀원 세 명과 함께 맡고 있었지만, 하루에도 몇만 보 걷는 것은 기본이었다. 굽이 낮은 신발을 신어도 허리가 아프고, 종아리와 발목은 매일 퉁퉁 부었다.

한 집 평균 15분, 다시 다음 집으로 이동하는 동안, 은심은 부지런히 휴대폰 메시지들을 확인한다. '선생님, 오늘 학교에서 늦게 끝났어요', '선생님, 오늘은 우리 애가 감기라서', '선생님, 오늘 수업 좀 당길 수 있을까요?' 학부모들이나 학생들이 일정이나 귀가 시간이 변경되었다고 메시지를 보내는 것에 맞춰, 은심은 엘리베이터를 타고 오르내리는 그 짧은 시간 동안 테트리스 빈칸을 채워 넣듯 계속 바뀌는 학습지 수업 일정을 이리저리 쪼개 넣으며 시간을 조정한다. 그렇게 정신없이 연달아 수십명을 만나고 나면 토트백은 가벼워지고, 해는 이미 저물어 있다. 은심은 아파트 단지 남문으로 천천히 걸어 나와, 단지 앞 상가에서 화장실부터 다녀왔다. 아무래도 수업하러 가서 화장실까지 쓰는 것은 학부모들이 싫어하다 보니, 오후 2시에서 8시까지, 하루 여섯 시간 동안 그저 꾹 참는 게 예사다.

"후우……."

다른 사람들도 슬슬 수업이 끝났는지, 저녁을 집에서 먹을 거냐, 먹고 들어가자, 휴대폰 잠금화면에 그런 메시지들이 떠 있었다. 은심은 확인 표시가 뜨지 않도록, 일부러 메신저 앱을 켜지 않고 휴대폰을 가방에 넣었다. 그리고 단지를 나서다가 잠시 걸음을 멈추고, 남문 앞 상가들을 올려다보았다. 상가들이 줄지어 늘어선 비탈 위로 종합병원과, 그 옆에 별도 건물로 서 있는 종합병원 부설 장례식장의 윤곽이 보였다.

그 '회원님'과 처음 만난 것도 여기, 아파트 남문 옆이었다.

수업이 많지 않은 토요일 오후였다. 은심은 남문 옆 길가에 작은 이동식 테이블을 설치해서 전단지를 쌓아놓고, 공기 펌프로 계속 풍선을 불어 지나가는 아이들에게 나누어주고 있었다. 팀장이 늘 아이들 가르치는 일보다 더 중요하다고 강조하는, 학습지 판촉 행사였다.

　평소에는 늘 수수하고 눈에 띄지 않는 차림새를 하고 있지만, 학습지 판촉 행사를 할 때는 요란한 장식이 달린 모자나 장난감 선글라스 따위를 쓰고, 아파트 단지나 학교 근처에서 사탕이나 싸구려 장난감으로 아이들을 유혹하곤 한다. 처음에는 그런 피에로 같은 제 모습이 창피해 쥐구멍에라도 들어가고 싶었지만 곧 익숙해졌다. 전단지를 돌리다가 가르치는 아이들을 마주치면, 아이들은 '학습지 선생님'의 평소와 다른 모습에 즐거워하며 같은 반이나 학원 친구들을 끌고 와서 사탕과 장난감을 잔뜩 얻어 가곤 했다. 그리고 운이 좋으면 이런 일들은 상담과 신규 계약으로 이어졌다.

　학부모에게는 학습지 전단과 함께, 아이가 몇 살인지, 몇 학년인지, 어느 유치원을 나왔는지를 물었다. "3학년이면 아무개를 아세요? 걔도 저희 회원이에요. 지금은 벌써 4학년 2학기 과정을 하고 있어요. 요즘은 대치동까지 안 가더라도, 다들 선행을 하니까요. 연산은 기본이고 필수죠." 그런 말들을 마치 대형 쇼핑몰 같은 데 있는 안내 로봇처럼 영혼 없이 떠들어대다가, 잠시 한숨 돌리고 있을 때였다.

"그 학습지라는 거, 혹시 병원으로도 배달이 됩니까?"

은심은 고개를 들었다. 그냥 보기에도 지적인 신사라는 느낌이 드는, 옷차림은 물론 목소리며 서 있는 모습까지 단정한 남자가 은심을 바라보고 있었다. 예민하고 매사에 꼼꼼할 것 같은 인상이었지만, 표정은 차분했다. 은심은 문득 자신의 피에로 같은 모습이 우스꽝스럽게 느껴져 얼굴이 벌겋게 달아올랐다.

"아…… 요 앞에 종합병원 말씀이시죠?"

"그렇습니다."

"병원에 입원한 상태에서도 학습지를 풀 수 있느냐는 말씀이신 거죠?"

"예, 뭐. 대부분은 제 사무실에서 받아보겠지만. 주기적으로 병원에 좀 누워 있어야 하다 보니, 가급적 병원에서도 할 수 있었으면 해서요."

"선생님이 직접 하시는 거군요. 가능합니다. 요즘은 시니어분들도 많이 시작하고 계세요."

그러니까 병원에 입원한 아이에게 학습지를 시키겠다는 무지막지한 이야기는 아니었다. 어른이 학습지를 푸는 것도 딱히 이상한 일은 아니었다. 어르신들은 수학 문제를 풀거나 외국어를 공부하면 치매 예방에 도움이 된다며, 젊은 직장인들은 자기계발과 힐링을 위해 학습지를 시작한다. 힐링이라니. 어린이들이 들으면 이해 못 할 이야기였지만, 성인 회원들 말로는 다들 직장 상사에게 꾸지람을 들으며 과로와 박봉에 시달리다 보니, 어릴 때 풀던 학습지에서 향수를 느끼기도 하고, 숙제만 잘해 가도 학습지 선생님에게 칭찬받는 게 좋다고도 했다.

이 사람은 어느 쪽일까. 칭찬에 굶주려서 학습지를 시작하는 사람들보다는 연배가 높았지만, 치매 예방을 위해 학습지를 시작하는 어르신들보다는 젊었다.

"그런데 사무실은 어느 쪽이세요? 사무실이 여기서 너무 멀면 해당 구역하고도 의논을 해야 해서요."

"길 건너 반대편, 시청 쪽입니다. 여기예요."

남자는 명함을 건넸다. 오가며 본 적이 있는 세무회계 사무실의 이름과 함께, '최진수'라는 이름 석 자가 적혀 있었다.

"저희 학습지 사무실에서 멀지 않네요. 문제없습니다."

은심은 반가운 마음으로 대답했다. 주로 담당하는 구역에서 조금 벗어나긴 했지만 어차피 같은 사무실에서 관리하는 구역이다. 이럴 때는 먼저 계약하는 사람이 임자다.

"그러면 언제부터 시작하시겠어요?"

"일단 이번 주는 사무실에서 봬어도 될 것 같고, 중간중간 병원에 입원하게 될 텐데, 그때는 먼저 연락을 드릴 테니까 병원으로 가져다주시면 좋겠습니다. 시간은 선생님이 편하신 때로 하고요."

"그러면 우선 내일 1시 반쯤 괜찮으실까요? 그때 레벨 테스트도 하고요."

하지만 이 사람은 왜 학습지를 하겠다는 걸까. 의사도 아닌데 병원에서 학습지를 받아야 할 수도 있다는 걸 보면 중간중간 입원해야 하는 사람인 모양인데, 일본어 학습지 같은 것을 하기보다는 마음 편히 쉬어야 하는 게 아닐까. 묻고 싶었지만, 은심은 애써 입을 다물었다. 왜 학습지를 하고 싶은지, 그런 것은 사실 중요하지 않다. 토요일 오후 내내 판촉 행사를 해도 계약은커녕 문의도 안 들어왔는데, 지금은 묻지도 따지지도 않고 붙잡아야 하는 게 맞다.

하지만 웃으며 응대하면서도, 은심은 한순간 뱃속을 날카로운 손톱으로 긁어내는 듯한 통증을 느꼈다. 실체가 없는, 마음속 한구석이 긁혀 나가는 듯한 감각이었다.

다음 날, 본격적으로 일을 시작하기 전에 먼저 최진수 세무사가 준 명함을 들고 사무실로 찾아갔다. 그는 직원들이 흘끔흘끔 쳐다보는 것도 개의치 않고 구석에 놓인 회의 테이블에서 태연히 학습지 레벨 테스트를 치렀다.

"잘하시네요. 바로 중간 과정부터 시작하셔도 되겠어요. 예전에 일본어를 배우신 적 있죠?"

"고등학교 때 배웠습니다."

"사실 일본에서도 한자를 많이 쓰니까 웬만하면 한자 프로그램도 같이 하시라고 권해드리는데, 회원님 세대 때는 학교에서 많이 배우셨으니까 그것까진 안 해도 될 것 같고요. 한자가 같아도 읽는 방법이 다르니까, 그건 따로 요약집이 나올 거예요."

"좋군요."

"그리고…… 혹시 일본어를 배우시려는 목표가 있을까요?"

목표가 있느냐는 말에, 최 세무사는 의아한 표정으로 은심을 바라보았다.

"보통 일본어 시작하시는 직장인 분들은 여행 갔을 때 현지에서 메뉴판을 읽고 자신 있게 음식을 주문하고 싶다거나, 자막 없이 애니메이션을 보고 싶다거나, 자격증을 따고 싶다거나, 그런 말씀을 많이 하시더라고요. 저희도 부교재들이 있으니까, 회원님의 목표에 맞춰서 준비해드리려고요."

은심의 설명에 최 세무사는 나직하게 소리 내어 웃었다. 그러다가 혼잣말처럼 중얼거렸다.

"……그냥 하는 거예요, 그냥. 좋아서."

"공부를 좋아하시나 봐요."

"그냥, 죽을 때까지 하는 게 아닌가 가끔 생각해요. 뭐라도 새로운 걸 배우는 것은."

흔하디흔한 말인데, 문득 그 말에 얼굴이 홧홧하게 달아올랐다. 교과서에나 나올 것 같은 말이었지만, 그 말은 폼을 잡는 것도, 누구에게 교훈을 주려고 하는 말도 아니었다. 듣자마자 알 수 있었다. 그냥 그 사람에게는 너무나 당연한 삶의 방식이어서, 별생각 없이 중얼거린 말이라는 것을. 문득 부끄러웠다. 학습지 교사일 뿐이라고 해도 누군가를 가르치면서 살았지만, 한 번도 공부라는 것에 대해 진심으로 그런 식으로 생각해본 적은 없었다. 은심은 달아오른 얼굴을 감추려 고개를 깊이 숙였다. 그 어쩔 줄 몰라 하는 얼굴을 들키지 않도록.

두 번째 수업에서 '세무사님'이라 부르자, 최 세무사는 여위고 섬세해 깐깐하게 보이는 얼굴에 아주 질색하는 듯한 표정을 드러내며 은심을 쳐다보았다.

"종합소득세 신고하러 오셨습니까?"

"……수업하러 왔죠."

"보통 학생들에게는 뭐라고 부르십니까?"

"학생들은 이름 부르고, 성인 회원들은 '회원님'이나 '선생님'이라고 하죠."

"학습지 검사받는 동안에는 학생이니까, 그냥 최진수 씨라고 부르십시오."

"그건 아니죠!"

은심이 정색을 하고 손을 내저었다.

"아무개 씨라고 부르는 거, 하대하는 것 아닙니다."

26

"저보다 연세 많으시잖아요! 자기보다 연세 많은 분을 어떻게 그렇게 불러요!"

최 세무사는 떨떠름한 표정을 지었지만, 은심도 이것 하나는 양보할 수 없었다. 결국 진수는 은심이 자신을 뭐라고 부르든 '세무사님'만 아니면 내버려두었다.

그 뒤로 몇 주 동안 최 세무사는 은심이 올 때마다 한 주에 받을 수 있는 최대한의 학습지를 받아놓고, 다음 주에 만날 때까지 밀리지 않고 풀어놓았다.

"최 선생님도 바쁘실 텐데, 이걸 어떻게 하나도 안 밀리고 다 하셨네요."

"원래 공부는 남의 돈으로 할 때나 딴짓할 생각이 들지, 자기 돈으로 하면 아까워서 딴짓도 못 하는 겁니다."

보통은 자기 돈으로 공부를 해도, 헬스장이나 수영장에 등록해도 밥 먹듯이 빼먹는 경우가 부지기수지만, 이 성실한 사람에게는 상상도 할 수 없는 일인 듯했다. 배달 학습지 교사와 마주하는 시간은 고작 한 주에 15분이었지만, 최 세무사는 테트리스 게임에서 빈틈없이 칸을 채우듯이 자신의 바쁜 일정 속에서도 자투리 시간에는 학습지를 풀며 성실하게 공부했다.

"그런데 입원이라니, 어디 편찮으세요?"

"주기적으로 항암을 해야 한다더군요."

은심은 깜짝 놀랐다. 암에 걸린 사람이 쉬지는 않고, 일을 계속하면서 학습지까지 새로 시작했다니. 쉬어야 한다고, 몸을 챙겨야 한다고 말하려 했다. 하지만 최 세무사의 표정을 보니 무슨 말을 할 수가 없었다. 자신이 선택한 일들에서 요만큼도 물러설 생각이 없다는 듯한 고집스러운 표정을 하고 있는 사람인데, 은심이 무슨 깜냥으로 이래라저래라 말할 수 있을까.

"……옛날에는 암이 무서운 병이었지만, 요즘은 깨끗하게 낫는 분들도 많으니까요. 잘되시길 바랄게요."

조심스럽게 말했다. 그는 별 대답 없이 그날의 학습지를 받아 챙기고, 그 전 주에 받았던 학습지에서 표시해둔 것을 물어보았다. 그게 다였다. 교류한다거나 교감한다거나 이해한다거나 하는 말 같은 것은 애초에 들어설 틈이 없는, 학습지 교사와 회원님의 관계.

하지만 암에 걸렸으면서도 늘 단정하고, 학습지 한 장 밀리는 법이 없는 그 성실한 모습을 볼 때마다 은심은 좀 더 열심히 살아야겠다는 생각을 하곤 했다. 팀장은 부질없는 짓이라고 말했지만, 회사 사무실에서, 혹은 하루 일을 마치고 집에 돌아가서, 자신이 배달하는 학습지를 조금이라도 더 들여다보고 어떻게 가르쳐야 하나 생각했다. 항암 치료를 계속하면서도 학습지를 밀리지 않는 사람의 질문에 '나도 잘 모르겠다'는 식의 성의 없는 대답을 돌려줄 수는 없었다.

"……솔직하게 말하면 배달 학습지 선생은 가르치는 사람은 아니긴 해요."

그리고 스승의날이 가까워오던 5월 중순 무렵, 은심은 최 세무사가 스승의날 선물이라며 내미는 쿠키 세트를 내려놓으며 쓴웃음을 지었다.

"학습지를 가져다드리고 진도를 체크하고, 숙제 검사를 하는 사람이죠. 저도 알아요."

수학에 영어, 일본어나 중국어 학습지 같은 것을 취급하고는 있지만, 고등학교 과정의 수학 문제를 척척 풀거나, 외국어로 된 글을 읽고 술술 해석할 수 있는 것도 아니다. 그럼에도 불구하고 학생이 질문을 했을 때 대답할 수 있을 만큼은 계속 공부를 하고 있었지만, 스승의날 선물을 떳떳하게 받을 수 있을 만큼 뭔가를 가르친 것은 아니라고 생각했다.

"……하지만 공부해오시잖습니까."

"예?"

"학습지 교사가 원래 어떤 일을 하는지는 나도 압니다. 그래도 선생님은 제 질문에 답하려고 공부를 하고 오시죠. 와서도 어떻게든 찾아서 알려주려고 하시고."

최 세무사가 은심을 똑바로 바라보았다.

"……다음 주에는 입원을 할 예정이니 병원에서 뵙시다."

언제부터인가 거울 앞에 서면 등을 똑바로 펴려고 노력하기 시작했다. 교재가 가득 담긴 토트백을 메고 다니느라 휘어진 어깨를 펴기 위해 스트레칭을 시작했다. 그래야 할 것 같았다. 사무실과 병원을 오가면서도 여전히 학습지를 밀리는 법이 없는 최 세무사에게 선생님 소리를 듣고도 얼굴이 벌게지지 않으려면, 적어도 어제보다는 무엇 하나라도 더 나아지는 사람이 되어야 할 것 같았다.

"좀 쉬셔야 하는 게 아닐까요, 선생님."

"병원에 누워 있어봤자, 지루하기만 합니다."

학습지를 가져가서 숙제를 확인하고, 다음 레벨로 넘어가기 위한 쪽지 시험을 채점하다가, 은심은 문득 최 세무사의, 펜을 잡아 생긴 굳은살이 남아 있는 마르고 단단해 보이는 손가락을 쳐다보았다. 항암을 할 때마다 살이 빠지는 것이 눈에 보일 정도였다. 특히 손은 점점 뼈만 남을 듯했다.

"누워서 쉬셔야죠. TV라도 보시고⋯⋯."

"병실에 누워 있으면 그런 생각이 듭니다. 내 목숨이 얼마나 남았을까. 생각해보면 우리가 살면서 자꾸 잊어버려서 그렇지, 영원히 사는 사람은 없어요. 내가 지금 암에 안 걸렸다고 쳐도 남은 날은 길어야 20년쯤 될까. 그렇게 생각하면 참 절박하고 시간이 아까운데, 그럴 때 누군가가 틀어놓은 TV에서 영양가 없는 이야기들이 쏟아지면, 내가 병실에 갇혀서 이렇게 이 얼마 안 남았는지 모를 시간을 흘려버려야 하나 싶어서 고문당하는 것 같아요. 10년 전 드라마, 말 같지도 않은 종편 뉴스, 쇼 닥터들이 영양제 파는 건강 프로그램. 그따위 것에 신경을 쓰고 싶지 않습니다. 그냥 학습지라도 펼쳐놓고, 익숙하지 않은 말들을 베껴 쓰는 쪽이……"

말을 하다 말고 최 세무사가 얼른 입을 다물었다. 그리고 눈을 들어 주위를 살펴보았다. 파티션 너머 직원들을 둘러보다가, 그는 목소리 톤을 낮추며 다시 말했다.

"다른 사람들도 다들 아프고 힘드니까 TV에서 재미있는 것이라도 보면서 좀 기분 전환을 하면 좋을 겁니다. 그 사람들에게 싫은 소리를 하거나 괜히 TV 채널을 돌리면서 흥을 깰 생각도 없어요. 다만, 나라는 사람은 그러고 싶지 않은 겁니다. 뭐라도 한 가지라도, 집중하고 싶어요. 그게 답니다."

변명하듯 덧붙이는 말에서 당혹스러움이 전해져왔다. 자신의 취향은 그렇지만, 사무실 직원들이나 이 말을 듣는 학습지 교사의 생각은 다를 수도 있다는 데 생각이 미친 모양이었다.

"저도 그럴 때가 있어요. 제가 보는 것도 아니고, 지하철에서 옆자리에 앉은 사람이 유튜브 쇼츠 같은 걸 끝없이 보고 있는데 제가 막 답답해지는 것이."

은심은 최 세무사가 세심한 사람이라고 생각했다. 섬세하고 자기 취향이 확고하다 못해 깐깐한 구석이 있고, 자기 자신에게 엄격하다 못해 아픈 사람이 누워서 편히 쉬지도 못하지만, 그래도 주변 사람들에게 구석구석 신경을 쓰는 그런 사람. 본인 인생이야 피곤하겠으나, 최 세무사는 아마도 상냥한 사람일 것이다. 아마도 아는 사람들뿐 아니라, 자신에게 그다지 중요하지 않을 사람에게도 할 수 있는 한 마음을 쓰는.

"저도 드라마는 잘 안 봐요. 그래서 같이 일하는 사람들이 이야기할 때, 그냥 그렇구나, 재미있었겠다 하고 맞장구만 성의 없이 치고 있어요."

수업이 없는 날, 시청 옆에 있는 중앙도서관에 들렀다가 우연히 최 세무사와 마주친 적이 있었다. 사실 집 근처라면 모를까, 뜬금없는 데서 마주치면 어지간히 오래 가르친 아이의 보호자라 해도 은심을 못 알아보는 경우가 많았는데, 최 세무사는 바로 알은체를 하고 다가와 인사를 했다.

"선생님은 눈썰미가 좋으신가 봐요. 보통은 학습지 선생님 얼굴, 잘 못 알아보는데."

"사람을 매주 보는데 어떻게 못 알아봅니까."

"사실은 학습지 선생님한테 관심이 별로 없거든요. 우린 약간, 배경 같은 사람들이에요. 매주 아이들 진도 확인하러 가면서 학부모님들을 뵙고, 또 학부모님들도 음료나 간식 같은 것을 늘 대접해주시지만, 막상 제가 아파트 단지 입구에서 판촉 행사 같은 걸 하고 있을 때는 못 알아보는 일이 많아요. 1년 넘게 가르쳐도요."

"……선생님이 창피해하실까 봐 못 알아보는 척하는 거겠지요."

"그러면 좋을 텐데, 정말로 못 알아봐요. 그래도 저는 고객님이니까 먼저 알은체하고 인사를 하는데, 깜짝 놀라서 당황하는 분들이 꽤 많아서 이것도 어떻게 해야 하나 고민이 되더라고요."

"놀란다고요?"

"예, 마치 떡볶이를 먹다가…… 떡 말고, 대파의 흰 부분 있잖아요? 양념으로 범벅이 된 그 대파의 흰 줄기를 씹은 것 같은 표정을 딱 지어요. 그러니까 너는 배경인데 왜 여기서 갑자기 튀어나오느냐, 그런 표정요."

그때 최 세무사의 표표한 얼굴에 한순간 뭐라 형언할 수 없는 표정이 떠올랐다.

그 표정만으로도 알 수 있었다. 이 사람은 정말 좋은 사람이라고. 병에 걸렸지만, 병으로 무너지진 않았으면 좋겠다고 생각했다. 요즘은 암에 걸려도 재발하지 않고 잘 사는 사람들도 많이 있으니, 어떻게든 버텨주었으면 좋겠다고 생각했다.

이번에는 유난히 입원이 길어진다고 생각했다. 처음에는 로비까지 내려와서 학습지를 받고, 짧게나마 수업 점검을 하고 이야기를 나누다 올라갔지만, 점점 그 시간이 짧아졌다. 최근 2, 3주

동안은 직접 내려갈 수 없으니 봉투에 병실 호수와 이름을 적어 안내 데스크에 맡겨달라고 메시지가 왔다. 면역력이 많이 떨어져서 그런가 보다 했다.

— 교재가 어려운 건 아니라고 생각했는데 혼자 하니 쉽지 않습니다. 선생님 설명이 좋았던 것 같습니다.

최 세무사에게서 문자가 왔을 때에도, 어쩌면 이 사람은 몸이 아픈데도 뭔가 배우려는 것을 멈추지 않는 걸까, 그렇게만 생각했다. 설명을 잘한다는 칭찬이 기꺼우면서도 부끄러웠다. 사실은 일본어도 중국어도, 교재에 나오는 말 정도를 읽고 쓰는 게 고작이니까. 더 잘하고 싶어서 혼자 노력한 것만은 사실이다. 최 세무사에게는 썩 만족스럽진 못하겠지만, 조금 더 진도를 나가면 뻔히 바닥이 드러나고 말 테지만. 그래도 조금은 칭찬받은 것 같아서 기뻤다.

— 다 나으시면 뭐 하고 싶으세요?
— 만약 암이 낫는다면, 방통대에 한 번 더 다닐까 합니다.
— 여기서 공부를 더 하신다고요?
— 시청 앞에 방송통신대학교 지부가 있지요. 마흔 살이 좀 넘었을 때부터 매년 조금씩 수업을 들어 두 번 졸업했습니다. 요즘 학습

지를 하다 보니 재미있어서, 만에 하나 완치가 되면 일본학과에 다녀볼까 하는 생각도 하고 있어요.

문자 메시지를 들여다보다, '이 사람 아직 쌩쌩하구나' 하는 생각이 들어서 웃음을 터뜨렸다. 정말 어처구니가 없을 정도로 공부를 좋아하는 사람이었다. 다음번에 만나면 그렇게까지 공부를 좋아하게 된 이유가 있는지, 공부를 계속해나가는 비결이 있는지 물어보고 싶었다. 그리고 요즘은 예전처럼 암이 불치병인 시대가 아니니까, 만에 하나라고 생각하지 말고 꼭 나을 거라고 믿으시라고 말하고 싶었다.

그러다가 부고가 왔다.

＊

빈소에 상복을 입고 앉아 있는 이들이 낯이 익었다. 세무사 사무실의 직원들이었다. 안쪽에서 주방 사람들에게 뭔가 이야기하며 바쁘게 움직이는 사람은 분명 사무장이었다. 다른 가족들은 없나 하고 두리번거리는데, 막내 직원이 달려와 은심을 맞았다.

"안녕하세요."

"아…… 안녕하세요."

막내 직원은 역시 은심을 보고 누군가 싶어 갸웃거렸다. 예측할 수 없는 장소에서 마주치면, 회사 로고로만 기억되는 사람의 얼굴 따위는 보이지 않는 게 보통이긴 했다. 머뭇거리며 부의 봉투를 꺼내는데 사무장이 은심을 보고 얼른 달려와 친근하게 인사를 했다.

"학습지 선생님? 맞으시죠? 어떻게 여기까지 와주시고……."

"아, 문자 메시지가 왔어요. 그래서."

"우리 세무사님 휴대폰에 저장된 번호로 전부 보냈더니…… 와주셔서 감사합니다."

괜히 온 걸까, 공연히 폐만 끼치는 건 아닐까 걱정했지만, 알아보고 반겨주는 사람이 있으니 봉투만 전하고 가기도 어색했다. 봉투를 내밀었더니 사무장은 한사코 거절하더니 돌려주었다.

"이건 괜찮아요. 세무사님이 부의 받지 말라고 하셨고요."

"하지만……."

"부의라는 건 원래 남은 사람들을 위한 거잖아요. 근데 우리 세무사님이 가족이 없으셨어요."

처음 듣는 이야기였다.

"결혼을 안 하셨고, 자녀분도 없으시니까. 하마터면 무연고자로 보내드리는 게 아닌가 걱정 많이 했어요. 그래도 누님이 계셔서 장례식은 어찌어찌 조촐하게 할 수 있었는데. 누님하고 사이가 좋으신 건 아니라서."

"아…… 그럼 누님분은."

"지금 안 계셔요. 내일 바로 입관하고 발인할 건데, 그때 다시 오신대요."

"오늘 돌아가셨는데…… 내일요?"

"가족이 없으니까. 삼일장까지 할 필요 없다고 그러시는 거죠. 근데 전 그건 아닌 것 같아요. 낮부터 세무사님 아는 분들 많이 오셨고. 꼭 세무사나 변호사나 그런 분들 아니더라도 학교 다닐 때부터 알던 친구분들도, 이웃분들도 오셨고. 또 선생님도 오셨잖아요."

사무장이 씁쓸하게 웃었다. 장례식을 치러줄 가족도 없었다는 말에, 문득 사무실 사람들이 걱정되었다. 세무사 사무실은 이대로 문을 닫는 건가, 여기다 장부 정리와 세금 신고를 죽 맡겨온 사람들이나, 여기서 일하던 사람들은 어떻게 되는 걸까. 남의 일이지만 걱정이 되어서 어쩔 줄 몰라 하는데, 사무장이 안심시키려는 듯 고개를 끄덕였다.

"우리 세무사님, 아주 철두철미한 분이시잖아요. 이미 작년 연말에 여기서 계속 기장하시던 고객님들께 미리 안내도 다 하셨더라고요. 요 근처에 계신 다른 세무사님과 이어서 일하실 수 있게 미리 다 신청받으셨고, 사무실 정리나 우리 퇴직금이나 그런 것도 친구 변호사님께 미리 부탁해두셨대요."

"아……."

"감사한 일이죠. 세무사님이 제일 힘드셨을 텐데. 정말 무슨 사람이 이렇게 남아 있는 사람에게 그냥 떠맡기고 가는 일 하나가 없으신지……."

다행이에요, 하고 말하려다가, 사람이 세상을 떠났는데 다행이라는 말을 해도 되는 건가 싶어서 고개만 끄덕였다. 갑작스러운 죽음도 아니고, 본인도 어느 정도 여명을 생각하고 있었을 텐데. 직원들 일까지 살뜰하게 챙기고 가셨으니 여기에 기장을 맡겼던 이들에 대해서도 다 손을 쓰고 가셨을 것이다.

"……그렇지 않아도 엊그제 뵈었을 때는, 세무사님 돌아가시면 학습지 중단 신청하고, 선생님 전화번호가 사무실에 있으니까 미안하다고 꼭 전해달라 하셨어요. 학습지 선생님들도 실적제라서, 회원이 1년도 못 채우고 그만두면 실적에 문제 생기는 것 아니냐고……."

"괜찮아요, 그런 건."

은심은 고개를 숙이며 대답했다. 사무장은 은심을 빈소로 안내했다. 신발을 벗고 들어갔더니, 검은 액자 안에 낯익은 얼굴이 보였다. 고집스럽고 쌀쌀맞아 보이는 얼굴이다. 그 사진을 보니 이제야 최 세무사가 세상을 떠난 것이 실감 났다. 절을 두 번 하고 향을 올리려다 보니, 향로 옆에 만두가 담긴 접시가 놓여 있었다.

"저건 친구분이 가져오신 거예요. 우리 세무사님이 만두를 그렇게 좋아하셨는데, 암 때문에 마지막엔 아무것도 못 드시고 가셨다고."

유족 대신 사무장과 직원들과 맞절을 하고 일어났다. 한 주에 15분밖에 못 본, 지금까지 만난 시간을 전부 다 합쳐도 24시간이 안 될 것 같은 사람이었지만, 그래도 잘 가시라고 향이라도 올릴 수 있어서 다행이었다. 사무장은 저녁을 먹고 가시라 했지만, 빈소 자체도 작다 보니 자리는 얼마 없는데, 의외로 조문객은 많았다. 적당히 사양하고 나오는데 엘리베이터에서 최 세무사와 비슷한 연배의 남자 몇 명이 내렸다. 황망하고 비통한 얼굴로.

가족이 없는데도, 장례 날짜도 하루 단축했는데도, 이만큼 사람들이 찾아오는 것만으로도 이 사람이 어떤 사람인지, 어떻게 살아왔는지 짐작할 수 있을 것 같았다. 은심은 사무실도, 병원도 아닌 곳에서 자신과 마주치고도, 떡볶이를 먹다가 대파를 씹은 듯한 표정을 짓지 않던 그 사람이 자꾸만 그리워질 것 같았다.

*

종합병원 장례식장 밖으로 나오니 아파트 단지 남문이 바로 내려다보였다. 은심이 최 세무사를 처음 만났던 곳도 저 남문 입구 쪽 모퉁이였다. 은심은 씁쓸한 얼굴로 단지로 이어지는 골목길을 내려다보았다. 최 세무사는 몇 번이나 이 길을 오가면서 자신의 죽음을 생각했을까. 어쩌면 처음부터 그리 긴 시간을 기대하진 않았을지도 모른다.

그런 사람이 왜 하필, 하고 많은 것 중에서도 학습지였을까. 아무리 공부는 죽을 때까지 하는 거라고 본인 입으로 말했다지만, 대체 이런 학습지 따위로 무엇을 쌓고 무엇을 남기고 싶어서.

은심은 장례식장을 한번 올려다보고, 방향을 틀어 큰길 쪽으로 나왔다. 횡단보도를 건너 시청 앞 광장을 가로질러 지하철역 방향으로 걷다가 문득 걸음을 멈추었다. 저녁을 안 먹어서인지, 마음이 헛헛해서인지 몰라도 자꾸만 떡볶이 생각이 났다.

중고등학교 다닐 때, 학교 끝나고 나면 다들 떡볶잇집을, 참새가 방앗간 앞을 그냥 못 지나가듯이 한 번씩 들렀다 나오곤 했다. 요만한 종이컵에 담긴 컵볶이며, 설거지 수고를 줄이려고 비닐을 씌워놓은 접시에 담긴 밀가루떡볶이, 시장에서 팔던 매콤한 쌀떡볶이까지. 떡과 어묵을 썰어 넣고 고추장 양념으로 매콤하게 볶아낸 이 떡볶이의 맛이야말로, 지금 중학생들부터 은심 또래인 중년까지, 한국 여자들에게는 영혼에 새겨진 것 같은 추억의 맛이다. 미국에 《영혼을 위한 닭고기 수프》라는 베스트셀러가 있었듯 한국에서 한때 떡볶이에 대한 에세이들이 줄줄이 나왔던 것도 그런 이유 때문이었을 것이다.

'나는 특별하다', '특별해져야 한다'는 이야기들이 유행하면서, 언제부터인가 떡볶이가 하나를 먹어도 평범한 것은 안 된다는 듯이 너도나도 새로운 것을 추구하기 시작했다. 누군가는 카레를 넣고, 누군가는 마라를 넣었다. 불닭볶음면처럼 맵고 화끈해 속이 쓰릴 정도로 강렬한 떡볶이가 나왔다. 떡 모양도 가느다란 가래떡을 손가락 길이로 썰거나, 굵은 가래떡을 납작하게 썰어 놓은 것뿐 아니라 새로운 모양이 나왔고, 어묵과 라면이나 쫄면 정도가 아니라 떡볶이에 별별 옵션을 다 추가하여 먹을 수 있는 세상이 되었다. 그렇게 여기저기 떡볶이 전문점이 생기고 온갖 떡볶이들이 다 나오면서, 정작 옛날에 먹던 형태의 떡볶이는 점점 밀려나 찾아보기 어렵게 되었다.

오래된 전통시장 분식집이나, 김밥천국을 제외하면.

"떡볶이 하나 주세요."

김밥천국의 문을 열고 들어가 앉자, 잠시 후 매콤한 국물이 자작하게 잡히고, 손가락 두 마디만 한 떡볶이가 접시에 가득 담긴 옛날 떡볶이가 나왔다. 떡볶이의 주인공은 떡일 것 같지만, 제일 먼저 손이 가는 것은 역시 떡볶이 국물을 한껏 머금은 납작한 어묵이다. 여기에 떡볶이 전문점에서는 기본 옵션이 아니지만, 쫄면이나 다른 국수에 삶은 계란 반쪽을 얹어 내는 김밥천국이나 분식집의 떡볶이에는 계란 반쪽이 함께 올라가기도 한다. 쪼개진 계란 노른자를 떡볶이 국물에 휘저어 숟가락으로 떠먹으면 그 맛이 또 훌륭해서, 가끔 편의점에서 전자레인지로 조리하는 떡볶이를 구입할 때에도 꼭 삶은 계란을 함께 산다. 은심은 매콤달콤한 향기가 피어오르는 떡볶이를 들여다보다, 우선 어묵을 한 점 집어 먹고, 그다음으로 젓가락으로 떡을 집었다. 떡인 줄 알고 집은 것이 대파의 흰 부분인 것을 보니 자기도 모르게 웃음이 나왔다. 소스에 뒤범벅이 되면 잘 보이지 않지만, 떡으로 착각하고 집어 들고는 짜증을 내는 일도 있지만, 생각해보면 '국물떡볶이'라는 말이 따로 있을 정도로 떡볶이의 맛에는 파를 우려낸 칼칼한 국물 맛이 한 축을 담당한다. 자세히 음미해보지 않으면 느끼기 어렵지만 고추장과 설탕과 조미료의 감칠맛만으로는 낼 수 없는, 결코 빼놓을 수 없는 시원한 맛. 못 알아봐서 미안하구나, 너는 그저 그런 배경이 아니지, 하고 인사라도 하고 싶었다. 문득 최 세무사 생각이 났다. 그 섬세한 사람이라면, 떡볶이에 들어 있는 대파를 좋아하든 싫어하든, 그 존재에 대해서만은 분명히 인식하고 있었을 것 같았다. 떡 대신 대파의 흰 줄기를 씹었다고 깜짝 놀라 호들갑을 떠는 일 따위는 없었을 것이다.

정해진 결말을 향해 달려갈 것을 알면서도, 누군가는 사과나무를 심고, 누군가는 마지막까지 주변을 깨끗하게 정리할 것이다. 최진수라는 사람도 아마 그런 사람이었을 거다. 어떤 쓸모가 있어서가 아니라, 마지막까지 자기 자신으로 남고 싶어서 좋아하는 일을 계속 찾아나갔던, 섬세하고 확고한 사람. 그런 사람은 희미한 배경 속에서도 하고 싶은 일을 찾아내고, 캄캄한 밤하늘에서도 별을 찾아내었을 것 같았다. 어떤 목적이 있어서가 아니라 해도, 그것이 결코 손에 닿지 않는다고 해도.

은심은 창밖을 바라보았다. 평소에는 있는 줄도 몰랐는데, 최 세무사의 말대로 큰길 건너, 시청에서 한 블록 떨어진 곳에 자리한 방송통신대학교 지부 건물이 눈에 들어왔다. 죽음을 목전에 두고도, 암이 다 낫는다면 저기 들어가서 공부하고 싶다고 말했던 사람. 은심은 문득 전기가 온몸을 관통하고 지나간 듯한 느낌을 받았다. 여명이 얼마 남지 않았는데도, 불과 몇 달 뒤에 죽을 거라는 말을 듣고서도 뭔가 새로운 것을 공부할 마음이 드는 게 사람이라면, 그렇게까지는 할 수 없더라도 살아 있는 동안에 뭔가 새로운 것을 시작해볼 수는 있지 않을까.

"……혹시 치즈 추가할 수 있어요?"

"예, 치즈떡볶이로 변경이요."

직원이 주문서에 체크를 하고, 노란 슬라이스 체더치즈 한 장을 가져다주었다. 아직 따뜻한 떡볶이에 치즈를 얹고 뒤적이자 모서리부터 사르르 녹아, 떡볶이 떡의 형태대로 가라앉기 시작했다. 곧 치즈는 드문드문 흔적만을 남기고 사라지겠지만, 그만큼 떡볶이의 국물 맛은 더 진하고 부드러워질 것이다. 은심은 최 세무사가 말했던, 공부란 그냥 죽을 때까지 하는 거라던 그 말을 생각했다. 그 말이 떡볶이 국물에 녹은 치즈처럼 인생에 자연스럽게 녹아들어갈 때까지, 그는 얼마나 오래, 많은 것을 성실하게 쌓아 올렸을까.

그 사람을 만나면서부터, 몇 번이나 마음이 설레었는지 모른다. 저렇게 되고 싶다고, 무엇 한 가지라도 어제보다는 나은 자신이 되고 싶다고. 그건 부질없는 소망으로 그치지 않았다. 자신이 배달하는 외국어 학습지 중 한 과목은 거의 마지막 레벨까지 진도가 나갔고, 등과 어깨가 똑바로 펴지며 전처럼 통증에 시달리는 일도 줄어들었다. 죽음을 앞둔 사람도 새로운 공부를 시작하는 걸 봤는데, 아직 40대 후반이면 무엇을 시작하기에도 그렇게 늦지만은 않았을 것이다. 평범한 떡볶이에 치즈 한 장을 더하듯이. 무언가가 바뀌기를 기대하면서, 당장은 아무것도 바뀌지 않더라도 포기하거나 실망하지 않으면서, 그렇게 계속 무언가를 쌓아가다 보면 쌓아 올린 작은 것들이 파가 되고 치즈가 되어 자신의 인생에 조금은 더 깊은 맛을 더해줄지도 모른다. 그때쯤이 되면 자신도 최진수라는 사람처럼, 인생에 자연스럽게 녹아들어간 무언가를 갖게 될지도 모른다고, 은심은 생각했다.

김

밥

어렸을 때 TV를 틀었다가, 청춘드라마에 많이 나오던 화려한 인상의 배우가 나오는 광고를 본 적이 있었다. 지적인 분위기를 풍기는 아름다운 배우가 자신 있는 표정으로 노트북의 자판을 두드리거나 외국의 도시를 당당히 걷는 모습을 보여주며 "그녀는 프로다, 프로는 아름답다"라고 말하던 패션 브랜드의 광고였다.

교과서에는 '광고'란 무언가를 알리고 홍보하는 것이라고 나와 있었다. 하지만 그 광고를 본 순간 은희는, 광고의 본질은 사람의 가슴을 파고들어 마음을 움직이게 하는 것이라고 생각했다. 광고에 나오는 제품에 호감을 갖거나 구입하게 하는 것부터, 넋을 잃고 광고를 보던 어린아이에게 어른이 되면 이런 광고를 만드는 사람이 되고 싶다는 마음을 불어넣는 것까지 포함해서.

'광고'나 '홍보'라는 말에서 사람들은 꽤 많은 단어를 떠올린

다. 로고, 마케팅, 브랜딩, 이미지 메이킹, 홈페이지와 유튜브, 기업의 SNS 계정들, 커뮤니케이션, 크리에이티브, 카피라이터. 그런 단어 하나하나가 품고 있는 것은 '동경하고 싶은 세계'다. 오카자키 마리의 만화를 원작으로 하는 일본 드라마 〈서플리〉에 나올 것 같은 화려하고 열정적인 세계. 눈부신 빛으로 사람들을 자극하고 매혹시키려는 듯, 매 순간 온 힘을 다해 반짝이는 세계.

물론 드라마와 현실은 다르다. 어쩌면 일반 기업이라면 픽션에서 다소 과장되었을지언정 어느 정도 그런 분위기의 흔적 정도는 남아 있을지도 모르지만, 시청 같은 관공서는 아예 이야기가 다르다. 커뮤니케이션은 커뮤니케이션이로되, 이것은 민원인들에게 우리 시의 정책을 명확하게 전달하거나, 내부 직원들에게 우리가 이렇게 중요한 일을 하고 있다고 새삼 일깨워주어 자긍심을 높이는 데 목적이 있는 게 아니다. 대개 높으신 분들 보시기 좋게 만드는 것을 목표로 하고 있다. 게다가 그 일을 맡은 것은 홍보 전문가가 아니라 공무원이다. 그래도 은희처럼 이쪽 일에 뜻을 두고 공부했던 사람도 가끔은 있었지만, 대부분의 상관들은 자기 사무실에 앉아 있는 직원이 자신보다 홍보에 대해 전문가일지 모른다고 한번 의심해보는 일조차 없었다. 그리고 아무리 연구해서 시정 홍보물의 메시지를 통일감 있게 전달할 수 있도록 톤 앤드 매너를 맞춰놓는다 한들, 새 상관이 오면 그때마다 홍보물의 분위기가 확확 바뀌곤 했다.

그리고 대체로 그들의 감각은 재난에 가까웠다.

"계장님, 이거 어떡해요. 이거 그대로 써요?"

이 주사가 다가와서 속삭였다. 은희도 모니터에 방금 떠오른, 홍보과장이 수정해서 올리라며 잔뜩 고쳐서 보낸 카드뉴스를 들여다보며 한숨을 쉬다가, 남이 들을세라 목소리를 한껏 낮춰 중얼거렸다.

"……어떻게 유행어를 주워 먹어도 이딴 거나 주워 먹나."

"그러게요. 분명히 말 나올 텐데."

"전에 곽 과장님은 지난 세기 유행어를 자꾸 꺼내 오시더니."

"우리 과장님, 맨날 그러시잖아요. 자기는 곽 과장님 같은 '개저씨'랑 달라서 감각이 좀 있다고."

"감각은 무슨……."

홍보라는 것은 트렌드의 첨단에 서야 하는 일인데, 전에 홍보과를 이끌던 곽 과장은 자신이 대학 다니던 시절의 유머를 자꾸 카드뉴스에 넣고 싶어 했다. 과장에게 '코드'를 맞추다 보니, 오늘 컨펌받고 올린 홍보용 카드뉴스에 서울올림픽 무렵의 유행어가 붙어서 올라가는 일이 부지기수였다. 그나마 곽 과장은 자기가 시대에 뒤떨어진 유머를 구사한다는 것 정도는 알고 있었다. '카드뉴스는 젊은 사람들만을 위한 것이 아니다', '이런 한물간 농담이 오히려 시니어들에게는 먹힌다'며 변명을 하기도 했다. 진짜 문제는, 자기가 나름 감각이 뛰어나다고 믿어 의심치 않지만 사실은 전혀 그렇지 않은 쪽이었다. 지금의 홍보과장이 바로 그런 사람이었다. 인터넷 사용과 각종 커뮤니티에 능통하다 보니 2000년대 초반의 농담을 아직도 신선한 줄 알고 쓰면서도 자기가 나름 유행을 선도하는 쪽이라고 착각하는 것까지는 그럴 수도 있지만 요즘 청년 세대의 눈높이에 맞추겠다며 혐오 표현이나 극우 커뮤니티발 유행어를 참신하다고 덥석덥석 들고 오는 것은 재난에 가까웠다. 덕분에 SNS 담당자는 시도 때도 없이 양식 있는 시민들의 항의 전화와, 온라인상의 조리돌림에 시달려야 했다. 당연히 그 자리에 붙어 있으려는 공무원이 있을 리 만무했다.

"……나야말로 휴직계 내고 도망가고 싶구먼."

은희는 창문에 머리를 처박은 채 중얼거렸다.

"올해 과장 바뀌고 벌써 세 번째라니."

질병휴직이 둘이고, 이번에 해당 업무를 맡았던, 계약 연장을 한 지 얼마 지나지도 않은 일반임기제 유아람 주사는 엊그제 사표를 내고 나갔다. 2주 전에 만든, 처음에는 분명 멀쩡했으나 과장과 국장을 거치며 아주 누더기가 된 카드뉴스가 문제였다. 정책에 대해 요점만 간결하게 정리한 원안은 온데간데없이, 쓸모도 없는 멘트들이 잔뜩 들러붙고, 결정적으로 과장의 취향대로 재미도 없고 감동도 없는 한물간 유행어까지 갖다 붙였다.

은희도 이건 아니다 싶어서, 상황을 최대한 순화해가며 '예전에는 그냥저냥 무난한 유행어였겠지만, 요즘 기준으로는 인권 이슈로 문제 제기가 들어올 수 있다'고 말렸지만, 역시 과장은 자기 감각이 맞다며 그냥 밀어붙였다. 그리고 그 대가는 과장도, 저 과장을 말리지 못한 팀장 은희도 아닌 그 아래 직원들이 치러야 했다.

유아람 주사가 끝없이 이어지는 항의 전화를 받다가 마침내 울음을 터뜨린 것도 한두 번이 아니었다. 참고 또 참던 유 주사가, 도저히 더 이상 못 하겠다고 문자만 남기고 아예 출근하지 않은 것이 오늘로 사흘째였다. 어제까지는 책상 위에 쓰던 물건들이라도 남아 있었지만, 오늘 아침에 새벽같이 사무실에 와서는, 은희에게 사직서를 내고 큼직한 마트 장바구니에 책상 위에 있던 개인 짐들을 쓸어 담기 시작했다.

"정말 그만두려는 거야?"

"그게 말이에요, 팀장님. 이거 제 친구가 사 준 거예요. 제가 완전 좋아하는 머그컵인데."

유 주사는 책상에 놓아둔 미피 머그컵을 장바구니에 집어넣으며 중얼거렸다.

"여기 있으면 자꾸 죽고 싶은 거예요. 근데 제일 좋아하는 머그컵이 유품이 되면 이걸 사 준 제 친구는 얼마나 속상하겠어요. 그냥 안 죽고 다른 일 할 거예요, 저는요."

원래는 절차가 많았다. 보고할 것 보고하고, 정산할 것 정산하고, 비밀유지 서약서까지 써야 했다. 여기까지 대충 한 달 걸리는데, 그걸 다 챙기자니 유 주사의 얼굴이 너무 좋지 않았다. 바로 인사계로 데려가 써야 할 서류 다 쓰고, 남은 휴가 며칠인지 확인해서 다 끌어다 붙이고, 최대한 빨리 처리 끝나면 문자로 알려주겠다고 하고는 현관까지 바래다주었다. 주차장 쪽 문을 열고 나가려는데 얼굴에 앳된 기가 남아 있는 유아람 주사가 울먹였다.

"여기 진짜 이상한 데예요. 팀장님 모르시죠?"

"……세상에 안 이상한 회사가 어디 있어."

"젊은 직원들 그만두고 나갈 때마다 다들 그러시죠. 사기업은 여기보다 더 안 좋은 데도 많고, 월급 밀리는 데도 있는데 이런 것도 못 참다니 철이 없다고. 근데요, 여기보다 더 안 좋은 데가 있다고 해서 여기가 멀쩡한 건 아니에요. 이상하고 불합리하고, 사람을 아무런 보람도 없게 만든다고요."

유 주사가 고개를 외로 틀며 중얼거렸다. 은희는 씁쓸한 마음으로 유 주사를 바라보았다. 이상하지, 그거 나도 알지. 그래도 그렇게 대답 못 하는 나도 어쩌면 그런 꼰대들 중 하나가 되어버렸는지도 모르지. 유 주사는 머리를 숙여 인사를 하고, 자기 짐을 품에 안고 시청을 나섰다. 은희는 그 뒷모습을 바라보며, 쓸 만한 위로조차 해주지 못한 것에 미안했다.

도망가는 것도 무리는 아니다. 당연하기까지 하다. 요즘 관공서의 어지간한 부서는, 담당자의 업무와 전화번호는 물론 이름까지 전부 공개되어 있다. 당연하게도, 과장이 쓸데없는 고집을 부리며 카드뉴스에 이상한 밈을 하나씩 끼워 넣을 때마다, 담당 공무원들의 전화에는 불이 났다. 담당 공무원이 스토킹을 당하거나, 인터넷 게시판에 진실 반, 망상 반 정도의 내용으로 신상이 털리는 일도 있었다. 상황이 이쯤 되면 과장에게 문책이 돌아갈 법도 한데, 그게 그렇지 않았다. 과장은 기관장이 특히 아끼는, 소위 '코드가 맞는' 간부였다. 그도 그럴 것이 시장부터가, 얼마 전 무슨 청소년 행사에서 기념사진을 찍다 말고 어디서 봤는지 미소녀 아이돌 가수가 주인공인 애니메이션의 포즈를 따라하는 바람에 인터넷에서 난리가 났었으니까. 물론 과장은 그 상황도 있는 대로 금칠을 해서, 청년들에게 가까이 다가가려는 시장님의 노력을 사람들이 높이 샀다고 말했지만, 현실에서는 뉴스 게시판에 악플이 달리고, 시청 홍보실 전화통에는 불이 났으며, 시장의 얼굴에 그 미소녀 캐릭터의 의상을 합성한 사진이 나돌았다.

"……지난번 개띠 해가 스무 배쯤 나았어."

지난 개띠 해 설날 무렵에는 아무 데나 말끝에 '-개'를 붙이는 게 유행이었다. '건강하세요, 행복하세요' 하는 평범한 인사말 대신 귀여운 강아지 아이콘과 함께 '건강하개, 행복하개' 하고 쓰는 식이었다. 하지만 듣기 좋은 꽃노래도 한두 번이지, 한 두 군데서 그런 시도를 해서 귀엽다는 말을 들으니까 온 세상 홍보실이 다 똑같은 소리만 하는 것이, 시청에서 도서관을 지나 교육청에다 은행과 길 건너 종합병원까지 길을 따라 한 바퀴를 빙 돌다 보면, 도로 이편저편에 걸린 현수막들이 전부 다 '개'판 이었다. 이 광기 어린 '개소리들'은, 이 근처 대학교 국문과 교수 에게서, 아래아한글 기본 여백, 기본 자간에 폰트 크기 10포인 트로 A4용지 열 장을 가득 채운 장문의 민원이 도착한 다음에 야 수그러들었다. 표준국어대사전을 방불케 하는 풍성한 예문 과 함께, 나랏일을 하는 공무원들이 국어를 그렇게 제대로 쓰 지 못하고, '게'가 와야 할 자리에 전부 '개'를 넣는 '개판 5분 전' 의 국어 활용을 보여주는 것은 직무 유기라는 준열한 꾸짖음 이 가득했다. 물론 시청 직원들도 다들 들어올 때 꽤 까다로운 국어 시험을 봤던 사람들이다. 상식적으로 말을 그따위로 쓰는 게 문법적으로 잘못된 데다가, 처음 봤을 때도 딱 사흘만 신선 하고 재미있었지, 그 뒤로는 모두가 식상해했다는 것을 잘 알고 있었다.

하지만 어쩌란 말인가. 기관장이나 부서장이 그런 게 좋다 는데. 적어도 말끝에 '개'를 붙이는 것은 혐오나 차별 발언도 아 니고, 30년 전 유행어도 아니긴 했으니 지금보다는 낫다. 그리 고 백번 양보해서 기관장 취향 독특한 거야 그런가 보다 하겠는데, 부서장 취향 독특한 건 대책도 없다. 게다가 그 부서장이 선출직 기관장의 총애를 받는 인물이면 더욱 그렇다. 은희는 유리창에 두어 번, 이마를 쿵쿵 찧고는 고개를 들었다.

환장하겠다, 정말.

*

"야, 이건 예산의 문제가 아니야. 정성의 문제지."

홍보과장은 아침부터 그럴듯한 개소리만 늘어놓았다.

"이거 좀 봐. 젊은 애들에게 먹히는 거, 한참 유행하는 것들을 끌어다 쓰는 걸 넘어서, 아예 자기가 이슈를 만들고 다니잖아. 어? 이 정도는 해야 한다, 이거야."

오늘 과장이 예시로 든 것은, 평범한 시정 홍보 영상으로 천만 조회수를 찍는다는 공무원 유튜버였다. 따로 영상 제작 부서도 두지 않고 영상편집 프로그램 연간 구독료만 예산으로 지원받아서 혼자 운영하는데도 지자체 공식 유튜브 채널의 구독자가 80만 명이 넘는다며 소리를 높였다.

"얘네는 유튜브로 이 지역 농산물까지 팔잖아! 지난번에도 애호박이 남아돈다고 시청 구내식당에서 애호박전 부쳐서 시장에게 먹이는 영상까지 내보내던데!"

광역시도 아닌 지방 소도시 유튜브를 전국 지자체 중 가장

인기 있는 채널로 만들어냈다는, 공무원의 이야기는 유명했다. 구독자가 50만 명이 넘어가면서부터는 그 유튜브로 시정 홍보는 물론, 중간중간 지역 농축산 쇼핑몰 홍보까지 하고 있다. 그 바람에, 어느 지역에서나 무난하게 잘 자라는 작물이지 특산물로 분류되는 법은 없던 애호박과 쪽파가 갑자기 그 지역 특산물처럼 소문이 나서, 농산물 시장에서 명품 애호박, 명품 쪽파라고 프리미엄이 붙기도 했다. 작은 도농복합시에서 그야말로 한 사람의 부지런한 공무원이 이루어낸 작은 기적이라고 할 만했다.

"돈 한 푼 안 들이고 그런 영상을 만드는 열정, 그런 게 필요하다 이거야. 응?"

하지만 기적이라는 건 원래 '이 정도는 해야 하는' 게 아니라서 기적인 법이다.

"말 한마디에 천 냥 빚도 갚는댔어. 무슨 소리냐, 이런 데다 센스 있게 적재적소에 멘트만 잘 넣어도, 예산 안 들이고도 영상 만드는 거잖아. 무슨 말인지 알겠어?"

예산이 왜 문제가 아닌데. 저런 영상에서 걸치고 나오는 자잘한 소품 사는 것도 하나하나가 다 돈이건만, 제작에 필요한 비용 같은 것도 예산으로 처리하지 못한 채 편집 프로그램만 겨우 지원받는다니. 관공서가 그래서도 안 되고, 그런 게 미담이 되어서도 안 되는 법이지만, 높으신 분들은 그렇게 생각하지 않는다는 게 문제다.

"그러니까 자네들도 돈 달라는 이야기만 하지 말고, 각자의 역량을 강화해서 좀 잘 해봐. 최 팀장, 대학 때 영화 같은 거 만들었다지 않았어? 편집 같은 거 꼭 외주업체 시켜야겠나?"

"일단 인력 문제가 좀 있습니다. 그리고……."

"인력? 야, 그쪽 지자체는 그 사람 혼자 다 한단다. 거기선 되는데, 왜 여기선 못 해? 최 팀장, 당신 그렇게 무능한 사람이야?"

은희는 지그시 입술을 깨물었다. 아무리 봐도 잘나가는 예능 프로그램을 만들어야 할 사람이 어쩌다가 공무원 시험을 봐주신 덕분에 지자체가 그런 아웃풋을 뽑아내고 있는 게 뻔히 보이는데, 그걸 기본값처럼 여기면 어쩌라는 건지.

"여긴 그래도 광역시라고, 혼자 일하는 것도 아니잖아? 밑에 직원까지 두고 일하면서 뭐가 문제야? 그 유튜브 골드 버튼? 그런 것도 좀 받아 오고. 그런 거 하나 시장님실에 딱 갖다 걸면, 얼마나 폼이 나겠어? 좀 열심히 해봐. 이게 뭐야, 이게. 조회수 백 단위 나오는 거 만들고 있지 말고."

"과장님, 이거 좀 전에, 회의 직전에 컨펌받은 영상 같은데요. 올라간 지 30분밖에 안 되었는데……."

"거, 설 팀장은 좀 가만히 있고. 내가 지금 최 팀장한테 이야기하는 거 안 보이나?"

"시정하겠습니다."

과장의 영양가 없는 훈화는 한참을 더 이어졌다. 은희는 끝없이 이어지는 헛소리를 받아 적다가 과장의 어깨 너머로 벽시계를 흘끔 바라보았다. 벌써 45분째였다.

저예산으로 일을 잘하는 것을 귀감으로 삼으라니. 카드뉴스에 들어가는 일러스트나 아이콘 같은 것도 쓸 만한 건 전부 돈인데. 저작권 개념도 없던 시절에나 통했을 물정 모르는 소리를 듣느니 차라리 이 시간에 가서 뭐라도 일을 하는 게 나았지만, 관공서에서는 명령도, 그리고 예산도, 위에서 아래로 내려오는 법이다. 은희는 그냥 한숨만 쉬다 말았다.

"아, 그리고 맛집들 좀 발굴해보자고."

한 시간 넘게 떠들고 일어나려던 과장은, 벌써부터 점심에 뭐 먹을까 생각하는지 입맛을 다시며 말했다.

"팀별로 인천을 대표할 만한 맛집 세 개…… 아니, 다섯 개씩 조사해서, 금요일까지 보고해. 시장님 지시 사항이야."

"맛집 발굴이요?"

"시장님께서 얼마 전에 거기 어디냐, 우리랑 결연 맺은 데. 거기 가셨다가 그 동네 로컬 음식 축제를 보고 감명을 받으신 모양이야. 그러니 우리도 아이템 발굴 좀 해야지. 맛집들 팀별로 다섯 개씩 발굴하고, 전 직원 상대로 숨은 맛집들 공모하고."

과장은 뭐가 그렇게 좋은지 입이 귀에 걸린 채 싱글벙글 웃고 있었다. 모르긴 몰라도 기관장 모시고 엄선한 맛집 투어를 다닐 기대에 벌써부터 입에 침이 고이는 것인지도 모르겠다. 과장이 먼저 일어나자, 남은 세 팀장들이 수군거렸다.

"또 쓸데없는 짓 하고 있네. 시장 부속실에 회식용 맛집 리스트 있는 거 뻔히 알면서 맛집 같은 소리."

"맛집 찾는 김에 팀원들 데리고 회식도 좀 하라고 금일봉 같은 거라도 좀 쥐여주면서 그러면 사기 진작되고 좀 좋아요?"

"금일봉은 무슨, 쥐꼬리도 아니고 바퀴벌레 뒷다리만 한 홍보 예산 깎으려는 거 뻔히 보이는데요. 과장님은 우리 예산 방어는 못 해줄망정."

"그러게 말이야. 우리가 뭘 그렇게 이상한 데 돈 쓰는 것도 아니잖아. 다 필요경비구먼."

"과장이 언제 우리 힘든 일에 신경이나 썼어요? 윗분 심기 보좌하고 충성하는 데나 혈안이 된 사람인데. 그러니 예산도 없는 이 시국에 맛집 같은 소리나 하고 있지."

몇 마디 투덜거리다가, 팀장들은 각자의 파티션 너머로 돌아갔다. 은희도 제 책상에 가 앉아, 화면보호기를 해제하며 한숨을 쉬었다. 예전에 유행하던 '영혼 없는 공무원'이라는 말처럼 정말로 영혼 같은 게 없으면 고민도 괴로움도 없을 텐데. 정권이 바뀔 때마다, 지자체장이 바뀔 때마다, 과장이 바뀔 때마다, 그들의 관심사에 따라 수많은 것들이 뒤집힌다. 어느 지자체는 얼마 전 10년 가까이 시민들에게 사랑받으며 마케팅 교과서에 실려도 될 만큼 훌륭하게 홍보 효과를 내던 지자체 캐릭터를 바꾸었다. 새 시장이 전임자의 성과라는 이유로 해당 캐릭터를 폐기하고 새로운 캐릭터를 만들라고 지시했단다. 당연히 캐릭터의 이미지 구축부터 시작해서 모든 것을 0에서부터 다시 쌓아올려야 하지만, 높으신 분들은 그런 것 따위는 신경 쓰지 않는다. 그저 실적을 내고 있는가, 이 실적이 자신의 업적이 될 수 있는가에만 관심이 있을 뿐. 일개 하급 공무원들이 애정을 기울이고 노력을 쏟아 무언가를 정성껏 만들어낸들, 사실은 파도치는 바닷가에 지어놓은 모래성보다도 허망한 것일지도 모른다.

가슴이 답답해졌다.

*

송 팀장은 "자고로 호남제일문 이북에는 맛집이라는 게 없는 법"이라고 투덜거리면서도, 일단 팀원들에게 의견 수렴은 하는 모양이었다. 설 팀장은, 이왕 이렇게 된 것 자료조사 겸 점심 회식이나 하자며 팀 운영비를 털어 아귀찜을 먹으러 간다는 모양이었다. 은희는 파티션 너머로 몸을 반쯤 일으킨 채 자기 팀을 물끄러미 바라보았다. 든 자리는 몰라도 난 자리는 바로 안다고, 짐이 빠져 휑뎅그렁한 책상이 먼저 눈에 들어왔다.

"옆 팀은 회식한다는데. 우린 어떡할까요?"

그래도 물어나 보자 싶어 말했더니, 다른 팀원들이 한 번씩 쳐다본다. 하고 싶은 말은 많은데 굳이 하지 않겠다는 표정이었다. 은희는 다시 자리에 앉으며 중얼거렸다.

"……새 사람 들어오면 합시다."

새 사람이 들어올지, 들어오면 또 얼마나 버틸지는 모르겠지만. 잠시 후 유아람 주사의 선임인 이 주사가 다가와서 보고했다. 아침 회의를 하는 중에도 무슨 민원 전화가 왔고, 담당자가 퇴사했다고 하자 거짓말하지 말라며 20분이 넘게 욕을 하다가 끊었다고 한다.

"또 그 유행어 때문이야?"

"아뇨, 카드뉴스에 들어간 캐릭터요."

"지난번에도 썼던 건데, 왜."

"아뇨, 여기 캐릭터 손 모양이 자기를 조롱하는 거라고 화를 내던데요."

"그 민원인이 누군데? 유명한 사람이야?"

"그런 거 없어요. 그냥 젊은 남자예요. 요 며칠 그쪽 전화도 꽤 많이 왔어요. 손가락 모양이 이상하다고."

"손가락이 왜. 그냥 엄지랑 검지에 힘 빼고 있으면 자연스럽게 나오는 모양인데."

"요새 거의 스포츠예요. 게임 회사나 편의점, 여자 모델이 찍은 광고들에 이런 손 모양만 보이면 젊은 남자들이 우르르 몰려가서 공격하나 봐요."

"그냥 재미로? 대체 요즘 애들 왜 그래."

"남자 성기가 작다고 조롱하는 거 아니냐고요."

은희는 실소했다.

"누가 제깟 놈들 성기 따위에 관심이 있다고 그래? 유아람 주사 전화는 부재중 설정하고 나한테 돌려. 한동안 사람 안 들어올 테니까, 당분간 고생 좀 하자."

"괜찮으시겠어요?"

"안 괜찮을 건 뭐가 있어. 그 유행어야 내가 생각해도 문제가 있는데. 그래도 손가락 걸고 넘어지는 놈들은 좀 참신하게 웃기네. 밥 먹고 할 일이 그렇게 없나."

이 주사가 은희의 눈치를 살피다가 조심스럽게 물었다.

"……팀장님."

"응?"

"유아람 씨, 정말 사직한 거예요?"

"응."

"……그럴 만했어요."

은희는 고개를 끄덕였다. 그럴 만한 것을, 과장 빼고는 다들 알고 있다. 알면서도 감히 말하지 못한다.

과장은 직원들이 자꾸 휴직을 하거나 그만두거나 전보 신청을 내는 것을, 요즘 젊은 여자애들은 나약해서 고작 민원 전화

따위에 일 못 하겠다고 그런다고 말했다. 민원 전화 하나를 단호하게 못 끊고 질질 끌려다니느라 업무를 못 하는 게 아니냐고 눈치를 주기도 했다. 그는 모른다. 억지 부리는 사람들도 있었지만, 현재의 인권 감수성에 맞지 않는 유행어나 문제적인 표현에 정당하게 항의하는 사람도 많았다. 대부분 과장이 우겨서 집어넣은 한물간 유행어였다. 그런 유행어는 쓰시면 안 된다고 말해봤자 소용이 없다. 아니, 오히려 상황이 악화된다고 해야 옳을 것이다. 미운털만 박히고, 바뀌는 건 아무것도 없으면서 과장에게 찍히기까지 하니까. 한편으로는 제작비도 없이 지자체 유튜브를 운영해서 구독자를 50만 명, 100만 명씩 만드는 인재가 되라고 강조하면서, 다른 한편에서는 그른 것을 그르다 말하지 말라고, 우리 조직은 상명하복 하는 곳이라고 찍어 눌러 견디지 못한 사람들은 하나둘씩 튕겨져 나가곤 한다.

옆구리 터진 김밥처럼, 별 볼 일 없는 조직이야.

옆에서 보면 멀쩡해 보이지, 솜씨 좋은 사람은 줄 맞춰 썰어 놓아도 터진 흔적을 감출 수도 있겠지. 하지만 실상은 여기저기, 열심히 일하고 재주 많은 사람들이 하나둘씩 튀어나가는. 잠시 그런 생각을 하다가, 은희는 또다시 쏟아져 들어오는 항의 전화를 받기 시작했다.

　오늘 한 명이 그만두었으니, 은희네 팀은 사람이 셋밖에 남지 않았다. 민원인들이 점심시간이라고 항의 전화를 안 하는 것도 아니다 보니, 은희네 팀은 거의 대부분 돌아가며 밥을 먹고, 순번대로 사무실에 남아 전화를 받았다. 같은 팀이지만 함께 모여 밥을 먹은 일은 손에 꼽았다. 생각해보니 오늘 사직서를 내고 나간 유 주사와도 회식 한 번 못했다. 은희는 왜 밥 한 끼를 못 먹여서 보냈을까 후회했다.

　사직서 수리되기 전에 점심 먹자고 아람에게 메시지를 보내려다가, 은희는 휴대폰을 내려놓았다. 스트레스를 받다 받다 못해 그만둔 직장이다. 아마 한동안 시청 쪽은 쳐다보기도 싫을 것이다.

　"팀장님, 점심 드셔야죠."

　"오늘 구내식당 메뉴 뭐죠?"

　"순댓국밥요."

　"……나가서 먹고 올게요. 오늘 그거 먹을 기분이 아니라서요."

　"맵고 시원한 거 들고 오세요. 기분 전환 되게요."

　"그래야 할까 봐."

　성의 없이 대답하며 사무실을 나섰다. 번갈아 먹는다고 해도,

점심시간은 어차피 12시부터 13시까지다. 어차피 뭘 먹어도 성에 차지 않을 텐데, 그냥 구내식당에 가는 게 나았을지도 모르지만. 그래도 잠깐이라도 회사 울타리 밖으로 몸을 피하고 싶은 마음뿐이었다.

길을 건너자마자 눈에 들어온 것은, 그냥 늘 그 자리에 오래된 배경처럼 자리해온 오렌지색 간판의 김밥천국이었다. 메뉴도 많고, 뭘 주문해도 빨리 나온다. 패스트푸드 그 자체다.

그런데 인천을 대표할 만한 맛집을 발굴하라는 우리 과장은 아는지 모르겠네. 저 김밥천국이야말로 여기, 인천에서 시작되었다는 것을.

은희는 김밥천국의 간판을 올려다보며 옛날 생각에 쓴웃음을 지었다. 배도 고프고, 입안에 침이 고였다. 빈자리가 있나 하고 안을 들여다보는데, 마침 구석 자리에서 한 사람이 일어나 나왔다. 얼른 안으로 들어가자, 중년의 점원이 행주로 얼른 테이블을 닦고 은희를 바라보았다.

"참치김밥 한 줄 주세요."

은희는 물부터 한 잔 따라서 들고 와 테이블에 앉았다.

지역의 특산물이나 고유한 음식을 이야기할 때, 사람들은 인천에 대해서는 쉽게 얼버무린다. '외지인들의 도시'라고, '뜨내기들의 도시'라고, 대를 이어 내려오는 음식이나 집안이 있는 것도 아니지 않느냐고 흔히 생각한다. 부산 하면 밀면이나 돼지국밥,

전주 하면 비빔밥, 장충동 하면 족발이나 보쌈을 떠올리면서, 인천의 고유한 음식이라면 기껏해야 차이나타운의 짜장면 정도가 아니겠느냐 말하기도 한다.

역사로 따지자면야, 비류와 온조 형제가 고구려를 떠나, 미추홀과 백제를 건국했을 때까지 거슬러 올라가야 하지만.

그래도 '뜨내기들의 도시'라는 말이, 아주 틀린 말도 아닐 것이다. 역사가 오래된 곳이긴 하지만, 조부모님 때부터 대대로 인천에 살았다는 사람은 많지 않다. 한국전쟁 때의 피란민들, 공업단지로 직업을 구하러 왔던 사람들, 서울에 있는 직장에 다니면서 집값이 싼 인천에 집을 얻어 살게 된 사람들. 외국인도 많았다. 지금도 인천역 앞에는 차이나타운이 있고, 거기서 중구청 방향으로 가다 보면 개항 무렵 일본인들이 모여 살던 흔적도 있으며, 외국인 노동자들, 탈북민들, 결혼이민자들도 많다. 다양한 문화와 음식들이 뒤섞여 있는 곳이 바로 이곳 인천이다.

그리고 김밥천국은, 바로 이런 곳에서 처음 시작되었다.

사실 '김밥천국'이라는 간판을 내건 프랜차이즈만도 여러 곳이다 보니, '김밥천국'은 그냥 흔한 '무슨무슨 할머니 분식', '무슨무슨 할머니 떡볶이'처럼, 옛날부터 동네에 있는 흔한 김밥집마다 붙어 있던 이름이라고 생각하는 사람도 많다. 하지만 은희는, 김밥천국의 시작을 분명히 기억하고 있다. 대학에 떨어지고 재수를 하며 주안역 근처의 입시 학원에 다니던 그 무렵의 김밥천국을.

어떤 사람에게 주안은, 성년을 맞이한 젊음이 주는 불온함과 흥분이 배어나는 곳이었다. 고등학생들이 놀기 좋던 동인천을 벗어나 주안에 오면, 지하상가도 동인천보다 더 세련되어 보였고, 술집이나 나이트클럽이 불야성을 이루고 있었다. 하지만 파파이스와 KFC, 시민회관과 화려한 나이트클럽이 가득한 주안의 한 모퉁이에는 밤새 불이 꺼지지 않을 것 같던 입시 학원들도 있었다. 은희는 열아홉 살에서 스무 살까지의 1년을, 좁다란 골목길을 따라 늘어선 낡은 건물들마다, 복삿집과 분식집, 헌책방, 드문드문 그 사이에 끼어 선 모텔이 조용히 줄을 이은 그 학원가 골목에서 보냈다.

현역 고등학생은 물론 재수생과 반수생도 많이 다니던 대형 학원의, 성적표를 붙이던 커다란 게시판 앞에서 수많은 열여덟, 열아홉, 스무 살들은 무너지고 또 무너지며 주제 파악을 했다. 본격적인 입시가 시작되기 전까지만 해도 서울대학교까진 아니어도 이름 좀 들어본 명문대 정도는 쉽게 들어갈 줄 알았고, 버스를 타고 오며 가며 보이던 가까운 대학교는 개나 소나 다 갈 것같이 보여 무시했지만, 사실은 그게 아니라는 것을. 서울대학교가 아니라 서울 주변에 있는 대학교에 재수하지 않고 한 번에 들어가는 것만으로도 쉽지 않다는 것을. 버스 타고 오가며 보이는 대학교에 들어가려고 해도 전국에서 수능을 보는 수험생 중

15퍼센트 안쪽은 들어야 한다는 것을. 그리고 내 한심한 성적 표로는 그조차도 어려울지 모른다는 것을.

은희는 그렇게 한 번 꺾이고, 다달이 모의고사를 치르며 다시 꺾이고 또 깎여나가며 재수를 했다. 새벽같이 집을 나서서 수업을 듣고, 밤늦게까지 자습실에 눌러앉았다 밤 11시가 넘어서야 학원 문을 나섰다. 늘 막차를 타고 집에 돌아가던 은희의 배를 채워주던 것은, 주안역 근처에 있던 '즉석김밥 김밥천국'이라는 가게에서 팔던 '천 원 김밥'이었다. 계란지단과 야채만 들어 있던, 500원짜리 동전 두 개만 있으면 배를 채울 수 있었던 천 원 김밥.

은희가 어렸을 때까지만 해도 김밥은 특별한 날 먹는 음식이었다. 학교 소풍이나 운동회 날이면 아이들은 저마다 가져온, 엄마가 싸준 김밥이 가득 담긴 도시락을 열곤 했다. 조금 자란 뒤에는 동네 분식집에서도 김밥을 팔았지만, 김밥 한 줄 가격이나 떡볶이 한 그릇 가격이 비슷했던 기억이 난다. 아예 김밥 전문점을 표방하는 가게도 있긴 했는데, 아침 등교 시간에 지하철역 근처에서 할머니들이 파시는 것 같은 야채와 소시지만 들어 있는 기본 김밥도 한 줄에 2,000원, 당시로서는 만화책 한 권 값이었다. 맛있는 게 들어 있는 김밥들은 그보다 훨씬 비쌌다. 참치 캔에 후추와 마요네즈로 양념을 해서 깻잎에 싼 것을 김밥 속으로 넣은 참치김밥이 궁금했지만, 그래봤자 김밥인데 백

반만큼 비싸다고 어른들은 질색을 했다.

김밥천국에는 그런 김밥들을 비교적 저렴한 가격으로 팔았다. 넉넉하지 않은 집안의 딸, 눈치를 보며 재수를 하는 학생이 한 끼 식사를 거르지 않을 수 있을 정도의 가격으로. 은희는 하루 종일 공부를 하고 집에 돌아가는 길, 이 김밥을 먹곤 했다. 모의고사를 보았거나, 모의고사 성적이 잘 나왔거나, 혹은 너무 안 나와서 무언가 사소한 위로라도 필요한 그런 날에는 가방 바닥까지 동전을 긁어모아 돈가스김밥이나 참치김밥을 먹기도 했다. 그야말로 눈물 젖은 김밥의 맛이었다.

거의 한밤중에만 들렀던 그 김밥집은 늘 쓸쓸했다. 수험생들이나 재수생들, 밤늦게까지 인근 공장에서 일하고 집으로 돌아가던 노동자들, 역 근처에서 사는 듯한 외국인 노동자들도 있었다. 몸도 마음도 잔뜩 허기가 진 채 집으로 돌아가는 길, 김밥과 따뜻한 국물로 배를 채우면, 버스 정류장으로 향하는 어두운 골목길도 조금은 덜 무섭게 느껴지곤 했다.

그때, 그 김밥집의 낯익은 로고와 함께, 야채와 계란이 든 저렴한 김밥이 갑자기 전국으로 퍼져나간 것은 IMF가 온 나라를 강타하고, 사람들이 겨우 그 충격에서 벗어나기 시작하던 2000년 무렵이었다. 모두가 가난하고 돈이 없던 시기, 김밥이나 라면, 비빔밥이나 국수 같은 간단하지만 따뜻한 음식들을 24시간 저렴한 가격에 먹을 수 있었던 김밥천국은 인천 여기저기로, 대학가로, 다시 골목골목으로 퍼져나갔다. 곧 '김밥천국'이라는 상호는 1,000원짜리 김밥을 파는 분식집을 가리키는 일반명사처럼 쓰이기 시작했다. 어릴 때는 막연히 광고를 만드는 일을 동경했다가, 대학교 신문방송학과에 들어간 뒤로는 방송국 다큐멘터리 PD를 꿈꾸었던 은희가 학교를 휴학하고 동네 입시 학원 선생을 했던 것도, 그렇게 모은 돈으로 학교에 돌아가는 대신 공무원 학원에 등록해 시험 준비를 했던 것도 바로 그 시기였다. 주안에서 그랬듯 노량진에서도 김밥천국이라는 간판이 붙은 김밥집에서, 또다시 싼 김밥으로 배를 채우며 공부를 했다.

지금 김밥천국에서 나오는 참치김밥은, 그때 먹던 김밥과는 비교할 수 없을 만큼 푸짐하고 풍성하다. 다들 어렵고 돈이 없을 때는 일단 배를 채우는 것으로 충분했지만, 세월이 흐르며 속 재료들이 넉넉히 들어가게 되었다. 아삭아삭한 단무지와 잘게 채를 친 당근, 채 썬 오이, 달콤 짭짤한 우엉의 맛을 기본으로, 햄과 게맛살, 얇은 지단이 아니라 도톰하게 부쳐 넣은 계란이 들어간다. 여기에 참치김밥이라면 깻잎으로 한번 싸서 넣은 참치 속도 빼놓을 수 없다. 참치 캔을 체에 밭쳐 기름을 빼고, 잘게 다진 양파와 마요네즈를 넣어 섞은 참치 속은 고소하고, 기름진 맛은 깻잎이 잡아준다. 썰기 전에는 성인 여성의 손목 둘레 정도 되는 김밥은, 말아놓으면 밥의 수분으로 김이 살짝 눅눅해지며 착 달라붙어 풀리지 않게 되는데, 1센티미터 정도 폭으로 고르게 썬 것을 입에 넣고 한 입 깨물면 김으로 고정되어 있던 속 재료들이 밥과 뒤섞이며 입안에서 밤하늘을 수놓는 불꽃놀이처럼 순식간에 퍼져나간다. 그야말로 소소한 맛들이 이루는 복잡한 화음과도 같다.

그 이전에도 밥을 김에 싸서 먹는 일은 있었다지만, 넓게 김을 펴고 그 위에 밥을 펼쳐, 온갖 재료를 넣고 싸 먹는 것은 일제강점기 이후로 유행했다지. 일본 관서 지방에서 김에 초밥을 얹고 오이와 박고지, 단무지 등을 넣어 두툼하게 말아 먹던 '노리마키'는, 한국에서 김에 참기름을 양념한 밥을 얹고, 계란과 단무지, 당근, 우엉을 기본으로 햄이나 게맛살 등을 넣는 형태로 한국화되었고, 시간이 흐르며 깻잎에 말아 넣은 참치 속이나 돈가스, 멸치볶음, 새우튀김, 불고기 같은 것들이 들어가며 점점 더 풍성해지더니, 요즘은 불닭이나 스리라차소스까지 들어가고 있다. 어릴 때는 소풍이나 운동회 같은 행사 날에만 맛볼 수 있는 별식이었던 김밥은, 이제 바쁜 사람들이 싸고 간단하게 먹을 수 있는 대표적인 한식 패스트푸드가 되었다. 그리고 지금은, 세계 여러 나라의 식재료들이 가미되며 세계에 한국 음식으로 알려지고 있다.

별것 아닌 사소한 음식처럼 느껴지지만, 그 안에는 수많은 역사들이 담겨 있지. 일제강점기의 역사부터 시작해서, 한국인들 상당수가 자신이 중산층이라고 느꼈던 시대의 풍성한 김밥들과, IMF 시대, 그리고 주머니가 가벼운 사람들과 밤늦게까지 일하는 사람들, 외지인들의 수많은 이야기가. 은희는 문득 주방 쪽을 바라보았다. 주방에서 부지런히 김밥을 마는 아주머니들의 목소리 중에, 이국의 억양도 섞여 있었다. 인천공항과 인천항으로 대한민국의 관문이 되고, 수많은 사람이 오가는 도시, 전국에서, 또 해외에서 사람들이 모여들어 살고 있는 도시, 일하는 사람과 바쁜 사람들의 도시. 인천의 역사도, 때로는 김밥을 비롯한 인천 음식들의 역사와 비슷하게 느껴질 때가 있다.

은희는 김밥을 먹다 말고 주머니를 뒤적이다가, 김밥천국의 메뉴판을 겸한 주문서를 한 장 찢어 들었다. 뒷면의 백지에, 주문서에 체크하는 용도의 볼펜으로 휘갈겨 쓰기 시작했다. 서로 다른 문화들이 만나 빚어낸 김밥과 짜장면을, 실수에서 만들어진 우무와 쫄면, 어부들의 음식이었던 아귀탕을. 생각해보니 계란빵도 있었다. TV에 소개되며 전국적으로 유행하기 한참 전부터 인하대학교 후문 앞 햄버거집 모퉁이에서 만들던, 오방떡에 팥소 대신 계란 한 알을 까 넣은 것을, 배고픈 대학생들은 한 끼 밥 대신 먹기도 했다. 그 모든 것은 바쁜 사람들, 일하는 사람들, 배고픈 사람들의 한 끼를 채워주던 따뜻한 음식이자, 인천의 음식들이었다.

만들고 싶었다. 고급스럽지 않지만 든든한 음식, 일하다가 간단히 요기할 수 있는, 소소하고 저렴하고 적당히 맛있게 먹을 수 있었던 그런 음식들의 이야기를. 인천 음식들과, 이곳에서 살고 또 일하는 사람들의 이야기를.

정말로 오랜만에, 카메라를 들어보고 싶어졌다.

기관장이나 과장이 원하던 것과는 거리가 멀겠지만, 그런 영상을 찍어보고 싶어졌다. 그런 이야기라면, 예산이 없더라도 일단 만들어보고 싶다. 더럽고 치사하지만, 그래도 좋아하니까.

어쩌면 만나본 적 없는 그 유튜버 공무원도, 그런 마음으로 일하고 있을지도 모른다고 문득 생각했다.

"이야, 이거 우리 상훈이가 좋아하는 건데."

상철은 제육볶음을 앞에 두고 숟가락을 들며 안타까운 듯 말했다. 퇴근하자마자 팔 걷어붙이고 밥 짓고 찌개 끓이고 매콤하게 간을 맞춘 양념에 재운 돼지고기에 양파를 잔뜩 넣어 달짝지근하게 볶아낸 제육볶음까지 해서 차려놓았더니, 퇴근하자마자 손 씻고 옷만 갈아입고 식탁 앞에 앉아서 한다는 말이 마흔 살이 가까워오는 동생 걱정이다. 영주는 자신의 밥그릇을 식탁에 내려놓으며 한마디 했다.

"다 큰 사람 걱정은 그만하고. 그리고 밥해준 사람이 아직 자리에 앉지도 않았는데 잠깐을 못 기다려서 벌써 먹고 있어?"

"어, 미안. 아니, 오늘 추워서 그런지 집에 오는데 아주 허기가 지더라. 아, 이거 맛있네."

날이 추운데 종일 일하고 돌아온 것은 상철뿐만이 아니다. 영주도 내내 밖에서 일하고 돌아와 이 밥상까지 차렸는데. 점심시간에 마트에 뛰어가 장을 봐서 식사 준비를 하는 그 수고는 알아주지 않는 것 같아 영주는 내심 남편이 야속했다.

　"우리 상훈이도 짠해. 혼기가 다 지나도록 결혼은 고사하고 여자친구도 하나 없어서, 매일 회사 밥이나 먹는다니."

　"애들 삼촌이 짠하긴 뭐가 짠해."

　"짠하지. 요즘은 회사 식당에서 삼시 세끼를 다 먹고 들어간다는데."

　"됐어, 삼촌이 직접 밥해 먹어봐야 맨날 라면 아니면 편의점 도시락인데. 삼촌네 회사가 좀 큰 회사야? 전에 그 회사 TV 나왔는데 어지간한 식당보다 밥 잘 나오더라."

　"그래도 사람이 집밥을 먹어야지. 어머니 돌아가시고 지금까지 혼자 살면서 맨날 사다 먹는 거 생각하면 마음이 짠해서. 아, 언제 이거 상훈이 좀 싸다 줘. 밖에서 먹는 제육은 이 맛이 안 나서 그래. 엄마가 해주는 것 같은 그런 맛 말이야."

　상철은 나이 차가 많이 나는 동생이 남이 차려준 집밥을 못 얻어먹고 다니는 게 그렇게 안타깝고 서러운 모양이었다. 하긴, 상철은 결혼 전에도 늘 어린 나이에 어머니를 여읜 동생이 안쓰럽다는 소리를 입에 달고 살았다. 그리고 그 안쓰러움의 상당부분은 바로, 더는 어머니가 차려주신 밥을 먹지 못한다는 데 있었다.

그런데 결혼하자마자 아직 학생이던 그 '어린 동생'을 먹이고 입혀서 키운 사람이 누군데.

"서운하네. 이래서 밥 차려준 공은 온데간데없다니까."

"음? 뭐가?"

"애들 삼촌이 아직 수험생일 때, 삼시 세끼 밥해 먹인 사람이 누군데. 당신은 아예 까맣게 잊어버렸나 보네."

"아, 그랬지."

"이 사람이 정말!"

영주는 마침내 참지 못하고, 숟가락을 탁 내려놓으며 언성을 높였다.

"내가 삼촌 고등학생 때 3년 내내, 매일 아침밥 차려줘, 야식 차려줘, 학교 가서 먹으라고 도시락만 세 개에 간식까지 매일 한 보따리씩 싸줬는데!"

"아…… 미안."

상철이 나쁜 뜻으로 그런 말을 하는 게 아니라는 것은 영주도 안다. 예전부터 동생인 상훈과 우애가 깊었으니, 어른이 되고, 명문 대학에 보란 듯이 합격하고, 남부럽지 않게 좋은 직장을 얻어 회사에서 착실히 승진해 이제는 차장님 소리를 듣는 지금까지도 마음이 쓰이는 거다. 다만 그런 이야기를 할 때마다, 일하다가 결혼해 아직 살림에 서툴렀는데도, 직장 다니면서 매일같이 장을 봐다 엄마 잃은 그 애의 수험 생활 내내 따뜻한 밥을 해 먹였던 사람의 공은 꼭 빼놓고 이야기하는 것이 괘씸한 것이다.

"엄마가 해주는 것 같은 제육볶음? 내가 결혼하고 처음에 반찬 같은 거 할 줄 몰라서, 당신 어머님이 생전에 대학 노트에 레시피 적어놓은 거, 조미료 브랜드까지 똑같이 맞춰서 그대로 만들었으니까 엄마가 해준 맛이 나는 거겠지."

"아니, 여보. 그게……."

"내가 애들 삼촌 밥을 굶겼어, 뭘 어쨌어? 처음에 혼자 살기 시작했을 때, 삼촌이 밥 제대로 못 챙겨 먹을까 봐 한 달에 두 번씩 밑반찬 해다가 거의 1년을 갖다 나른 사람이 누구야? 당신이 했어?"

"당신이 했지. 당신이 정말 훌륭한 사람이지."

"그랬더니 며칠 두고 먹으라고 보낸 반찬을 통째로 꺼내 먹어서 다 상하게 하고. 좀 맛있는 반찬은 맥주 안주랍시고 한 끼에 거덜을 내는데……."

"상훈이가 그랬어?"

"야, 김상철!"

이름을 부르자, 그제야 상철은 어깨를 움츠리며 영주의 눈치를 살폈다. 사람이 어쩌면 저러는지, 목소리 높이고 눈을 부라려야만 자기가 실수했구나 하고 알아채다니.

"내가 골백번을 말할 때는 귓등으로도 안 듣다가, 이제 와서야 상훈이가 그랬느냐고?"

저렇게 둔하게 굴어서는 밖에서 사회생활을 제대로 할 리 없으니, 저렇게 무신경하게 구는 것도 사실은 가족에게, 그것도 제 아내에게만 저러는 것이다. 상철이 미안하다고 얼버무리는 모습도 꼴 보기 싫었다.

"미안해 여보. 당신이 차려주는 밥이 세상에서 제일 맛있어서 내가 말실수했다. 잘못했어."

"원래 남이 차려주는 밥이 맛있는 거지."

"아니, 나는 당신이 차려주는 밥이……."

"어쩌면 저렇게 눈치가 없냐 인간이."

영주가 혀를 찼다. 사실 상철은 그 나이 또래의 남자치고는 아내에게 잘하는 편이다. 사람이 상냥하고 곰살궂은 데도 있어서 해야 할 때는 영주의 비위도 맞추고, 귀여운 척도 할 줄 안다. 영주가 해주는 밥이 맛있다며, 식사 준비는 크게 거들지 않지만, 김장 같은 큰일에는 알아서 나서고, 설거지하고 음식물 쓰레기와 재활용품 내다 버리는 것도 시키지 않아도 잘하니 평균은 넘는다. 그런데도 불구하고 결혼해서 지금까지 스물다섯 해 가까이 밥을 차린 사람에게, 저 답답이는 '당신이 차려주는 밥이 제일 맛있다'는 말이 칭찬인 줄 안다.

"……당신, 내일 아침에 나 좀 봐요. 아침 일찍."

"으, 응? 왜?"

"갈 데가 있어. 같이 어디 좀 가자."

영주는 상철을 한참 노려보다가, 한숨을 쉬며 다시 숟가락을 들었다.

그러니까 저 눈치 없는 인간은 아직도 모르고 있다는 거다.

김상철뿐 아니라 여기 신영주라는 사람한테도 남이 차려주는 밥이 더 맛있다는 것을.

*

영주는 시청에서 일한다. 스물몇 살 때부터 지금까지 줄곧 다닌, 반평생을 함께한 직장이다. 그중에서도 영주는 시민들과 직접 만나는 민원실에서 오래 일해왔는데, 이곳에서 일하다 보면 '진상 민원인'을 종종 만나게 된다.

오늘만 해도 그렇다. 오늘 오후에 나타난 민원인은, '긴급여권'이라는 게 있지 않느냐면서, 오늘 여권을 신청해서 오늘 안에 받아야겠다는 거다.

"물론 긴급여권이라는 게 있습니다만 선생님, 긴급여권이 나오는 조건이 따로 있습니다. 여권 자체가 잘못 발급되었거나, 업무상 급한 문제가 있거나, 가족이나 친인척이 위독하시거나 사망하시거나 해서 즉시 출국해야 하는 경우거나요."

"아니, 왜 하루에 끝날 수 있는 일을 두 번 걸음하게 해? 난 이거 오늘 받아야겠으니 어떻게든 빨리 해봐!"

"법이 그렇지 않습니다, 선생님. 긴급여권 신청이 들어가면 먼저 여권을 신청하신 다른 분들의 순서가 밀리는 것이라서 꼭 필요한 상황에서만 접수를 받게 되어 있어요. 선생님은 여행도 아직 한 달이나 남으셨으니 긴급여권 발급 조건에 맞지 않습니다."

민원인은 그래도 여권을 오늘 받아가야겠다며 막무가내로 억지를 부리더니 나중에는 소리를 지르며 민원서식 종이와 아크릴로 된 크리넥스 티슈 상자를 집어 던지다가 끝내 경찰에 끌려갔다. 경찰 말로는 보호자도 오고, 상태가 좀 안 좋으신 분 같아서 훈방했다는데, 정말 상태가 심각해서 눈에 뵈는 게 없는 것도 아니었다. 그 와중에도 지문 인식기나 카드 결제기처럼 비싼 것들은 얌전히 두고 몇 푼 안 되는 만만한 것만, 그것도 여직원들에게만 골라서 집어 던졌으니까.

밖에서는 점잖은 척, 예의를 아는 사람인 척하다가 집에만 들어오면 만만한 집안 여자들에게 왕 노릇을 하며 화풀이하던 영주의 할아버지처럼.

*

　　세상에서 제일 맛있는 밥은 남이 차려주는 밥이다. 산해진미
가 가득하고 반찬이 이쪽부터 저쪽까지 가득 차려진, 잔칫상이
나 수라상 같은 밥상이 아니어도 좋다. 그저 정갈한 밥그릇에
담긴 따뜻한 밥과 짝을 맞춘 수저, 그리고 소박하지만 남이 입
을 댄 흔적이 없는 깔끔한 반찬 두세 가지가 놓여 있으면 족하
다. 여기에 국이나 찌개 같은, 짭짤한 국물이 놓여 있으면 더욱
좋다. 된장국도, 뭇국도 좋고, 신김치를 쫑쫑 썰어 넣고 볶아서
돼지고기 한두 점과 깍둑썰어놓은 두부를 넣은 김치찌개가 작
은 뚝배기에 보글보글 끓고 있다면 더할 나위가 없다. 그런 밥
상이라면 혼자 먹어도 좋고, 식구 서넛이 한 상 앞에 머리를 맞
대고 둘러앉아 각자 제 밥그릇을 앞에 두고 먹어도 좋다. 애초
에 '식구(食口)'라는 말만 보아도 '밥 식(食)' 자에 '입 구(口)', '한
집에서 같이 살며 밥을 같이 먹는 사람'이라는 뜻에서 온 말
이니까.

　　하지만 왜 할아버지는, 그렇게 매 끼니 남이 차려주는 밥상
을 따뜻한 아랫목에 앉아서 받던 그 노인네는, 어째서 그 밥을
차려주는 사람들을 같은 식구 취급도 하지 않았던 걸까.

　　"아이고머니나!"

　　영주는 어린 시절, 악귀 같던 할아버지의 모습을 기억한다. 반

찬이 짜든, 밥에 돌이 씹히든, 혹은 앉아 있는 아들이나 쌍둥이 손자들의 태도가 눈에 거슬리든, 무엇 하나 마음에 들지 않는 일만 있어도 그 노인네는 잘 먹던 밥상을 걷어찼다. 밥상이 여자들 밥 먹던 쪽으로 날아가 나뒹굴고, 그릇이 깨지고 바닥에 음식이 뒹구는데, 그 아수라장 속에서 늙은이 혼자 태연했다.

"밥 새로 차려 와라."

악귀 같은 늙은이였다. 이야기책 속에 나오는 흡혈귀가 아마 저렇게 생겼을 거라고 영주는 생각했다. 부엌이 어디 붙어 있는 줄도 모르고, 제 손으로 물 한 사발 떠 마실 줄 모르는, 엄마가 밥을 차려주지 않으면 앉아서 굶어 죽을 것 같은 그 노인네는, 자기는 뼈대 있는 양반입네 하면서, 맏며느리인 엄마를 걸핏하면 구박하고 깎아내리기 바빴다.

"너, 어디 강씨라고?"

"금천입니다."

교양 있는 척은 혼자 다 하면서도, 엄마를 며느리나 누구 어미라고 부르는 대신 '저것', '그것', '너', 그런 식으로 막돼먹게 불러대던 그 늙은이는, 걸핏하면 우리 집안은 뼈대 있는 양반이요, 엄마는 그렇지 않다며 우겨댔다.

"거짓말하지 마라. 금천 강씨의 시조는 강감찬 장군이고, 본래는 진주 강씨에서 갈라져 나왔느니라. 진주 강씨의 조상은 중국에서 왔는데, 그 시조를 거슬러 올라가면 춘추전국시대 제나라의 임금 강태공이지. 주나라 태공이 꿈에서도 그리던 사람 태공망 말이다."

"예……."

"말도 안 되는 소리지, 너 같은 한심한 것이 그런 현인의 자손일 리가 있느냐. 어디 이름도 모르는 촌 동네에서 나고 자라서 밥 하나도 제대로 차리지 못하는 모지리가."

할아버지는 흡혈귀였다. 공장에서 미싱이나 돌리던 것이 순진한 대학생을 꼬셔내서 대뜸 애부터 배었다고, 그런 네가 이 양반집에 시집온 것은 크게 출세한 일이니 뼈가 닳도록 일하라며 골수까지 빨아먹는 흡혈귀. 나중에는 엄마의 본관까지도 트집을 잡았다. 우리 집안이 고령 신씨인데 너 같은 천출이 그보다 뼈대 있는 집안 출신일 리가 없다며, 엄마가 금천 강씨라는 말을 들을 때마다 불같이 화를 냈다.

"내 보기에 너는 금천 강씨일 리가 없다. 너는, 내가 보기에는 나 젊었을 때 저기 계룡산 강씨라고, 천것들이 지들끼리 양반 흉내 내느라 자기들 살던 동네를 본관 삼아 모여 살던 그런 핏줄임에 틀림없다. 내가 다시 네 본을 묻거들랑, 계룡산 강씨라고 대답하지 않으면 경을 칠 줄 알아라."

엄마는 할아버지의 온갖 생트집에 시달리며 하루하루 지치고 시들어가는데, 끼니마다 새로 지은 고봉밥을, 꼴에 양반이랍시고 꼭 한 숟가락씩만 남겨놓고 다 긁어 먹는 그 아귀 같은 인간은 나날이 피둥피둥 살이 올랐다. 그런 것을 보면 시집간 큰 고모와 둘째 고모가 언젠가 소곤거리던 말도 이해가 갔다. 할머니가 고작 마흔 중반에 돌아가셨는데, 할아버지 등쌀에 시달리다 시달리다 결국 제명에 못 돌아가셨노라고. 열 살이었던 영주는 그 말을 듣고 겁에 질렸다. '일찍 돌아가셨다는 할머니처럼, 엄마도 할아버지 때문에 일찍 죽으면 어떡하지.' 그 생각만 하면 자꾸 눈물이 났다. 어린 영주가 자꾸만 깜짝깜짝 놀라고 별것 아닌 일로 흐느끼곤 해서, 어디 아픈가 걱정하던 엄마가 영주를 붙들고 물었을 때, 영주는 엉엉 울며 엄마 품에 매달렸다.

"엄마도 일찍 죽으면 어떻게 해."

"그게 무슨 소리야."

"다들 그래, 할머니가 할아버지 때문에 일찍 죽었다고."

엄마는 누가 들을세라, 영주의 입을 틀어막으며 영주를 꼭 끌어안았다.

"그런 거 아니야, 엄마는 괜찮아. 할아버지가 옛날분이라 그래."

"옛날 사람이라고 다 할아버지 같지 않아!"

"옛날 양반이라 그래, 옛날 양반."

엄마는 부엌에서 울다가도, 할아버지가 뭘 새로 차려 오라고 소리를 지르면 얼른 눈물 자국을 지우고 상을 차리며 말하곤 했다.

"우리가 참아야지, 영주야. 할아버지는 옛날분이니까."

할아버지는 옛날 사람이라 그렇다고 치고, 신식인 아버지라고 뭐 딱히 나았던 것은 아니었다. 할아버지에 비하면 점잖았고 엄마를 대놓고 하녀 부리듯 대한 것은 아니었지만, 반찬이 마음에 들지 않거나 엄마가 다려놓은 셔츠가 뭔가 성에 차지 않으면 하루 종일 저기압이었다.

"네 아버지 얼굴 봤니? 제 입으로는 배울 만큼 배운 인텔리라면서 밥맛 떨어지게 젓가락으로 뒤적거리기는."

막내 고모는 엄마와는 모든 면에서 달랐다. 그렇다고 할아버지나 아버지를 닮은 것도 아니었다. 여자는 고등학교까지 보낼 필요도 없다. 잘 가르쳐봐야 시집이나 갈 텐데 남 좋은 일 시키는 거라던 그 시절에, 고모는 드물게 대학을 나왔다. 그리고 무슨 '운동'을 한다고도 했다. 고모는 방학 때마다 집에 와서, 영주에게 온갖 이야기들을 들려주었다. 할아버지나 아버지의 표현대로라면 '몹쓸 바람을 불어넣었다'고도 할 수 있겠지만, 어린 영주가 듣기에 그 이야기들은 허황된 거짓말이나 몹쓸 이야기가 아니라, 진짜 중요한 이야기로 다가왔다.

"아빠는 인텔리라서가 아니라, 양반이라서 반찬 갖고 그러는 거 아니야?"

"양반? 양반은 무슨 양반. 개잘량이라는 '양'에, 개다리소반 할 때 '반' 자 쓰는 양반?"

"개잘량이 뭔데?"

"봉산탈춤에 나오는 말이야. 사람들이 뭐나 된 듯이 양반, 양반 하지만 실속 없고 별것 없는 놈들이다, 아무것도 아니라는 말이지."

"고모, 애한테 무슨 이야기예요. 그러지 말고 나 좀 도와줘요."

"예, 예. 영주야, 너도 가자."

막내 고모는 밥을 짓거나 반찬을 만들거나, 하여간 부엌에서 하는 일이라면 질색을 했지만, 엄마가 부르면 늘 군말 없이 부엌에서 팔 걷어붙이고 그릇을 씻고 채소를 다듬었다. 그런 일을 할 때마다 반드시 영주를 달고 부엌에 가는 것이 탈이긴 했지만, 나쁜 일만은 아니었다. 운이 좋으면 쌍둥이들에게 치여 못 먹는 주전부리를 얻어먹을 수 있었으니까.

"오빠는 요즘도 밥투정하우?"

"……애들 아빠야 늘 그렇죠."

"위장취업 했을 때는 밥을 어떻게 먹었대?"

"몰라요, 그때는 애들 아빠가 아주 깡말랐었잖아요. 나는 사람이 원래 없이 살고 못 먹어서 그렇게 말랐나 해서 이것저것 해서 먹였는데, 나중에 보니 사람이 입이 짧고 맨날 밥투정이라 공장에서 일하는 내내 뭘 제대로 못 먹어서 마른 거였어."

엄마는 막내 고모를 좋아했다. 대학생인데도 엄마를 무시하지 않아서, 그리고 엄마가 취직한다고 서울에 왔다가, 다니던 사무실이 망하고 한동안 공장에서 일하던 시절의 이야기를 해도 말이 잘 통해서 그런 것일 수도 있지만, 무엇보다도 이렇게 방학 때마다 집에 돌아와서, 삼시 세끼 밥 차리는 일을 함께 해주어서 그랬던 것 같기도 했다.

남이 차려준 밥상을 받기만 하는 사람은 모르지만, 제대로 된 한식 밥상은 차리는 입장에서는 고역도 이런 고역이 없다. 한 끼 상을 차리려 해도 사람 숫자만큼 밥그릇과 국그릇이 나오고, 숟가락 한 짝에 젓가락 두 짝, 여기다 애가 아직 어리기라도 하면 포크도 나와 있어야 한다. 반찬통을 그대로 열어놓고 먹으면 반찬이 상해버리니 반찬 숫자만큼 접시를 꺼내어 덜어야 하고, 식구 아닌 사람까지 함께 밥을 먹을 때에는 앞접시를 따로 놓으니 밥상 한 번 차리는 데 밥상 위에 올라가는 그릇 숫자도 만만치 않다. 식사가 끝나면 그 많은 그릇을 전부 설거지해야 하니 치우고 정리하는 일도 수월치 않다. 게다가 이 집은 식구도 적지 않다. 할아버지와 아버지와 엄마, 영주와 쌍둥이 남동생들까지. 여섯 입을 먹이는 일을 혼자 하려니 힘에 부칠 수밖에 없다. 어른들은 흔히 맏딸은 살림 밑천이라고 말하면서 영주에게 놀지 말고 엄마 밥할 때 나와서 콩나물이라도 다듬으라고 말했지만, 영주는 국민학교에 들어가기도 전부터 쌍둥이 남동생들을 돌보고 있었다. 쌍둥이들이 무슨 말썽을 부려도 할

아버지는 목침을 베고 누워 TV나 볼 뿐 손가락 하나 까딱하지 않았다.

"우리 말은 제대로 하자. 이런 말을 했다는 걸 알면 내 머리를 또 박박 깎아놓겠지만, 그래도 할 말은 해야겠어. 영주야, 너희 할아버지 진짜 양반은 아니야. 알아?"

"무슨 말을 하는 거야, 고모."

"아, 정말. 여기 또 속은 사람이 있네."

고모는 신문지를 펼쳐놓고 푸성귀를 다듬으며 코웃음 쳤다.

"사람들이 말이지, 양반이 무슨 귀족처럼 대대손손 양반인 줄 알아요. 그런데 그거 아니야. 양반이라는 건 문반(文班)과 무반(武班), 그러니까 과거 급제자를 부르는 말이거든. 4대 안쪽으로 과거에 급제한 조상이 있어야 양반이지. 너, 너희 할아버지나 증조할아버지가 과거에 급제했어? 아니지? 찾아보니 너희 증조할아버지네 고조할아버지가 생원 급제는 하셨다더라. 그런 건 양반이 아니라 그냥 양반네 먼 자손인 거지. 그런 걸 갖고, 시대가 변해도 몇 번은 변한 지금까지 으스대기나 하고."

엄마가 밥을 짓고, 나물 반찬을 무치는 동안 고모는 설거지를 하며 구시렁거렸다.

"너희 할아버지가 그렇게 말하는 이 밥상도 그래. 일본 놈들이 밥숟가락까지 수탈한 데다 전쟁까지 거쳤으니, 너희 할아버지 어렸을 때는 매일 이렇게 잘 차려 먹을 일은 없었을 거면서.

이제 와서 무슨 양반 쪼가리라고 끼니 때마다 국에 밥에 찌개에. 얘, 너 삼첩반상이 뭔지 알아? '첩'이라는 건 반찬 그릇 수인데, 원래는 이 첩에 국도 찌개도 김치도 안 들어가는 거야. 네아버지, 할아버지처럼 찌개며 김치 같은 것까지 그릇 수로 세면서 아침에 칠첩반상은 받아야 한다고 하는 거, 그거야말로 너희 할아버지 좋아하는 말로 근본도 없는 짓이다."

그렇게 차려낸 밥상을 두고 할아버지와 아버지가 국이 짜네, 반찬이 마음에 안 드네 하고 타박을 하는 날이면 막내 고모는 들으라는 듯 빈정댔다.

"네 동생들 있지? 그 녀석들 밥 갖고 깨작거리는 거봐. 난 걔들 밥 먹는 거 보면 내 밥맛이 다 떨어져. 그래, 아직 애기들이니까 밥투정도 할 수 있고 군것질 많이 하면 밥맛이 안 돌 때도 있긴 하지만, 어떻게 1년 365일을 그래."

"계란도 있으면서."

영주는 작은 반항처럼 속삭였다.

"응, 계란도 있는데 말야."

막내 고모는 그 말이 무슨 뜻인지 안다는 듯 고개를 끄덕이곤 했다.

생각해보면 영주네 집이 그렇게 못 사는 것도 아니었다. 변두리라고 해도 수도권에 새로 지어 올린 방 세 칸짜리 주공아파트였다. 피아노 소리가 들리는 2층 양옥집처럼 그림 같은 풍경은 아니라도, 영주는 주산 학원에, 동생들은 태권도장에 보내줬던 것을 보면 먹고살 만은 했던 것도 같다. 엄마는 돌아가시기 직전까지, 매일 새벽 5시도 되기 전에 일어나서 쌀을 씻었다. 주말에는 고등어를 구웠고, 평일에도 아침마다 계란을 몇 개나 부쳤다. 하지만 영주네 아침 밥상에 영주 몫의 계란이 올라오는 일은 아주 드물었다. 생일에나 얻어먹었을까. 아니, 그 계란 중에 여자들 몫은 아예 없었다고 해야 할지도 모르겠다. 계란을 받아먹는 것은 늘 남자들뿐이었다. 할아버지는 그 계란을 탐욕스럽게 먹어치웠고, 아버지는 계란이 짜네 싱겁네 투덜거리면서도 영주에게 한 입을 주어본 일이 없었다. 그렇게 남자 넷이 계란을 별 맛도 없다는 듯 뒤적거리는 동안, 영주는 곁에서 고소한 기름 냄새를 맡으며 늘 입이 댓 발은 나와 있었다. 안 먹을 거면 차라리 나를 달라고. 한번은 깨작거리는 쌍둥이들에게 그렇게 말을 했다가, 할아버지한테 목침으로 맞았다. 귀한 사내 동생들을 샘내서, 먹을 것까지 빼앗아 먹으려 든다고. 계집아이란 정말 아무짝에도 쓸데가 없다고.

그런 말이 나올 때면 막내 고모는 입술만 움직여 뭔가 중얼거리곤 했다. 소리는 나지 않았지만, 어린 영주는 고모가 하려는 말이 무엇인지 알 것 같았다. 아니, 알 수 있었다. 영주의 마음속에 움트는, 아직 명확한 말이 되어 떠오르지 않는 것. 고모가 하려던 말은 바로 그 마음을 말에 담아낸 것일 터였다.

　　　　　　　　　　　　　＊

　다음 날 아침, 상철은 영주의 차 조수석에 앉아 늘어지게 하
품을 하고 있었다.

　"당신 진짜 독하다……. 토요일에 사람을, 대체 7시도 안 되
었는데 깨우는 게 어디 있어."

　"사람이 아침에 좀 보자고 했으면 재깍재깍 일어나야지."

　영주는 정작 운동할 때는 입지 않는 트레이닝복 차림으로 차
에 탄 남편을 흘겨보며 차를 몰았다. 아침 일찍 보자고 한 게 농
담인 줄 알았는지, 상철은 아침 7시가 되도록 이불을 둘둘 감고
늘어지게 자고 있었다. 화딱지가 나서 이불을 확 걷어버리고 잠
도 덜 깬 상철을 그대로 끌고 나와 차에 태웠다. 영주는 6시도
되기 전에 일어나서 대충 집 안을 치우고, 빨랫감도 정리해서
세탁기에 넣어두고 나왔건만.

　"코까지 드르렁드르렁 골면서 잘만 자더만. 당신은 그래, 사
람을 그렇게 속상하게 만들어놓고 잠이 잘 와?"

　"아, 여보, 내가 잘못했어. 뭔지 모르지만 잘못했다고 해야 할
것 같네. 거참."

　"거참?"

　"아니다, 말실수했다. 여보, 미안."

　상철은 곰 같은 덩치에 어울리지 않게 풀 죽은 표정으로 영

주를 쳐다보았다. 영주는 상철에게는 눈길도 주지 않은 채 능숙하게 핸들을 꺾으며 말했다.

"내가 당신이랑 처음 결혼했을 때, 그때 애들 삼촌은 이제 막 고등학교 들어가려던 때였다?"

"그랬지. 당신이 그때 고생 많이 했는데."

"무슨 고생을 얼마나 했는지는 알고? 그땐 아직 차도 없었는데, 퇴근하면 매일 모래내시장에 장 보러 갔어. 당근이며 연근이며 우엉 같은 게 수험생에게 좋다고 해서 삼촌 좋아하는 돼지고기랑 같이 조리고. 멸치 하나를 볶아도 도련님 입맛에 맞게 잔멸치를 사다가 바삭바삭해지도록 센불에 볶아서 달콤 짭짤하게 과자같이 볶아서는, 꼭 호두도 한 줌씩 넣었고."

"맞아, 그랬는데. 그런 거 생각하면 내가 정말 당신한테 할 말이 없다."

"내가 남동생한테도 그렇게 안 했어, 여보. 애들 삼촌 군대 가고서도, 우리 희찬이 낳고 돌도 되기 전에도 찬합에 맛있는 것 잔뜩 싸서 당신이랑 몇 번을 찾아갔었고. 취직하고 독립한 뒤에도 자리 잡힐 때까지 내가 하나부터 열까지 신경을 썼는데. 난 진짜 오늘 죽어도 돌아가신 당신 어머니께 할 말이 많은 사람이야. 이 집 둘째 아들, 내 밥 먹고 커서 사람 구실 한다고."

상철은 고개를 끄덕이다가 아예 푹 숙였다. 자기 딴에는 맛있는 걸 먹으려니 동생 생각이 났던 모양인데, 영주의 말을 듣다

보니 자기가 좀 너무했다는 생각이 들었던 모양이다. 사실은 영주도, 그렇게 제 공치사를 하는 사람은 아니다. 하지만 그래도 누군가는 때때로 기억해줬으면 좋겠다고도 생각한다.

영주는 시청 주차장에 차를 세웠다. 그리고 길 하나 건너에 있는 김밥천국으로 상철을 데려갔다. 새벽부터 나와 일하던 가게 아주머니가 알은체를 했다.

"토요일 아침 일찍부터 무슨 바람이야. 그 아저씨는 누구고."

"우리 집 아저씨지요, 뭐."

"훤칠하다, 아주. 젊었을 때는 제법 인물 좋았겠는데?"

"아이고, 훤칠은 무슨. 방금까지 자다 일어나서 눈 뜨고 못 봐주겠는데."

영주가 상철의 뻗친 머리카락을 가리키며 키득거렸다. 상철은 떨떠름한 표정을 지었다. 아주머니는 의미심장한 웃음을 지으며 바로 주방으로 향했다.

"오늘도 그거지?"

"예, 그거요. 오늘은 두 개."

대답을 하고, 영주는 자리에서 일어나 따끈따끈한 멸칫국물과, 김치와 단무지를 셀프로 가져다 놓았다. 그동안 상철은 어처구니가 없다는 듯, 전국 어딜 가나 뻔한 김밥천국 안을 두리번거렸다.

"뭐야, 당신. 아침부터 숨겨놓은 단골 맛집에 간대서 따라왔더니.”

“흔들어 깨워도 안 일어나다가, 맛집이라니까 좋다고 바로 일어난 건 누군데.”

“난 어디 뜨끈뜨끈한 해장국이라도 먹으러 가나 했지!”

영주는 상철의 앞에 물컵을 내려놓으며 한마디 했다.

“밥투정하지 말고 수저라도 좀 놓아요. 옆에 서랍 열면 있어. 어떻게 밖에 나와서도 손가락 하나 까딱 안 하고 밥을 먹으려고 그래.”

“아, 진짜 사람 기분 이상하게 만드네. 내가 당신을 굶기기라도 했어, 돈 걱정을 시키길 했어. 시청 앞에 비싸고 좋은 맛집들 다 두고 고작 김밥천국이라니.”

“김밥천국이 어때서. 당신은 맨날 비싼 데서 점심 먹고 그래?”

“나도 회사에서 밥 먹을 때는 김밥천국 자주 가지. 하지만 당신이 맛집이랬잖아. 김밥천국이 어디가 맛집이야?”

“원래 남이 차려주는 밥은 다 맛있는 법이야.”

영주는 상철의 얼굴을 물끄러미 바라보았다. 영주는 안다. 세상에서 제일 맛있는 밥은 누군가 나를 위해 차려주는 밥이다. 따뜻한 밥 한 그릇, 남이 먹다 남긴 게 아닌 정갈한 반찬 두세 가지. 산해진미 같은 것이 없어도 딱 그만큼이어도 족하다.

“애들 어릴 때부터 자주 왔어. 애들 놀이방이며 유치원 보내고 출근하다 보면 꼭 출출해서.”

"사람 알 수가 없네. 왜 집에 밥 놔두고 할 일 없이 아침부터 김밥이야?"

"왜긴 왜야. 애들 씻기고 입히고, 뭐 한 숟갈이라도 챙겨 먹이고 나오다 보면, 나는 물 한 모금 못 마시고 출근하는 일이 부지기수였으니까 그렇지."

상철은 뭐라 말을 더 보태지 못하고 입만 벙긋거렸다. 아주머니가 오므라이스 접시를 내려놓으며 혀를 찼다.

"거 밥 먹는 것쯤은 좀 놔둬요, 여자도 다들 바깥일 하느라 바쁜 세상에."

"허, 정말⋯⋯."

기막혀 하는 상철은 내버려두고, 영주는 주방에서 갓 나온 따끈따끈한 오므라이스를 들여다보았다. 노랗고 야들야들한 계란지단이 럭비공을 반으로 갈라놓은 것 같은 모양으로 놓여 있었고, 그 위에 빨간 케첩이 하트 모양으로 뿌려져 있었다. 접시 가장자리에는 작은 브로콜리 한 조각도 있었다. 영주는 귀여워 보이는 브로콜리를 젓가락 끝으로 툭 하고 건드리며 웃음 지었다. 상철이라면 그게 뭔데 실없이 웃느냐고 생각하겠지만.

중요한 날의 도시락이나, 손님이 왔을 때 차리는 상에는 공을 들일 수 있다. 하지만 일상의 밥상에서는 그렇게, 상을 차릴 때 뭔가 모양을 내어 썰거나 접시 구석에 장식으로 뭔가를 얹어놓는 일 같은 것은 하기 어렵다. 바쁘니까. 그나마 대부분 제시간에 출근해서 제시간에 퇴근하는 민원실 주무관이라고 해도, 저녁 6시에 퇴근해 집에 돌아와 식사 준비를 하다 보면 예쁘게 공들여 차리는 것은 불가능하다. 그것도 접시 여럿 나오는 한식 밥상은. 주말에 나물이나 장조림 같은 밑반찬들을 만들어놓고, 퇴근해서는 밥을 지으며 국이나 찌개, 시간이 있으면 고기를 좀 볶거나 생선을 굽고, 크고 작은 반찬 그릇에 김치와 밑반찬들을 덜어서 식탁에 올려놓고 밥을 푸고 국을 떠서 차려내는 것도 일이거니와, 다들 먹고 일어난 밥상을 치우고, 그릇을 불려서 식기세척기에 넣고 나면 그새 밤 9시. 세척기에 돌리기만 하면 끝나는 일도 아니다. 크기별로 모양별로 그릇을 줄 세워서 다시 찬장에 집어넣고, 자기 전에 아이들이 간식 먹은 그릇, 남편이 마신 커피잔 같은 것들을 다시 세척기에 집어넣는다. 집에 돌아오자마자 세탁기에 집어넣은 빨래들도 꺼내어 널어야 하고, 시끄러우니 청소기는 돌리지 못해도 2, 3일에 한 번은 대걸레로 바닥을 닦아야 한다. 딱 사흘만 손 놓고 있어도 주먹만 한 먼지 덩어리가 굴러다니니까. 그런 상황에서 식구들과 먹는 밥상을 그렇게 예쁘게 차리는 것은 쉽지 않다. 하물며, 자기 자신을 위한 밥상이라면.

"난 진짜 집에서 남이 차려준 밥을 얻어먹어본 적이 없네. 집에서는 늘 남의 입에 들어갈 걸 차리기만 했어. 올 엄마 돌아가시고 나서는 지금까지 쭉."

영주는 브로콜리를 젓가락으로 집어 들며 상철을 물끄러미
바라보았다.

*

"야, 신영주. 너 진짜 이게 뭐 하는 거야."

영주는 때때로, 아이가 태어나고 약 반년 동안 집에서 혼자
아이를 돌보던 때를 생각한다. 하루에도 열 번에서 열네 번쯤
맘마를 먹고, 수시로 깨어나서 우는 아이를 하루 종일 안고 씨
름하다가 아이가 겨우 잠들었을 때, 식탁에 앉지도 못하고 주방
에 서서 대충 먹던 식사들을 떠올려본다. 국그릇에 숟갈로 밥을
퍼서 담고, 반찬 꺼낼 틈도 없어서 대충 참기름 한 숟갈에 고추
장 한 숟갈 넣고 비벼 먹던, 마치 드라마 주인공이 궁상을 떨며
밥솥째 끌어안고 비빔밥을 퍼 먹는 것 같던 그 순간들을.

아이가 태어나고 넉 달이 좀 지났을 무렵, 영주는 정말 미쳐
버리기 일보 직전이었다. 상철은 제 동생에게는 부모님을 대신
하는 듬직한 형이었고, 태어난 제 자식을 보고는 더욱 책임감
을 느끼고 열심히 일하는 착실한 아버지였으며, 심지어는 세무
사로 독립한 친구가 아직 제대로 자리를 잡지 못해서 걱정이라
며 여기저기 친구의 홍보까지 해주는 의리의 사나이였지만, 출
산한 몸으로 혼자 아이를 돌보는 영주에게는 도움이 되지 않았

다. 결혼 전에, 자기는 남자니까 연약한 여자인 영주를 챙겨주고 돌봐주겠다는 상철에게 영주는 몇 번이나 말했다. 나는 평등한 가족을 만들고 싶다고. 결혼한 뒤에도 자신이 음식을 만들거나 하는 것을 더 잘하기 때문에 밥상을 차리는 것뿐이지, 부부는 평등해야 한다, 내가 음식을 준비하는 만큼 당신은 다른 일을 더 하면서 함께 생활을 꾸려나가자는 말을 매일같이 들려주었다. 하지만 이 남자는 아내가 아이를 낳고 몸과 마음이 쇠약해졌으면 남편이 모두를 돌보고 보호해야 한다는 데까지 생각이 미치지 못한 것 같기도 했다. 밥을 차리는 게 힘들어서 그런가 보다 하고 족발이나 치킨을 사 올 정도의 눈치는 있었지만, 사 온 음식을 밥상에 차리는 것은 여전히 영주의 몫이었다.

그런 영주의 앞에 나타난 사람은, 상철과의 결혼을 끝까지 반대했던 막내 고모였다.

"너희 엄마 죽고서, 너 학교 다니는 내내 모지리들 밥 차리느라 좋은 시절 다 보내놓고는. 이젠 애 낳고 행주도 제대로 못 짤 만큼 손목이 너덜너덜해졌는데도 밥도 못 얻어먹고 있어?"

"나도 이렇고 싶진 않은데, 어떻게 해. 남들이야 엄마가 산바라지해주신다는데 난 엄마도 없고. 시어머니도 안 계시고."

"아무리 그래도 그렇지!"

"그렇다고 고모한테 부탁할 수도 없잖아. 고모도 일하는 사람이고, 솔직히 살림은 나보다 더 못하는데."

"야, 야, 야, 야."

고모가 고개를 절레절레 저으며 얼굴을 들이밀었다.

"너 애 낳고서 지금까지, 집 앞에 잠깐이라도 혼자서 외출한 적 있어?"

고개를 저었다. 고모가 코앞까지 고개를 들이밀며 다시 물었다.

"아니면, 애 안고서라도 마실 나갔다 온 적이 있어? 소아과 가고, 찬거리 사러 나갔다 오는 것 말고."

"아니……."

"애는 이리 줘. 넌 아무 데나 좀 나갔다 와라."

고모가 아이를 이리 내놓으라는 듯 두 팔을 내밀었다. 영주는 덜컥 겁이 났다. 정말 답답했는데, 어디든 나가고 싶었던 건 사실인데, 막상 어디든 나갔다 오라는 말을 들으니 뭘 어떻게 해야 할지 감도 오지 않았다. 고작 넉 달 동안 아이를 돌봤을 뿐인데도 밖에 나가면 어딜 가야 할지 아무 생각도 나지 않았다.

"어디 가야 하는데……?"

고모가 역정을 냈다.

"애하고 남편 상관하지 말고 나가서 뭐라도 하란 말이다! 갈데 없으면 회사라도 가든가! 정 뭘 해야 할지 모르겠으면 밥이라도 먹고 와! 하다못해 김밥천국에라도 가서, 김밥이든 떡볶이든 오므라이스든 남이 차려주는 밥을 먹고 오라고!"

그 말대로 했다. 혼자서는 아무 판단도 되지 않아서. 고모가 시킨 대로 김밥천국에 갔다. 김밥? 떡볶이? 오므라이스? 뭘 먹을까 생각하는데 문득, 고소한 기름 냄새와 계란을 부치는 냄새가 코를 찔렀다. 어렸을 때, 아침마다 맡으며 침만 꼴깍 삼켰던 그 냄새였다.

"저, 오므라이스 하나 주세요."

한 숟갈 떠서 입에 넣자, 프라이팬에서 갓 볶아낸 야채볶음밥이 노란 계란지단과 함께 입안에서 확 풀어졌다. 기름 코팅이 입혀져 끝이 살짝 튀겨진 듯한 밥알의 쫀득한 느낌과, 아삭함이 살짝 남아 있는 당근, 물렁하고 달콤한 양파, 잘게 썰었지만 특유의 향을 내는 피망, 여기에 보들보들한 계란이 화룡점정이었다. 케첩을 듬뿍 뿌려서 다시 한번 더 입에 넣었다. 새콤달콤한 케첩의 맛이 더해지자, 볶음밥 속 야채들이 조화롭게 어울렸다. 한 숟갈을 다 삼키기 전에 이미 침이 고일 것 같은 맛, 아이를 낳고 혼자 아이를 돌보기 시작한 이래 처음으로 누군가가 자신만을 위해 차려준 밥상이었다. 한 숟갈 한 숟갈을 꼭꼭 씹어 삼키며, 영주는 조금 울었다. 정말 별것 아닌데. 그냥 어디에나 있는 평범한 김밥천국에, 어느 분식집에 가도 먹을 수 있는 평범한 오므라이스인데. 그저 누군가가 차려주었다는 이유만으로도 이렇게 좋을 수 있다니.

"서서 먹는 밥은 거지 밥이라고 너희 할아버지가 그랬다."

돌아왔을 때, 고작 두 시간 아이를 보고 초췌해진 고모가 말했다.

"남의 밥은 그렇게 안 차릴 거면서, 자기 밥은 왜 그따위로 먹고 있어?"

"할아버지 싫다면서, 고모도 할아버지가 한 말은 다 기억하나 봐."

"나는 너랑 달라서 기억력이 좋은 사람이지. 야, 신영주. 너 영감탱이랑 너희 아버지 밥 차리는 것 지긋지긋하다고 노래를 부르더니, 시어머니도 안 계신데 아직 한참 키워야 할 막냇동생이 있는 남자랑 결혼을 해서 고등학교 3년을 꼬박 도시락까지 싸고 있었던 거 기억 안 나?"

그때나 '맛있다, 고맙다' 했지 상훈이 군대에 간 지금은 상철은 물론 상훈 본인도 잊어버렸을 것 같은 이야기를 고모는 기억하고 있었다. 눈물이 찔끔 나서 눈가를 훔치자, 고모가 가슴을 탁탁 치며 한숨을 쉬었다.

"내가 그래서 수발들 사람 많아서 안 된다고, 그런 결혼 하지 말라고 그렇게 말렸는데. 야, 네 신랑은 양심이 있냐? 제 동생 다 키우도록 너를 부려먹어놓고, 지 새끼 낳고서 산후우울증으로 다 죽어가는데 밥 한 끼를 안 차려줘서 애 안은 채 선 채로 밥을 먹게 만들어? 잠깐만, 이따가 저녁밥은 누가 차려?"

"내가 차리는데……. 아니 고모, 희찬이 아빠도 바깥일 하고 돌아왔는데 내가 다른 건 못 해도 저녁밥 정도는 차려줘야지."

"열 달 몸 갈아서 아이 낳고, 손목 발목 관절이 다 늘어난 몸으로 하루 종일 애까지 보고 있는데. 야, 돈만 못 벌었지 일하는 양만 보면 네가 네 남편보다 더 과로하는 거야!"

고모가 씩씩거리며 냉장고를 열었다. 있는 재료들을 대충 꺼내더니, 콩나물을 데치고 당근을 채 썰었다. 네 남편 먹으라는 것 아니라고, 너 먹으라고 만드는 거라면서.

"하여간 밥 못 먹어 죽은 귀신들이 붙었어, 이 나라 남자들은."

원래대로라면 양념장에 파도 다져 넣고, 양념장 따로, 참기름 따로 넣어서 손으로 야무지게 무쳐야 할 것들을, 고모는 통에 넣고 양념장과 참기름을 함께 넣은 뒤 뚜껑을 덮고 마구 흔들어댔다.

"아니, 잠깐. 고모…… 나물이라는 건 그렇게 무치는 게 아니……."

"너희 아버지야 선배 따라 공장 갔다가 입 짧아서 도망 나온 한심한 작자이지만…… 먹물 좀 들고 의기 좀 있어서 세상을 바꾸겠다, 노동자 민중을 해방해야 한다고 잘만 떠들어대던 놈들도 끼니때 되면 여자가 해주는 밥 앉아서 받아먹겠다고 아우성질이야. 우리가 이제 여자도 가사 노동에서 해방 좀 해야겠다니까 뭐라는지 아니? '봉황의 큰 뜻을 참새가 모르고 짹짹거린다'는 거야. 하여간 그런 소리 하는 놈들은 하나같이 생긴 것은 잘못 떨어진 메주 같은 게 머리들도 텅텅 빈 밥통 같아서, 아마 개들은 봉황이 암수 한 쌍인 것도 모를 거야."

"봉황이 두 마리야?"

"청와대 마크만 봐도 봉황은 두 마리지, 왜."

"그건 그렇네······."

납득한 듯 고개를 끄덕이는 영주를 보며 고모가 피식 웃었다.

"봉황은 한 마리가 아냐. 암수 한 쌍을 함께 일컫는 말이지. 봉황의 '봉'은 수놈이고, '황'은 암놈이거든. 근데 자기들은 혁명을 할 거라면서 나더러는 밥까지 하라며 헛소리를 하던 놈팡이들은 말야, 그 봉황에서 황이 암놈을 뜻한다는 것도 모를 거라고. 둘이 같이 가는 건데. 저들만 잘나고 저들만 앞에 서서 가고, 여자는 그저 밥이나 하면 되는 줄 알고."

고모는 그런 말을 하며, 뚜껑을 열고 콩나물을 두어 가닥 집어 영주의 입에 넣어주었다. 솔직히 볼품은 없었지만, 정말 맛있었다. 누군가 나를 위해 만들어준 반찬이라는 것은.

"맛있어."

"그렇다니까."

어떻게 한 건지 남은 재료로 며칠 먹을 반찬거리를 만들어 냉장고에 넣어주며 고모는 말했다.

"주말에도 네가 밥상 다 차리고 있지? 그러지 마. 네 남편더러 희찬이 좀 안으라고 하고, 나가서 먹어. 남이 차려주는 밥 먹어.

알았어?"

거의 그때부터였다. 그 일이 있고 한 달 뒤에 영주는 복직을 했으니까. 복직을 하고, 아이 밥 먹인다고 수유를 하고, 유축까지 해서 놀이방 선생님께 맡겨놓고, 새벽같이 시청으로 출근을 하던 영주는 때때로 시청 앞 24시간 김밥천국에서 오므라이스를 먹기 시작했다.

바쁘고, 힘들고, 지치고, 마음이 헛헛하면 이곳에서 아침밥을 먹었다. 고급스러운 호텔 조식까지는 아니지만, 그렇지 않아도 이 바쁜 아침에 누군가 내게 차려주는 따뜻한 아침밥은 그자체로 충분히 호사스럽고 감사했다. 그것도 맛있게 갓 볶은 따뜻한 밥이 얇고 보들보들한 계란지단을 뒤집어쓰고 누워 있는 이런 오므라이스라면.

*

"어떻게 묻지도 않고 오므라이스야. 당신 아주 독재야, 김밥천국 와서 메뉴판도 안 보여주고 멋대로 주문하지 않나."

"여기 오므라이스 맛있어. 맛있는 거 맛보여주겠다는데, 왜."

"……애들이나 좋아하게 생겼구면."

상철은 투덜거리며 오므라이스를 잠시 뒤적거리다가, 그래도 맛있었는지 아니면 시장했던 것인지는 몰라도 부지런히 밥을 먹기 시작했다. 영주는 그 모습을 바라보며 한 입 한 입 음미하 듯이 꼭꼭 씹어 먹었다.

할머니는 평생 할아버지 밥상을 차리다가 세상을 떠나셨다. 그다음은 엄마였다. 걸핏하면 밥상을 뒤엎던 할아버지 때문에 마음 졸이던 엄마는 날이 갈수록 안색이 어두워지더니, 영주가 중학생 때 그만 쓰러지셨다가 그대로 돌아가시고 말았다. 누군 가의 밥을 차리다가 끝나는 평생. 아니, 죽음으로 밥걱정이 끝 나는 것도 아니다. 젊어서 돌아가신 시어머니가 대학 노트 가득 적어놓았던 레시피들을 보면 마지막 순간까지 아들들 밥걱정을 하시다 돌아가셨을 거라는 생각만 든다.

할아버지는 상상도 하지 못하겠지. 감히 계집이 아침에 계란 을 먹고 있다는 것을. 계집이 제 손으로 남의 밥상을 살뜰히 차 리진 못할망정, 아침부터 남이 차려주는 밥을 먹고 있다는 것 을. 그 맛이 정말로 꿀맛이라는 것을.

"당신 진짜 아무것도 모르네."

"뭐?"

"으이구, 아무 소리 안 했네요."

"하고 싶은 말이 있으면 시원하게 말을 해. 밥 먹으면서 사람 빤히 쳐다보지 말고."

"흥."

"저거 봐, 요새는 정말 마누라가 상전이지."

물론 상철이 그렇게 말한다고, 정말로 영주의 마음속 말을 다 알아들을 거라고는 기대하지 않는다. 마누라가 상전입네 말만 그렇게 하지, 영주의 눈치를 보는 것도 아니다. 지금 상철은 그저 조금 불편할 뿐이다. 자기 어머니 시절 여자들은 그저 남편 걱정, 자식 걱정에 손발이 닳도록 다 일하면서도 힘들다 소리를 안 했는데, 제 아내는 맞벌이라고 때때로 바깥일 하는 사람 티를 낸다는 것이 때로 마음에 들지 않는 것이다. 상철은 때때로 사무실에서 본 젊은 여직원들 이야기를 하며 세상이 말세가 아닌가 걱정하기도 했다. "요즘 여자들 무서워. 아침밥 차려 달라는 소리를 하면 바로 아웃이래. 난 옛날 같았으면 장가도 못 갔을 거야." 그렇게 한탄하는 상철의 표정에는 장차 아들인 희찬이 아침밥도 먹고 다닐까 봐, 나아가 자신이 며느리의 눈치를 보며 밥을 먹게 될까 봐 두려워하는 기색이 가득했다.

그런 모습을 볼 때마다, 영주는 웃었다. 딸인 희연은 어쩌라고, 하는 듯한 표정으로 제 아빠를 바라보았다. 그때마다 상철은 정색을 하고 말했다. "희연이 너는, 너부터 아침 잘 차려 먹고. 엄마 손맛 좀 배워서 나중에 너도 음식도 좀 해보고." 그때마다 희연은 고개를 절레절레 저었다. 우리 아빠지만 고리타분해서 말이 안 통한다는 뜻이었다.

어쩌면 저렇게 밥이 좋을까. 처음에는 내가 좋아서 결혼한 이 남자도, 잘 차려진 한식 밥상을 당연한 듯 받아먹으려는 놈인가 싫어 기겁을 하기도 했다. 그래도 상철은 영주의 할아버지나 아버지보다는 나았다. 아이들이 태어나며 아침에는 빵과 우유와 시리얼을 먹게 되었고, 주말에는 자신이 팔을 걷어붙이고 요리도 했다. 그만하면 괜찮은 건지, 아니면 이렇게 생각하는 자신조차도 이제는 옛날 사람이 된 건지 모르겠다.

영주는 반쯤 먹었지만 아직도 따끈따끈한 오므라이스를 만족스러운 얼굴로 내려다보며, 할아버지가 상상해본 적 없을 미래를, 한 숟갈 더 입에 넣었다.

김
치
만
두

입맛이 없어서 살기가 싫었다.

자기가 생각해도 한심하고 이기적이고. 종합병원을 코앞에
두고 의료보험의 혜택을 있는 대로 누리고 살면서 아프면 아픈
대로 진료받고 입원할 수 있으면서 병원 밥이 맛없다고 타박하
는 철부지 선진국 중년 남자의 헛소리 같은 생각이었다.

"……뭐, 사실이긴 하지."

진수는 밥숟가락을 내려놓으며 중얼거렸다. 구월동에 있는
종합병원에서 엎어지면 코 닿을 거리에서 평생을 산 것도, 여기
병원 밥이 맛없는 것도 사실이었다. 예전에는 암에 걸리면 그냥
죽는다고 했는데 이제는 의학도 발전하고 의료보험도 잘되어
있는 것도, 자신이 입 짧은 중년 남자인 것도 모두 다.

복도에 점심 밥차가 올라오는 것을 진수는 후각보다 위장으

로 먼저 알아챈다. 먼저 진땀이, 그다음으로 헛구역질이 올라오고, 뒤이어 복도 쪽에서 음식 냄새가 난다. 미음보다 나을 게 없는 멀건 죽, 맛보나 마나 싱거울 반찬들. 원래도 입이 짧은 편이었지만, 항암을 시작한 이후로, 단 한 번도 식사가 기꺼웠던 적이 없었다. 음식 냄새는 맡기도 전에 구토가 올라왔고, 식사를 하면 고통스러울 정도로 변비에 시달렸다. 속쓰림을, 구토를, 변비를 해결하려고 먹는 약만도 매일 한 줌은 되다 보니 약만 먹어도 배가 불렀다. 그나마 먹은 약도 위액과 함께 토하기가 일쑤였다. 숟가락도 안 대고 물렸다간 간병인의 잔소리를 들을 테니 그릇에 적당히 숟가락질만 해서 입 댄 흔적만 조금 낸 것을 그대로 물렸다.

뱃속을 텅 비우고 싶었다. 예전에 스콧 니어링이라는 학자가 백 살 가까이 나이가 든 어느 날 자기 아내에게 그런 말을 했다고 한다. 식사는 그만하겠고. 음식을 끊고, 가능하다면 마시는 것도 그만둔 채로 죽음이 자연스럽게 찾아오도록 내버려두겠다고. 죽음이 다가오는 과정을 예민하게 느끼고 싶다고. 그는 그 말대로 식사를 줄이고, 고형 음식을 끊고 과일주스만 마시다가, 그마저도 끊고 물만 마셨다. 그리고 한 달 뒤 아내가 지켜보는 가운데 평온하게 세상을 떠났다고 한다.

사람들은 그의 죽음을 두고 아름다운 삶과 마무리라고 말했지만, 그런 죽음을 선택할 수 있는 것도 복이다. 입맛이 없는데도 꾸역꾸역 세끼 식사를 받아서 먹고, 항암제의 부작용으로 전부 게워내고, 토하는 것이 괴로워 밥그릇에 대충 뒤적거린 흔적만 내고 돌려보내기를 반복하면서 진수는 목숨을 부지한다는 것이 얼마나 비루하고 쓸쓸한 일인지 생각했다. 그리고 그런 생각을 할 때마다 죄책감에 시달렸다. 세상 어딘가에는 이런 밥조차 먹지 못하고 굶주리는 사람들이 있겠지. 아파도 병원에 가지 못하는 사람, 자기가 죽을병에 걸린 줄도 모르고 죽어가는 사람이 얼마나 많겠어. 그런 사람들을 생각하면 멀끔한 병원에서 항암 치료를 계속하면서 이런 생각을 하는 것 자체가 죄일 것이다.

하지만 매일 그런 생각을 했다. 인간이 정말 이렇게까지 살아야 하는 걸까. 딸린 가족이 있는 것도 아니고, 반드시 살아서 목숨을 이어가야 할 이유도 없는데, 이렇게까지 존엄을 잃어가며 목숨에 연연할 이유가 있을까. 이렇게 누워서, 멀건 죽을 삼키고 다시 토하기를 반복하는 것에 무슨 의미가 있을까.

무엇이라도 해답을 찾고 싶었다. 이런 사소한 일에서 구원을 찾는 것이 어리석다는 것을 알면서도, 진수는 연필을 깎았다. 사각사각사각, 느린 호흡에 맞추어 천천히 나무가 깎여나가는 소리에 마음이 아주 조금 차분해졌다. 울렁거리는 가슴을 부여잡고 몸을 웅크린 채 책을 들여다보며 밑줄을 긋고, 이 지경이 되어서도 계속하고 있는 배달 학습지 몇 장을 꺼냈다.

그때 전화벨이 울렸다.

"여보세요?"

"야, 진수냐? 좀 어때?"

지금은 재개발되고 없는 저 구월주공이 처음 들어설 무렵부터 알고 지냈던 50년 지기 친구 놈이다. 진수는 눈살을 찌푸렸다.

"어떻긴 뭘 어때? 입맛이 없어서 살기가 싫구먼."

어린애 투정 같은 소리였지만 그래도 아무 데도 이런 말을 하지 않았다간 속이 답답해 죽을 것 같았다. 그랬더니 이 눈치라고는 없는 놈이 잔소리질이다.

"살기가 싫기는. 야, 우리 나이면 아직 한창이야. 암 걸렸다가도 살아나서 쇠도 씹어 먹는 놈들이 한둘이 아닌데 항암 해서 입맛 좀 없다고 이게 무슨 소리야, 너는."

시끄러운 녀석, 진수는 눈을 질끈 감았다. 내가 미쳤지, 무슨 좋은 소리를 들으려고 저놈에게 살기 싫다는 소리를 다 했을까.

"너한테 이런 지질한 소리 안 하는 놈들, 항암제 그까짓 거 별거 아니더라고 허세 부리던 놈들은 다들 처자식 있는 놈들이고. 나는 붙잡고 한탄할 가족 하나 없어서 그런다. 할 일 많은데 정신 사나우니 끊어."

"야, 잠깐. 끊지 마. 병원에 하루 종일 있으면서 바쁘긴 뭐가 바쁘다고. 너, 끊지 말고 내 말 좀 들어봐."

"뭔 말을 들어."

"가족이 있다고 너보다 신세 편한 거 아니라고……. 우리 집 서열을 따지면 내가 꼬래비일 거다. 애들 어릴 때는 애들이 1순위더니, 요즘은 마누라가 상전이야. 이 여자가 얼마 전에 직장에서 승진을 하더니 사람이 좀 변했어. 여자도 남이 차려주는 아침밥을 좋아한다나 뭐라나, 그러더니 갑자기 첫새벽에 끌고 나가서는 해장국도 아니고 오므라이스 따위를 먹이지 않겠어?"

"배부른 소리 하고 있네."

짜증이 확 솟구쳤다. 전화를 끊어버리려다가 진수는 주먹을 꽉 쥐었다. 손등의 뼈와 힘줄의 형태가 다 드러나 마치 해골 표본처럼 보였다. 전화 저편의 상철은 모를 것이다. 50년이 넘게 이어온 이런 실랑이를 할 수 있는 시간도 얼마 남지 않았다는 것을. 아내와 알콩달콩 지내면서도 나잇값 못 하고 친구에게 부인 험담 같은 자랑을 끝없이 늘어놓는 짓을 들어주기에, 진수에게는 이제 정말 남은 시간이 없었다.

"밥상에서 얼굴 마주 보고 같이 밥 먹을 식구가 있으면 복 받은 줄 알아야지. 마누라에게 밥 얻어먹는 주제에 해장국이든 오므라이스든 주는 대로 먹어. 다 늙은 새끼가 나잇값도 못 하고 조강지처 험담이나 하고."

"야! 너는 '신중년'이라는 말도 못 들어봤어? 요즘 평균수명도 길어지고 사람들 영양 상태도 좋아져서 자기 나이에다가 0.8을 곱해야 한다더라. 요즘 환갑이 1990년대의 마흔여덟 살이랑 체력이나 건강이 비슷하다는데. 너는 대체……."

떠들어대다 말고 상철이 말끝을 흐렸다. 되는대로 떠들다 보니 이제야 겨우 이쪽의 상태가 생각이 난 모양이다. 진수가 혀를 찼다.

"대체, 뭐?"

"아니, 그게. 야, 우리 어머니도 젊어서 암으로 돌아가시긴 했지만, 요즘은 의학이 발전해서 암 걸렸다가도 살아나는…… 5년 지나서도 재발 안 하고 완전히 낫는 사람이 한둘이 아니야. 너야 아직 한창 나이고…… 항암 끝나고 나면 다시 예전처럼……."

"마음대로 더 떠들어봐라."

쩔쩔매며 말 같지도 않은 소리를 늘어놓는 상철을 향해 진수가 무뚝뚝하게 대꾸했다.

"항암을 해도 소용이 없는 사람 앞에서, 어디 더 말해보라고."

말하자마자 생각했다. 괜한 소리를 했다고. 전화 저편에서 황소처럼 울부짖는 소리를 들으니 더 속이 뒤집혔다. 아무 말도 하지 말걸. 저런 녀석에게는 죽은 뒤에 부고도 보내지 말라고 할걸.

전화를 끊고 진수는 손바닥으로 이마를 감싸다가, 얼굴에 살이 내려 이마의 살가죽이 떠 있는 것을 새삼 깨달았다.

"암 환자는 항암제 때문에 죽는 게 아니래요. 못 먹어서 영양실조로 죽는다고 하더라고요."

그러고 보니 교육청에 다니다던 옆자리 남자가 그런 말을 했었다. 자기도 재발 전에는 정말 토할 것 같고 먹다 죽을 것 같아도 그냥 꾸역꾸역 먹었다고. 지금도 그랬다. 이 근처에서 일한다는 그 남자의 아내는 아침마다 잠시 들러 바나나와 양배추를 갈아 만든 주스며 전복죽 같은 것을 놓고 가면서 매일 똑같은 말을 했다. "먹어야 해, 여보. 먹어야 살아." 그는 퇴근 후에도 꼭 병원에 들러서 남편 얼굴을 보고 가며 뭐라도 먹고 싶은 건 없는지 물었다. 나가서 다 먹자고, 원하는 대로 다 먹자고. 그러니까 지금은 맛이 없어도 이 병원 밥을 다 먹어야 한다고. 그렇게 아내의 격려를 받아 몇 술을 어떻게 뜨고 기운이 나면, 남자는 누구라도 자기 이야기를 들어달라는 듯 중얼거렸다. 딸이 하나 있다고. 중학교에 다닌다고. 얼마 전에는 회사에서 승진도 했다고. 살아야 할 이유를 말해보라고 한다면 백 가지는 더 말할 수도 있다고.

하지만 남자는 그렇게 아침저녁으로 찾아오는 아내의 노력에도 불구하고 나날이 살이 내렸다. 처음에는 암 환자라는 게 믿어지지 않을 만큼 건강해 보였는데, 살가죽만 남은 것을 보니 얼마 못 가겠구나 생각했던 것이 바로 지난주의 일이었다. 이제는 정말 얼마 안 남았는지, 하루의 대부분을 앓는 소리도 내지 못한 채 누워만 있었다.

"……"

진수는 돌아가신 할머니를 생각했다. 할머니도 그렇게 강골이고 체구가 크신 분이었는데, 어느 순간부터 살이 내리더니 초겨울부터 약 반년쯤 자리보전을 하시다가 돌아가셨다. 손목이나 팔뚝이 늘 단단하고 체격도 좋아서 남자였으면 씨름대회 나가서 황소도 타 왔겠다 하시던 분이었는데, 돌아가실 때는 정말 마르고 마르다 못해 키까지 줄어드신 듯 자그마해지더니, 마지막으로는 그렇게 작은 관에 들어가셨다. 그렇게 작아지고 닳아져서, 더는 형체가 남지 않을 때까지 작아지면, 그것이 정말로 끝이고 죽음일까. 어린 마음에 그런 생각이 들었을 만큼.

*

"주사 들어갑니다."

케모포트에 연결된 수액 줄로 아까부터 생리식염수가 들어오고 있었다. 간호사는 그 수액 안으로 작은 바이알 병에 든 항암제를 주사로 뽑아 밀어 넣는다. 살갗을 직접 찌르는 게 아닌데도 그 서늘한 느낌에 진수는 자기도 모르게 질끈 눈을 감았다. 잠시 후 목구멍에서 비린내 섞인 락스 냄새가 올라오기 시작했다. 천천히 눈을 뜨자 안경을 쓰지 않아 초점이 잘 안 잡히는 시야 너머로 항암제 섞인 수액이 관을 타고 흘러들어오고 있었다.

진수는 열 달 전, 4기 암이라는 선고를 받고 처음 맞았던 항암제를 생각했다. 그렇지 않아도 불안했는데, 불길하고 기분 나쁜 빨간색 주사약이 몸으로 흘러 들어오는 모습을 보는 것은 생각만 해도 끔찍했다. 핏빛과는 다른, 어릴 때 소아과에서 받아오던 구역질 나는 딸기 맛 물약 같은 색깔이었다. 그런 데다 약이 독해서 다른 데로 흘러들어가면 조직이 괴사한다고 약을 맞는 내내 꼼짝도 못 했다. 이따위 것을 맞으면서까지 살아야 하나. 내가 처자식이 있나, 뭐가 있나. 그냥 죽으면 끝인데, 하는 생각이 간절히 들 만큼 끔찍한 시간이었다. 맞는 내내 얼마나 지긋지긋했는지, 지금 또 다른 항암제를 맞고 머릿속까지 욱신거리는 통증이 올라오는 와중에도 그때 그 루비처럼 붉은색을 띤 약의 이름만은 선명하게 기억난다. '독소루비신(doxorubicin)'이라고 했었지. 처음 그 이름을 듣고, 한자로 된 이름이 아니라 그냥 화학약품 이름이라는 것을 알면서도 얼마나 독한 약이면 이름에 독소(毒素)라는 말이 다 들어 있느냐며 치를 떨었다.

효과가 꽤 좋다던 그 항암제는 의사의 기대를 저버렸다. 소변 색까지 시뻘게진 데다 화학약품 같은 냄새가 진동을 했고, 며칠간은 물만 마셔도 토하고 헛구역질이 나는 것이 난리도 아니었지만 몇 번이나 맞아도 암세포가 눈에 띄게 줄어드는 일은 없었다. 그 독한 약을 들이부었어도 암세포는 축이 안 나고 몸만

축이 났다. 항암제를 바꾸었다. 그다음에도, 그다음 번에도, 처음 한두 번은 조금 효과가 있나 했지만 곧바로 내성이 생겼다. 발견된 상태가 이미 4기여서 선택의 폭도 넓지 않았다.

알고 있다. 끝이 다가오고 있다는 것을. 항암제를 써봤자 암 세포가 사멸되는 속도보다 진수의 몸이 부서지는 속도가 더 빠르다면 대책이 없는 것이다. 의사도 이번 항암을 시작하기 전에 진수의 손을 꼭 잡고 이야기를 했다. 미안하다고. 쓸 수 있는 약이 얼마 없는데, 효과가 거의 없다고. 그러니까 힘들겠지만 이번까지만 이 약을 써보고 다음부터는 암 진행의 속도 자체를 늦춰서 생명을 연장시키는 방향으로 치료할 거라고.

그렇게 효과가 없다고 의사 입으로 말할 정도라면, 이번 항암도 그냥 안 하는 게 낫지 않았을까. 진수는 올라오는 토기를 꾹 참으며 고개를 돌리다가 쇄골 밑에 묻어놓은 케모포트에 수액줄이 꽂혀 있는 것을 보고 고개를 반대로 틀었다.

망할 놈의 암. 항암 치료를 시작하고 걸핏하면 토해서 식도며 위장이 너덜너덜해지고, 음식을 먹어도 무엇 하나 제대로 소화를 시키지 못하는 통에 먹고 싶은 것을 한 번도 제대로 먹어보지 못했다. 진수는 눈을 질끈 감았다.

"아유, 선생님. 무리하지 말고 좀 쉬시라니까."

항암제 수액을 다 맞고 늘어진 채 깜박깜박 졸고 있는데, 혈압과 체온을 재러 온 중년의 간호조무사가 괜히 옆에 나와 있는 짐들을 챙겨 사물함에 밀어 넣으며 쓸데없는 소리를 보탰다.

"이게 뭐예요, 이게. 우리 애들 어릴 때 풀던 그런 학습지 맞죠? 점잖으신 분이라 원래 공부하시던 분이구나 했지만 어떻게 항암을 하러 와서도 공부를 하세요?"

진수는 눈살을 찌푸렸다. 결혼을 안 해 혼자 살고, 시집간 누나들과도 연이 멀어지다 보니 암에 걸려 입원을 해도 남의 손을 빌릴 만한 상황이 못 되어 간호간병 통합병동에 들어와 누웠는데, 여기서 처음 만난 간호조무사가 마치 오랜만에 만나는 친척이라도 만난 듯이 살갑게 굴다 못해 얼굴 볼 때마다 쉬지도 않고 말을 건넨다. 그래도 시간마다 들여다보고 안부 물어주는 것도 저이밖에는 없으니 별말이야 아니 했지만. 솔직히 지금처럼 항암제에 부대껴 죽을 것 같을 때는 그 목소리가 머릿속에서 울리는 것 같다.

"지금은 스트레스 안 받고 푹 쉬셔야 해요. 공부 같은 건 퇴원하신 뒤에 하시죠. 남들은 입원해 있는 동안 밀린 잠도 자고, 못 보던 드라마도 이어서 보신다는데. 선생님은 아침부터 학습지를 다 풀고. 혹시 교수님이나 그런 분이셨어요?"

"……제가 어릴 때 학교 선생님이 공자님 말씀이라며 그런 말을 하셨습니다. '아침에 도를 깨달으면 저녁때 죽어도 좋다'고."

진수는 묻는 말에는 대답도 않고 딴소리를 했다. 원래는 카랑카랑하긴 해도 제법 힘이 있다는 말을 듣는 목소리였는데. 지금은 힘없이 갈라지는 것이 제 목소리지만 영 듣기가 싫었다.

"공자님 같은 분도 그러셨는데, 너희 같은 평범한 놈들은 그저 죽을 때까지 공부해야 한다고 하셨지요. 그래서 그런가 보다 하고 살았는데, 이제 와서 하루에 한두 장 푸는 게 고작인 학습지 정도로 무리하지 말라는 말을 들으니까 말입니다. 이제 정말 얼마 안 남았나, 죽을 날밖에 안 남았으니 공부 같은 건 그만해도 된다는 건가, 그런 생각이 드는 거예요."

"그런 게 아니에요. 항암이라는 게 좀 몸이 축나나요. 이럴 때는 내일모레 입시 보는 고3 수험생이라도 공부하지 말고 쉬라고 해야죠."

정말 그럴까. 진수는 항암제를 맞으면서도 회사에서 걸려오는 전화를 부지런히 받던 사람들을 보았다. 완치가 될 줄 알았는데 두어 달 전 재발해서 입원했다는, 요 근처 교육청에 다니다던 옆자리 남자도 그런 말을 했었다. 자기가 지난번에는 항암을 하면서도 부지런히 공부해서 승진 시험에도 우수한 성적으로 합격했다고. 면접 보러 들어갔을 때도 다들 그 노력을 알아주셔서 정말 기뻤다고. 그래서 이제 모든 일이 잘 풀릴 거라고 생각했는데, 그만 1년 만에 암이 재발하고 말았다고. 물론 뒤집어 생각하면 그렇게까지 공부하지 않았으면 괜찮았을지도 모른다. 무리하면 재발하니까 쉬어야 한다는 말이 나올 것이다.

하지만 뭘 어쩌라는 것인지. 아무것도 안 하고 손 놓고 누워 있으면 암이 저절로 낫기라도 한다는 것인지. 진수는 한숨을 쉬며 몸을 일으켰다. 그리고 깎아놓은 연필과 학습지를 향해 손을 뻗었다.

"그건 두세요. 제가 인생에 낙이 없습니다. 낙이."

"누구는 매일 즐거워서 사나요. 그래도 하루하루 다 사는 거죠."

"뭐, 먹고 싶은 걸 먹을 수 있기를 하나. 그렇다고 심심해서 이 따위 거라도 풀고 있으면 공부도 하지 말라지 않나."

"주무세요. 정 심심하시면 누워서 TV라도 보시든가요."

"그러니까 나는 그런 말이 싫단 말이오. 아무짝에도 쓸모없는 사람이 된 것 같다고."

옆자리에서 불편한 듯한 헛기침 소리가 났다. 아파서 누운 채 별다른 할 일이 없다고 TV를 보거나 하루 종일 휴대폰을 들여다보다가, 그런 말을 들으면 자기가 뭐가 되느냐는 항의. 살날도 얼마 안 남았는데 굳이 싸우기까지 하긴 싫어, 진수는 굳이 더 말을 얹진 않았다. 하지만 할머니였다면 분명히 여기다 한마디를 더 하셨을 것이다. 죽으면 썩을 몸, 아끼지 말고 살아 있을 때 뭐라도 하나 더 하라고.

진수의 할머니는 정말로 그 말씀 그대로 사신 분이었다. 일제강점기에 일본 군인들에게 끌려가지 않으려고 서둘러 혼인을 하고, 줄줄이 아이를 낳고 살면서 하루도 쉬지 않고 일을 하셨다. 전쟁이 나기 얼마 전에는 어린 자식들을, 진수의 아버지와 막냇삼촌과 고모들을 줄줄이 데리고 먼 친척들이 살더라는 인천까지 내려오고, 그 짐을 다 풀기도 전에 전쟁이 나자 다시 이고 지고 아이들을 앞뒤로 세우며 남쪽으로 피란을 갔다. 겨우 전쟁이 끝나고 다시 인천으로 돌아와서는 소래포구 어시장에서 부지런히 일을 했다. 풍류 좋아한다던 멋쟁이 할아버지가 사방팔방 돌아다니며 할머니가 벌어 온 돈을 부지런히 날려먹는 동안에.

"말도 마라. 느그 하라뱜 나가 뒈진 다음에야, 내가 소래포구에 가게를 차렸지 않갔어? 그 전까지는 아무리 벌어도 돈 없는 척, 쌀 떨어진 척을 했지. 안 그러면 어디서 돈 냄새는 기가 막히게 맡아서는 다 싸 들고 나갔을 텐데."

그렇게 놀기 좋아하던 할아버지가 어디 젊고 곱상한 사내애와 놀다가 갑자기 심장이 뚝 하고 멎어버리자, 할머니는 차라리 한시름 덜었다고 했다. 더는 버는 족족 들고나가 기둥뿌리까지 뽑아 먹는 일은 없으리라 하면서.

아버지가 결혼을 하고, 고모들이 다 자라고, 손주들이 태어나고, 갓 완공된 구월주공아파트를 분양받아 입주했는데도 할머니는 손을 쉬는 법이 없었다. 그 아파트 단지에서도 메주를 빚고, 간장을 달였다. 같은 라인에 사는 할머니들과 공모하듯이 아파트 화단 텃밭에다 깻잎 같은 잎채소들을 심어 나누었고, 늦

가을이 되면 그 자리에 땅을 파고 김칫독을 파묻었다. 그리고 겨울이 오면 온 집안 여자들을 불러들여 만두를 빚었다. 평소 같으면 쌀알 한 톨, 밀가루 한 숟가락을 아까워하시던 할머니였지만, 만두를 빚을 때만은 커다란 대야에 인심 좋게 밀가루를 쏟아붓고 반죽을 치대곤 했다. 잔뜩 반죽이 만들어지면 진수의 누나들이 둘러앉아 밀가루 반죽을 떼어 넓적하게 밀고, 주전자 뚜껑으로 쿵쿵 찍어 만두피를 만들었다.

고모들과 누나들이 만두피를 만드는 동안, 할머니는 다시 커다란 대야를 하나 더 씻어 왔다. 시큼하게 맛이 든 김장김치를 다져 넣고, 다져서 간을 한 돼지고기에, 굵직굵직하게 으깬 두부, 여기에 숙주며 부추며 배추 겉잎 같은 것들을 모조리 잘게 썰어 그 대야에 쓸어 넣고 또 쓸어 넣었다. 대야 위로 대야를 하나 더 얹어야 다 들어갈 만큼 잔뜩 쌓인 만두소를 주물주물 뒤섞고 치대다 보면, 제각기 따로 놀던 김치며 채소며 고기가 뒤섞여 진득하게 뭉쳐지곤 했다. 그 소를 밥숟가락으로 푹 떠서 주전자 뚜껑으로 찍어낸 만두피로 감싸듯 빚어내면, 큰누나나 막내 고모의 주먹보다 조금 더 큰 커다란 만두가 됐다.

모양은 또 어떻고. 꽃무늬가 그려진 커다란 양은 쟁반 가득 푸짐하게 빚어놓은 만두들은 하나같이 통통하고 복스럽다. 설날에 한복을 차려입고 마무리하듯 허리춤에 매어 달던, 솜을 가득 채운 복주머니들처럼 보이기도 했다. 그렇게 만든 만두는

찜솥에 넣어 김이 오르게 쪄서 먹고, 또 설날 아침에는 만둣국으로 끓여 먹었다. 냉면 그릇 같은 데다 만두를 소담하게 담아서 국물을 붓고 그 커다란 만두를 숟가락으로 끊으면, 두툼한 만두피 사이로 김치소가 쏟아져 나오며 국물이 발갛게 물들었다. 국물이 스며든 만두를 한입 가득 떠 먹으면 온몸 가득 뜨끈한 기운이 돌아 한겨울인데도 땀이 송송 솟았다.

한 입 한 입 깨물 때마다 마치 복을 받아먹는 듯한 그런 만두를 생각했다. 설 무렵에 잔뜩 빚어 온 가족이 명절이 다 지나도록 만둣국으로 먹고, 또 커다란 찜솥에 폭폭 쪄내어 먹던 호탕한 느낌의 이북식 만두를. 그 만두를 냉장고가 가득 차게 빚어내던 할머니의 손끝을.

"……우욱."

음식 생각을 했더니 빈속에서 다시 락스 냄새가 올라왔다. 먹은 것이 없는데도 토기는 치밀어 오르고, 위액까지 토해내고서도 한동안 계속될 것이다. 비척거리며 화장실로 걸어가 토하고, 또 토하면서 진수는 할머니의 만두를 생각했다. 어리석기 그지없는 생각이겠지만 내일 죽어도 좋으니 만두가 먹고 싶었다. 할머니가 빚어주시던 큼직한 개성식 김치만두가.

*

6시 면회 시간이 되자마자 복도 쪽 엘리베이터에서 인기척이 났다. 몇 명이 내리든 자신을 찾아올 사람은 없었다. 옆자리 남자는 여전히 잠들어 있었고, 매일 출퇴근길에 찾아오는 그의 아내는 남편의 손을 붙잡고 가만히 흐느끼다가 자리에서 일어났다. 그리고 그가 병실을 나서자마자 헐떡거리는 숨소리와 함께 발을 쿵쿵 울리며 걷는 소리가 복도 저편에서 이쪽으로 다가왔다.

귀에 익은 소리였다.

"최진수, 최진수…… 아, 최진수!"

그 목소리와 함께 침대를 둘러싸고 있던 가림막의 발치 쪽이 확 걷혔다. 그리고 얼굴이 시뻘게진 상철이 안을 들여다보았다. 훅 하고 후각을 깨우는 냄새와 함께 구역질이 올라왔다. 김치만두 냄새였다.

"……뭐야, 시끄럽게."

"어떻게 된 거야. 뭐가 소용이 없어. 항암이 왜? 잠깐, 이건 뭐야?"

상철이 진수의 밥상 위에 놓인 배달 학습지를 보고 입을 딱 벌렸다. 진수는 낱장으로 분리된 배달 학습지를 차곡차곡 챙겨 위쪽을 사무실에서 쓰는 작은 종이 집게로 집어놓았다.

"뭐긴 뭐야, 일본어 학습지지."

"아픈 놈이 그딴 건 왜 풀어?"

"풀 수 있을 때 밀리지 말고 한 장이라도 더 풀어둬야지. 나간 뒤에 짐 정리 해줄 가족이 있는 것도 아닌데."

"거 쓸데없는 소리는……. 이건 또 뭐야? 여기도 암이 있는 거야?"

진수가 학습지를 다시 캐비닛에 밀어 넣으며 상철을 노려보았다. 상철은 진수의 벌어진 환자복의 옷깃 안쪽, 쇄골이 하나 더 붙은 듯이 툭 튀어나온 살덩어리를 가리키며 기겁을 하고 있었다. 다른 환자들도 옆에 있는데 시끄럽기는. 진수는 눈을 흘겼다.

"너희 어머니도 암으로 돌아가셨으면서 넌 대체 아는 게 뭐냐?"

"암이 아니면, 말라서 뼈가 튀어나온 거냐고."

"케모포트다. 여기로 주사를 놓는 거야. 맨날 주사 놓으면 혈관이 굳고 숨어버리니까. 너희 어머니 투병하실 때는 없었을지도 모르겠구먼."

"그런 거야? 좀 봐도 돼?"

"되긴 뭐가 돼. 밖에 나가서 이야기하자. 다른 분들 계시니까 넌 목소리 좀 낮추고."

진수는 비틀거리며 몸을 일으켰다. 슬리퍼를 신고 수액걸이를 붙잡고 일어나 병실 밖으로 나갔다. 상철도 허둥거리며 그 뒤를 따랐다. 복도 끝에 있는 휴게실에서 진수는 무너지듯 소파에 몸을 기대며 앉았다.

"아까 너, 그거 무슨 소리야."

상철이 그 앞에 김밥천국 로고가 찍힌 비닐봉지를 내려놓으며 조심스럽게 물었다.

"뭐가."

"항암을 해도 소용없다는 게 무슨 말이냐고."

"됐다, 쓸데없는 데 신경 쓰기는."

만두 냄새 때문인지 속이 메슥거리고 쓰라리면서도 며칠째 식욕이라고는 없던 뱃속에서 꼬르륵거리는 소리가 났다. 상철이 반색을 하며 비닐봉지를 열고, 만두가 포장된 일회용 종이 도시락 두 개를 꺼냈다.

"야, 암 걸려서 지금 마음 심란한 건 알겠는데 암이라는 건 일단 잘 먹어야 한다더라. 그렇지 않아도 입맛이 없네 어쩌네, 병원 밥이 맛이 없어서 지랄을 하는 것 같길래 너 좋아하는 만두 사 왔어. 헛소리하지 말고 일단 이거나 먹어라."

"내가 만두라면 다 환장하는 줄 아나. 맛있는 만두에 환장하는 거지."

"뭐야, 설마 너 김밥천국에서 대충 사 왔다고 지금 타박하는 거야? 어?"

"……못 먹어."

"치사한 새끼. 언제부터 그렇게 좋은 것만 골라 먹고 살았다고."

상철은 투덜거리며 만두 포장을 뜯었다. 그리고 보란 듯이 만두를 집어 입에 밀어 넣고, 한 개 더 입에 물며 볼이 미어지게 먹었다. 진수가 길게 한숨을 내쉬었다. 만두는커녕 묽은 흰죽도 제대로 못 먹는 사람 앞에서 이게 무슨 짓인지. 뱃속에서는 꼬르륵꼬르륵하는 소리가 계속 나는데 정말 고문이 따로 없었다. 담배 생각이 났다. 어릴 때 할머니가 이가 아프다며 피우시던 솔담배 냄새가 익숙했기 때문이었을까. 고등학교 때부터 숨어서 피우다가 군대에 가면서부터는 본격적으로 피우기 시작해서 꼬박 30년을 피웠다. 어느 순간부터 숨이 차서 줄이다가, 요즘 젊은 친구들은 담배 냄새라면 질색을 한다고들 그래서 10년쯤 전에는 싱거운 전자담배로 바꾸었다가 암이라는 말을 듣고 나서는 끊어야겠다고 생각했다. 그리고 지금은 그게 다 무슨 소용인가 싶었다. 수술로 줄이기에는 부위가 넓고, 항암제를 쓰는데도 효과가 없다는데. 좋아하던 담배를 끊는다고 해도 더 살 수 있는 것도 아니라는데.

"너, 최진수. 정말 한 입도 안 먹어? 어?"

"항암제 맞은 직후에는 면역력이 떨어져서 바깥 음식 함부로 못 먹어."

"그럼 미리 말을 하지!"

"……쳐들어올 줄 알았냐."

"그런 소리를 들었는데 어떻게 안 와봐? 다른 사람도 아니고 네가 항암이 소용이 없네 마네 그러는데."

죽을 때가 다가오는데도 미련만은 여전히 끈덕지게 남는다. 좋아하던 담배도 그렇고, 이 녀석에 대한 것도 그렇다. 초라해진 몰골을 보이기 싫어 두 번 다시 보고 싶지 않다가도 때로는 사무치게 그리워진다.

"혼자니까 마음이 약해져서 자꾸 그런 소리나 하지! 입원한 지 얼마나 되었다고."

지금도 그렇다. 가족이 될 수도 없고 상주가 될 수도 없다. 친구라고는 하지만 죽은 뒤의 일은 아무것도 맡길 수 없는 남일 뿐이다. 그런데도 자꾸만 비에 젖은 똥강아지처럼 코끝을 들이미는 것이 짜증이 나다가도 붙잡고 나 좀 살려달라고, 도와달라고, 죽는 게 무서워서 죽을 지경이라고 매달리고 싶어진다. 그래봤자 아무것도 되어줄 수 없다는 것을 손바닥 보듯 뻔히 아는데도.

"입원한 지 얼마나 되었는지가 뭐가 중요해? 얼마나 늦게 발견했는지가 문제인 거지."

"뭐야, 너 처음에는 분명히……."

말을 하다 말고 상철이 진수의 코앞으로 얼굴을 들이밀었다.

예나 지금이나 사람 사이의 거리감이 좀 모자란 녀석이다. 이렇게 때와 장소도 가리지 않고 아무한테나 사람 숨결이 닿도록 가까이 들이대면 어쩌라는 건지.

게다가 이쪽은 암 환자다. 자기 몸에서 나는 소독약 냄새며 항암제 냄새에 속이 메슥거릴 지경인. 진수는 상철의 뻔뻔한 얼굴을 밀어내며 고개를 돌렸다. 감정이 울컥 치밀어 오르는 것을 꾹 참았더니, 마치 남의 일 이야기하는 듯한 말투가 되어버렸지만 어쩔 수 없었다. 병으로 쇠약해진 것도 모자라 마음까지 약해져서 질질 짜는 꼴을 보이고 싶지 않았다. 특히 상철에게는.

"처음에는 간에 문제가 있나 보다 했다. 뭐, 술을 마시니까 간이 나빠지지 하고 대수롭지 않게 여겼지. 국가건강검진, 그걸 하러 갔는데 병원에서 나보고 큰 병원에 가보라고 하더군. 간에 종양이 있는 것 같고 변에도 피가 섞여 나온다나. 말한 대로 큰 병원 가서 검사를 이것저것 하고 나니까 나보고 대장암이라데. 대장암 4기. 그래서 간하고 폐에도 전이가 되었다고."

"야, 이 미친놈아. 똑똑한 척은 혼자 다 하더니!"

상철이 언성을 높였다. 그의 손이 진수의 환자복 멱살을 확 비틀어 잡았다.

"다른 것도 아니고 대장암은 나라에서 검사해주는 거잖아!"

"했어. 2년마다. 국가건강검진 할 때."

"2년? 야, 쉰 넘어가면 잠혈검사 같은 건 매년 받을 수 있는 건데! 아니, 간이 안 좋은 것 같으면 동네 병원에라도 가서 혈액 검사라도 해봤어야지!"

"우리 집에서 제일 가까운 병원이 여기야."

"그러니까 말이다, 이 모자란 새끼야! 이 큰 병원 코앞에서 살면서, 귀찮다고 병원을 안 가서 이 지경이 나?"

상철은 눈물을 뚝뚝 떨구기 시작했다. 진수는 혀를 차며 상철의 손을 풀어 밀어냈다.

"사내새끼가 왜 울고 지랄은."

"야, 간에만 전이가 된 것도 아니고 폐까지 갔을 정도면…… 여기저기 아프고 쑤시고 그랬을 거 아니야. 그런데 넌 대체 어떻게……"

"징그럽다, 이놈아. 네가 죽는 것도 아니면서."

"이거 봐라, 이놈의 자식. 이젠 귀티나게 흰 얼굴이 아주 노랗게 떴네. 얼굴도 이 지경이고, 대장이면 혈변 같은 것도 봤을 텐데. 누가 봐도 이건 정상이 아니다 싶은 게 있었을 텐데. 어떻게 병원을 안 가서 이 사달이 나……"

"……사람이 바쁘다 보면 그럴 수도 있지."

"아니, 지금 죽느냐 사느냐 하는데 그런 소리가 나와? 야, 그래서 4기라서 항암이 안 된다니 무슨 돌팔이 개소리야. 우리 회사에도 전이까지 되었지만 항암 해서 지금 멀쩡하게 회사 다니는 사람도 있는데……"

"야, 김상철."

"암에 걸렸으면 서울에 있는 큰 병원에 가야지. 야, 우리 어머니도 예전에 여기 병원에 입원하셨어. 자궁암이었는데 집 가깝고 병원도 크고 산부인과도 잘 본다고 여기 입원하셨다가 돌아가셨다고. 아버지가 얼마나 후회하셨는지 알아? 서울에 있는 큰 병원에 데리고 갔으면 살았을지도 모르는데 살릴 수 있는 사람 못 살렸다고?"

정말이지, 요만할 때부터 알고 지냈지만 언제 봐도 부끄러운 녀석이다. 사람이 좀 때와 장소를 가려가며 말을 해야지, 지금 저 입구에 간호사가 왔다 갔다 하고 있는데 그 앞에서 이 병원 별로라는 소리를 하다니.

"나도 처음에는 바로 믿어지질 않았다. 이런 건 병원 한 곳만 가면 안 된다고들 해서 저기 세브란스도 가고, 한 두어 곳 더 갔었다. 그런데 뭐, 어딜 가봐도 암이 맞다네."

"그럼 좋은 병원에 갔어야지!"

"이 병원이 원래는 저기 중구 동인천에 있었어. 모래내 근처에 사셨던 우리 어머니는 나를 거기서 낳으셨지. 나 어릴 때는 저 구월주공, 그때만 해도 수도권에서 가장 큰 주공아파트 단지라고 하던 거기에 온 가족이 들어가 살았고, 몇 년 지나니 이 병원도 여기 구월동에 와서 자리를 잡았다. 너도 여기 종합병원 들어온다고 어른들이 좋아하시던 건 기억하지?"

"기억이야 나지만, 갑자기 왜 옛날이야기야. 왜 그러는 건데."

"나는 이 동네에서 평생을 살았다. 나이 들어서도 여기 재건축한 자리 분양받아서 줄곧 살았고. 수구초심(首丘初心)이라는 말도 있고, 수미상관(首尾相關)이라는 말도 있는데, 이왕이면 죽는 것도 이 동네에서 죽고 싶은 게 그렇게 이상하냐."

"죽긴 누가 죽어. 이 나쁜 새끼야, 네가 왜 죽어."

상철이 언성을 높였다. 진수는 그 축축하게 젖은 눈을 빤히 쳐다보며 생각했다. 죽고 싶지 않았다. 환갑도 되기 전에 죽고 싶지도 않았고, 좀 피곤하고 여기저기 아프다고 생각했는데 말기 암이라는 소리를 듣고 싶지도 않았다. 하고 싶은 일이 얼마나 많았는데. 배우고 싶은 것도, 가보고 싶은 곳도 많았는데. 평생 일만 하다가, 몇 년만 있으면 좀 쉴 수 있겠거니 생각하자마자 이런 식으로 주저앉게 될 거라고는 꿈에도 생각하지 못했다. 싫었다. 죽기 싫어서 비명이라도 지르고 싶었다. 누구라도 자신을 이 병고에서 구해줄 수 있다면 신이든 악마든 사기꾼이든 붙잡고 싹싹 빌고 싶었다.

하지만 싫다고 해서 달라지는 것은 없다. 어차피 사람은 모두 죽는데, 어떤 사람은 병이든 사고든 자살이든, 어떤 사유로 그 시기가 조금 빨라지는 것뿐이다. 돌이킬 수 없다. 죽음으로 가는 길은 비가역적이니까. 받아들일 수밖에 없다.

"……항암제를 써도 더 이상 치료가 안 되는 게 말기 암이야."

"무슨 소리야. 말도 하고, 자기 발로 걸어서 화장실도 다니고, 이젠 배달 학습지로 중국어인지 일본어인지 공부까지 하는 놈이 무슨 말기 암이야. 돌팔이 같은 의사가 뭐라고 하든 너라도 포기하지 말아야 할 거 아니야."

진수는 소매를 걷어 올렸다. 벌겋게 피부가 벗겨져 진물이 나는 것이 훤히 드러났다. 이런 꼴까지 보이고 싶진 않았지만 말귀를 못 알아들으니 별수 없다. 아니나 다를까. 상철이 침을 꿀꺽 삼켰다. 예전부터 쥐 죽은 거든 뱀 껍질이든 뭐라도 징그러운 걸 보면 냅다 도망부터 치던 놈이었으니, 그대로 이 자리를 뜨더라도 어쩔 수 없다. 그런 생각을 하며 진수는 담담하게 말했다.

"항암제에, 방사선 치료에, 할 수 있는 거 다 했는데도 암이 안 줄어들어. 아니, 자꾸 커지기만 해."

"팔은 왜 이런 거야. 아니, 팔에도 욕창이 나나?"

"방사선 치료 후유증이야. 피부가 벗겨지고 새살이 나질 않아. 팔만 이런가, 몸통 여기저기가 다 그래. 새살이 돋질 않으니 욕창도 생기고."

"아플 텐데…… 아니, 이걸 어떻게 해."

"진통제로 버티는 거야. 밥 한 끼도 마음대로 먹지를 못해. 도저히 음식을 못 삼키겠는 날에는 영양제 수액 같은 거 맞고."

사실은 이런 꼴 따위 보여주고 싶지 않았다. 온몸에서 약 냄새와 비린내를 풍기고, 피부가 벗겨져 진물이 흐르고, 머리카락이 듬성듬성 빠지다 못해 아예 밀어버린 이 모습을. 병이 깊어 먹지도 못하고 살이 내리다 못해 살가죽이 뼈 위에 흉하게 들뜬 이런 꼴로 기억되고 싶지 않았다. 허세라고 비웃어도 상관없으니, 똑똑하고 잘나고 출세하고, 혼자 살지만 딱히 부족한 것 없이 잘 사는 듯한, 어디 가서도 김상철의 자랑이 될 만한 잘나가는 친구로만 남고 싶었다.

"그래도 마지막 항암까지는 해보자고 의사가 말해서 억지로 오늘 아침에 또 항암 주사 맞고 누워 있었지만, 이젠 알아. 정말 알겠어. 여기서 나가면 집에 가는 게 아니야, 내 사무실로 돌아가는 것도 아니고."

"무슨 소리야, 너 이 자식……."

"여기서 나가면 잠시 호스피스 병동에 누웠다가 그다음은 부평 공동묘지겠지. 요즘은 인천 가족공원이라고 하던가. 너 기억나냐? 예전에, 우리 고등학교 동창회 한다고 누가 끌고 왔던 봉고 트럭에 뒷좌석까지 스무 놈이 끼어 앉아서 한밤중에 거길 올라갔었는데."

"그랬지. 야경이 죽여준다고."

"남의 무덤가에 앉아서 소주 까는 놈도 있었고. 포장마차도 있었고. 별 미친놈이 다 있었지. 원래 그래, 고등학교 졸업하고 막 대학 들어가고 스무 살 좀 넘었을 때야 겉멋이 잔뜩 들어서 괜히 한밤중에 그런 묘지 꼭대기에 올라가서 '사느냐 죽느냐, 그

것이 문제로다.' 그렇게 헛소리하고 다니는 거지. 웃기는 소리였지. 살고 죽는 게 고작 이런 것인지도 모르고."

창밖이 어두워지고 있었다. 면회 시간은 오후 6시부터 8시까지, 시계를 보니 벌써 종료 시간이 다가오고 있었다. 울고 싶은 것은 이쪽인데, 내일모레 죽을 사람을 앞에 두고 상철은 눈치 없이 닭똥 같은 눈물을 뚝뚝 떨어뜨리고 있다. 진수는 그 꼴이 보기 싫어 고개를 돌렸다.

"내가 죽으면."

"재수 없게, 죽는다는 말 좀 하지 말고."

"사람은 언젠간 다 죽어. 너도 그렇고. 근데 네가 죽으면, 네 부인이든 자식들이든, 네 상주가 되겠지. 내가 죽으면 상황이 좀 복잡할 거야. 알다시피 나는 자식도 없고, 배우자도 없고, 우리 누님들은 나와 연 끊은 지 오래니까."

"그게 무슨 소리야. 연을 왜 끊어?"

"그런 게 있어. 그래도 연락을 했더니 막내 누님이 한 번은 찾아오셨는데 장례 좀 부탁한댔더니 생각해본다고만 하고 가타부타 말을 않더라고."

"그런 게 어디 있어. 뭐가 되었든 가족이라면, 적어도 사람이 임종을 한다고 하면 달려와서……."

"그래, 그래주면 좋겠지. 그래서 내가 가거들랑 장례까지는 못 치러주더라도 내 거래처 사람들하고, 너한테도 연락이나 돌려

달라고, 그거 하나만이라도 부탁한다고 사정사정은 했다. 막내 누님 쪽에서 장례를 맡아주면 다행이고, 아니면 그냥 무연고자로 가는 거지."

"아니, 무연고자는 무슨 무연고자야. 친구나 뭐 다른 사람이 상주 맡으면 안 돼?"

되긴 될 것이다. '가족 대신 장례'라는 것도 있으니까. 무연고 사망자가 될 사람이 죽기 전 유언장에 상주를 지정해놓으면, 나라에서 이 사람의 배우자와 자식, 형제자매 등의 연고자를 파악한 뒤 정말로 이들이 시신을 인수하지 않을 경우에 이 사람의 사실혼 배우자나, 유언장에 지정한 지인이 상주를 맡을 수 있게 허가해주기도 하니까. 하지만 그런 일을 어찌 감히 부탁할까. 어쩌다 보니 어렸을 때 옆집 살던 아이가 지금까지 친구로 남아서 사는 모습도 직업도 다 달라진 지금까지도 양가 관혼상제들을 서로 챙기며 살아왔지만, 진수는 때때로 생각했다. 상철의 결혼도, 아이들 돌잔치도, 서로의 부모님이 돌아가셨을 때에도 다 챙기며 살아왔지만, 그렇다고 죽은 뒤의 일까지 부탁해도 되는 것일까. 가족이 없고, 자식이 없다고 해도, 이런 일까지 친구에게 기대도 되는 것일까 하고.

"누님들이 안 하신다면 나라도 하겠다고 그래. 정말 어떻게 그러냐. 어떻게 너한테 그럴 수가 있어. 네가 누님들한테 무슨 서운한 일을 했는지 몰라도, 사람이 죽을지도 모른다는데."

*

　어린 시절, 진수의 기억 속에 만두를 빚는 풍경은 언제나 포근하고 다정한 것이었지만 그 풍경 속에 진수의 모습은 없었다. 진수가 주방을 기웃거리면 할머니는 바로 역정을 내셨다.

　"사내가 부엌을 자꾸 들여다보는 거 아니랬다, 너는 가서 술이나 받아 오라우."

　할머니는 늘 말씀하셨다. '사내가 부엌에 들어오는 게 아니다. 밀가루 반죽 같은 것도 만지는 게 아니다. 너는 큰일을 해야지, 큰일을 하고 어여쁜 각시에게 장가를 들고, 밀가루 반죽으로 빚어놓은 것 같은 잘생긴 아들도 낳아야지.'

　할머니가 돌아가신 것은 1980년대 초반이었다. 아직은 사람들이 집에서 임종을 맞고, 돌아가신 분의 빈소를 집에다 차리던 시절이었다. 겨우내 마른 나무 가지처럼 점점 말라가던 할머니가 마침내 숨을 거두신 봄날의 어느 초저녁, 진수의 부모님은 큰누나만 남겨두고, 진수와 작은누나들을 이웃인 상철네 집에 맡겼다. 남매들은 상철의 어머니가 차려주시는 저녁 식사와 간식을 먹고 남자와 여자로 나뉘어서 잤다. 누나들은 상철의 어머니와 아직 기저귀도 못 뗀 상철의 동생과 함께 안방에서, 진수는 상철의 방에서. 상철의 아버지는 이웃집이 큰일을 치르는데 손이 모자랄 거라며 진수네 집으로 가셨다. 진수는 어쩔 줄 몰라 하며 상철의 방에서 잔뜩 어깨를 움츠린 채 잠을 청했다.

"……진수야."

"응."

"작년에 우리 외할머니가 돌아가셨잖아. 내가 그래서 며칠 학교 안 갔는데."

"응……."

"그때 엄마가 갓 태어난 상훈이를 업고서는 '엄마 없이 어떻게 살아' 그렇게 엉엉 우는 거야. 난 정말 엄마가 외할머니 따라 죽으면 어떡하지 했다? 근데 우리 엄마 아직 괜찮잖아."

"……."

"내 말은…… 아, 진짜. 뭐라고 말을 해야 좋을지 모르겠네. 엄마가 그러는데 산 사람은 또 어떻게든 살게 되어 있대. 그리고 우리 외할머니는 오래 사셨고, 자식들, 손주들 모두 건강하게 잘 사는 것 보고 돌아가셔서 괜찮으셨을 거래. 옛날에는 자식들이 먼저 죽거나 그런 경우도 많았는데, 외할머니는 태어나자마자 죽은 아기는 있지만 다른 자식들은 다들 무사히 어른이 되었다고."

상철은 허둥거리며 최선을 다해 이 이야기 저 이야기를 하다가, 진수를 마치 제 동생이라도 되는 듯이 토닥거렸다. 하지만 진수를 베개처럼 끌어안고 한쪽 발까지 올려놓은 채로 상철이 먼저 잠들어버리고 말았다. 진수는 밤새 잠들지 못했던 그날 밤

의 풍경을 지금도 기억한다. 베란다 너머에서 풍겨오던 향냄새
와, 아파트 복도를 오가던 발걸음 소리들을, 푸아푸아 하고 입
을 벌리고 자던 상철의 숨소리와, 새벽이 되어서야 잠시 집에 돌
아와 상철의 방문을 열던 상철 아버지의 표정까지도.

아침이 되자 진수가 살던 아파트 동과 그 앞 동 사이의 공터
에 운동회 때나 쓸 법한 커다란 차일이 두 개 서 있었다. 아직
집집마다 승용차가 보급되기 전이라 아이들이 뛰어놀던 공터
나 다름없던 그곳에 놓인, '주공아파트'라고 적힌 차일 안에 이
웃 아저씨들과 아버지의 친구들이 와서 해장국을 먹고, 술을
마시고, 모여서 고스톱을 치고 있었다. 이웃 아주머니들이 그때
는 '부루스타'라고 부르던 휴대용 가스레인지에 커다란 곰솥을
위태위태하게 올려놓고 육개장을 끓였다. 집에는 온통 향냄새
였고, 거실에는 TV 대신 커다란 병풍과 제사상이 놓여 있었다.
그 제사상 앞에서 아버지는 위아래로 검은 정장에, 머리에는 삼
베로 된 굴건을 쓴 채 엎드려서 "아이고, 아이고" 하고, 울음소
리 같기도 하고 아닌 것 같은 애곡 소리를 내고 있었다.

"진수 왔니?"

그 제사상 위에, 손님상 위에, 누나들이 부지런히 만두를 나
르고 있었다. 할머니가 생전에 만드시던 복주머니처럼 커다란
만두를. 진수는 할머니가 생전에 찍어두신 영정 사진을 바라보
다가 조용히 누나들 사이에 끼어 앉아 주전자 뚜껑으로 만두피

를 찍어내기 시작했다.

할머니가 돌아가시고, 고모들은 예전처럼 자주 모이지 않게 되었다. 상철네는 바로 근처인 간석동으로 이사를 했다. 누나들은 한 명씩 차례대로 고등학교를 졸업하고, 취직을 하고, 시집을 갔다. 신혼 때는 집에도 자주 왔지만 아이가 태어나면서 1년에 한두 번밖에 볼 수 없게 되었다. 쓸쓸하다고 생각했다.

"쓸쓸하긴 뭐가 쓸쓸해. 이제 네가 장가들고 자식들 낳아 기르면 다시 시끌시끌해질 텐데."

조금 당황했다. 여자와 결혼을 하고 자식을 낳는다는 '평범한' 삶을 한 번도 생각해본 적이 없었다는 것을 그때에야 깨달았다.

처음에는 자신이 뭔가 잘못된 게 아닐까 생각했다. 하지만 대학에 들어가서 그런 사람이 자신뿐만이 아니라는 것을 알았다. 동아리에 가입하고, 자신과 비슷한 사람들을 만났고, 많이 다른 사람들도 만났다. 대학 동아리에서 사람들은 그런 것은 병이 아니라고 했다. 치료가 필요한 것도 아니라고 했다. 우리는 모두 저마다의 모습으로 태어났으며, 어떤 형태라 해도 이미 존재하는 사람들을 무시해서도, 그들의 이름을 지워서도 안 된다고 말했다. 하지만 그럼에도 선배들조차도 가족에게 자신의 진짜 모습에 대해 이야기하는 것은 주저하는 사람들이 많았다.

"누나, 나는 남자를 좋아해."

가족 중에서 자신을 제외하고 유일하게 대학을 나온 막내 누나에게 정말 큰 결심을 하고 말했을 때, 누나는 다짜고짜 진수의 뺨을 때리며 화를 냈다.

"너는, 너는 그러면 안 돼!"

아들이지 않느냐고, 장손이지 않느냐고, 네가 결혼해서 자식을 낳고 대를 이을 거라고 부모님이 기대하시지 않느냐고, 그런 뻔한 이야기를 했다면 누나에게 화를 냈을 것이다. 그래도 누나는 배운 사람이지 않느냐고, 대학까지 가서 여성학 같은 수업도 들은 사람이 어떻게 나한테 그렇게 말을 하느냐고. 하지만 누나는 말했다.

"할머니 사랑은 혼자 독차지했으면서, 할머니의 한이 뭐였는지 넌 기억도 못 하지!"

그 말에야 문득 기억이 났다. 놀기 좋아하던 할아버지가 젊고 곱상한 사내애와 놀다가 심장이 뚝 하고 멎었다고. 담배를 피우다 말고 낄낄 웃으면서, 때로는 먼 산을 바라보며 하던 그 말씀을.

"네가 사람 새끼면 그러면 안 돼. 무슨 소리인지 알아? 너, 두 번 다시 그런 헛소리하지 마. 죽을 때까지, 누구에게도!"

누나가 무슨 말을 하는지는 알았다. 하지만 언제까지나 자신을 숨기고 살 수는 없을 것 같았다. 가족들에게 말을 해보려고 했다. 다른 가족들은 어쩌면 이해해줄 거라고, 이 많은 가족 중에 한 명쯤은, 태어난 대로 살아도 된다고 말해줄지도 모른다고 생각했다. 하지만 이해받지 못했다. 어머니는 아는 사람 건너 건너 무당을 만나고 오셨고, 큰누나는 교회에 가서 기도를 했다. 작은누나들은 번갈아 맞선 자리를 가져왔다. 그리고 진수의 얼굴만 보면 불러다 앉혀놓고 그렇게 살지 말라고들 떠들어댔다. 그러면서도 말끝으로는 늘 아버지 귀에만은 들어가지 않게 하라고 신신당부를 했다.

아들의 비밀을 알지 못한 채, 그저 아들 장가보내서 손주 보는 게 소원이라시던 아버지가 돌아가셨다. 어머니도 한을 품고 돌아가셨다. 누나들은 진수를 원수 보듯이 했다. 저런 것을 장손이라고 그렇게 애지중지 키웠느냐고, 부엌에도 못 들어가게 했느냐면서. 그리고 그들은 진수를 용서치 않았다. 어쩔 수 없었다. 어린 진수가 아랫목에서 따끈따끈하고 큼직한, 그날 처음 쪄낸 만두를 베어 물고 있을 때, 누나들은 손이 부르트게 만두를 빚고 있었으므로. 태어날 때부터 자리가 정해진 듯 그렇게 살았다면 그에 대한 책임은 져야 한다고. 그게 싫다면 한 식구 대접 못 받는 수밖에 더 있겠느냐고.

하지만 그들은 알지 못한다.

가족들에게조차 받아들여지지 못한 진수가 어떤 각오로 지금까지 살아왔는지를. 남들이 눈치채더라도 혼자 힘으로 살아갈 수 있도록 어떤 노력을 해왔는지를. 좋아하는 사람이 있어도, 받아들여지지 않을 거라고 생각해서 평생 아무 말도 하지 않았던 것까지도. 그들은 한 번도 알려고 하지 않았다.

이렇게 죽음을 앞두고서도, 그다음 일을 계속 걱정해야 할 만큼.

진수는 수액걸이를 붙잡고 창가에 서서 젊었을 때 부평공동묘지 산꼭대기에서 내려다보던 풍경보다 더 화려한 구월동의 밤 풍경을 바라보았다.

밤이 되면 고통은 더 심해지고 환자들은 너도나도 진통제를 찾는다. 진수는 휴지 끝에 물이 스며들듯 번져가는 고통을 지그시 감당하며 병실 쪽 복도를 바라보았다. 그때 갑자기 간호사들이 빠르게 달리는 소리, 누군가를 호출하는 소리가 들리기 시작했다. 옆자리 남자가 이동식 침대에 실려 어디론가 향했다. 진수는 멍한 얼굴로 침대가 향하는 방향을 바라보았다. 잠시 후 엘리베이터가 열리고, 저녁때마다 잠깐씩 들러 얼굴을 보고 가던 그의 아내가 "여보, 여보" 하고 울며 복도를 달려갔다. 문득 진수는 고개를 숙였다. 내가 떠날 때는 대체 누가, 저렇게 울면서 달려와줄까. 아무도 없는 처지가 서러워 눈물이 날 것 같았지만, 그는 울음을 참으며 고개를 들었다. 오늘 밤 이 병동에서 누군가 눈물을 흘린다면, 그것은 자신을 위한 것이어서는 안 된다. 오늘 떠날 사람을 위해 흘려줄 눈물도 부족하고 또 부족할 테니까. 문득 병실에 들고 들어가기엔 진한 김치만두 냄새가 코를 찔렀다. 상철이 사 온 김밥천국 김치만두였다. 항암제를 맞고 면역력이 떨어졌을 때는 음식에 특히 주의해야 했다. 밖에서 포장해온 음식도, 데웠다가 식은 음식도 전부 안 된다. 병원에서 먹지 말라고 하는 것은 입에 대지도 않던 진수였지만, 그는 뭔가에 홀린 듯이 포장을 열고 김치만두 하나를 집어 입에 넣었다.

죽음을 각오하며 한 입 먹어볼 정도의 맛은 아니었지만, 씹을 때마다 가슴을 저미는 듯한 느낌에 눈물이 났다.

*

최진수는 그로부터 3주 뒤, 세상을 떠났다.

시신을 인도받고 장례를 치르는 데 어렵사리 동의한 그의 막내 누나가 병원 지하 장례식장에 조촐하게 차린 빈소에는, 상철이 사다 놓은 따끈따끈하고 큼직한 왕만두 여섯 개가 놓여 있었다.

생전에 최진수가, 우리 할머니가 만든 만두와 그나마 비슷하다며 종종 김상철을 끌고 갔던, 학익동 지방법원 앞 이북식 만둣집의 커다란 김치만두였다.

비빔국수

베트남쌀국수, 하면 한국 사람들이 생각하는 것은 대개 두 가지다. 납작한 면을 가늘게 썬 포(phở)를 고수 향이 풍기는 진한 쇠고기 육수에 말아 내온 것, 그게 아니면 전 미국 대통령 버락 오바마가 먹어서 유명해진 '분짜'다. 가늘고 동그란 면인 분(bún)에 구운 돼지고기와 채소가 함께 나오는데, 느억맘소스에 라임과 다진 마늘, 고추를 썰어 넣어 섞은 양념에 찍어 먹는다.

"어때, 맛있어?"

하지만 교육청 구내식당 메뉴로 나온 쌀국수는 솔직히 이도 저도 아니었다.

"맛있어요. 근데…… 솔직히 베트남 맛 아니에요."

"그런가?"

"이거 약간 한국 맛이에요."

"한국 맛이라고? 난 잘 모르겠는데."

"이건 떡 대신 쌀국수가 들어 있는 떡국 같아요. 국수만 베트남 국수인 포예요."

"아, 향신료가 덜 들어가서 그런가? 국물은 같은 사골 국물이니까."

"그런 것 같아요. 그리고 한국 사람들은 쌀국수에 쇠고기 국물만 쓰는 줄 알지만 베트남에서는 닭고기로도 국수 많이 만들어요."

"그건 몰랐네, 언제 먹어보고 싶다. 삼계탕 국물 같으려나."

사실 리엔은 원래 여기서 점심을 먹을 계획이 아니었다. 평소 점심시간보다 한 시간 반이나 이른 시각이어서 아직 입맛도 없었고, 어딜 가도 어중간한 한국식 '베트남쌀국수'를 굳이 먹을 생각도 없었다. 대충 끓여 먹는 거라면 자신이 집에서 끓이는 게 훨씬 맛있고, 굳이 집 밖에서 쌀국수를 먹는다면 베트남 출신 아주머니들이 하는 식당에 가서 제대로 된 걸 먹고 싶었다. 괜히 한국식 국물에 국수만 쌀국수를 말아 넣은 걸 먹고 입맛만 버리는 게 아니라, 생강과 소뼈를 진하게 우려낸 국물에 고수와 라임을 듬뿍 넣은 것을. 하지만 오늘은 그럴 만한 사정이 있었다.

"난 그래도 오늘 메뉴 보고, 리엔 쌤 좋아하겠다 했지."

"좋아요. 교육청 식당에서 베트남 음식도 나오는 거 아주 좋아요. 바람직해요."

"요즘은 교육청은 물론 학교에서도 한 달에 두 번씩 '채식의 날' 하고 '다문화의 날'이 있어. 베트남이나 태국이나, 아시아 여러 나라 음식들 나오는 날. 다른 문화를 이해하려면 먼저 음식부터 가까워지는 게 좋다고, 좀 정책적으로 하기 시작했어. 지난번 채식의 날에는 월남쌈도 나왔는데 다들 좋아했어. 그러고 보니 베트남에서는 월남쌈을 뭐라고 불러?"

"베트남에서는 고이꾸온(Gỏi cuốn)이라고 해요. 라이스페이퍼는 반짱(Bánh tráng)이라고 하고."

오늘은 교육청에서 주관하는 '교실로 찾아가는 다문화교육' 프로그램과 관련해 회의가 있었다. 회의에도 참석하고, 다음 학기 프로그램에 대해서도 의논하려고 교육청에 왔더니, 담당자인 김정순 장학사가 리엔에게 넌지시 권했다. 오늘 구내식당 메뉴가 베트남쌀국수니까 식권 찍어줄 테니 같이 먹자고.

마음은 고마웠다. 솔직히 요즘, 집 밖에 나오면 물가가 거의 미쳐 날뛰는 수준이었다. 밥값은 분식집 아닌 이상 기본이 다만 원이 넘는다. 그러니 아침에 출근해서 구내식당 메뉴를 체크하다가 오늘 점심 메뉴가 베트남쌀국수인 것을 보고는, 회의 끝나자마자 리엔에게 같이 점심 먹자면서 자기 신분증에 충전된 식권까지 찍어준 김 장학사는 분명히 베트남에서 온 리엔에게 호의를 표한 것이었다.

"어때, 나쁘진 않지?"

"나쁘진 않은데 싱거워요. 베트남에서 먹던 것보다는."

하지만 그건 그거고, 이 맛이 아닌 건 아닌 것이다.

한국에서 '베트남쌀국수'라는 간판을 내다 건 어지간한 가게의 맛들이 다 그렇지만, 여긴 특히 심했다. 대량으로 만들다 보니 국물은 고기를 뼈째로 푹 끓인 것이 아니라 단체 급식을 위해 나온 쇠고기 농축 육수를 멀겋게 풀어놓은 것이었고, 고기가 고명으로 아주 조금 얹혀 있었지만, 마늘과 간장을 넣고 볶아서 얹은 것이 마치 떡국 고명 같았으며, 느억맘도, 라임도, 고수조차도, 베트남 음식다운 향기를 풍길 만한 향신료는 흔적도 없었다. 한국 음식에 빗대어 말한다면 어지간한 한국 음식에서 마늘과 고추, 참기름을 싹 빼버린 듯한 맛이라고 해야 할까.

"그렇구나. 난 또 이만하면 괜찮지 않나 했지."

김 장학사는 조금 시무룩한 얼굴로 국수를 먹으며 중얼거렸다. 원래 교사 출신인 그는 다문화교육의 필요성에 대해서도 잘 알고 있고, 외국 출신의 이민자들과 제대로 소통하기 위해 나름 노력도 하는 사람이다. 영어는 기본적으로 잘하고, 근처의 공자학당에 다니면서 중국어도 배우고 있고, 다른 나라 말도 "안녕하세요" 하는 인사 정도는 하려고 한다. 그의 자리에 가보면 모니터 옆에 일본어와 베트남어, 태국어, 인도네시아어, 프랑스어와 독일어로 적힌 인사말에 한글로 발음을 단 포스트잇들이 다닥다닥 붙어 있다. 처음에는 그렇게 친하지도 않은데 반말로 말하는 것이 신경 쓰였지만, 50대 정도 되는, 은퇴가 머지않은 사람이다 보니 젊은 사람에게는 반말로 말하는 게 습관이 되어서 그런 거겠지. 외국인이라고 대뜸 반말로 말하는 것은 아니라고 믿고 싶었다. 그러니까 싱겁다는 말을 듣고 굳이 까다롭다거나, 정통 베트남식은 향신료가 너무 강해서 한국 사람 입맛에는 별로라거나 하는 말을 하지 않고, '이만하면 괜찮은 줄 알았다'고만 말하는 것은 이 사람이 그만큼 사려가 깊다는 뜻이었다. 그게 어디가 사려 깊은 거냐, 외국 음식을 두고 그 나라 사람에게 따져 묻는 것 자체가 차별 발언이라고 볼 수도 있었지만, 적어도 한국에서 만난 사람들 기준으로는 이 정도만 해도 그랬다.

리엔은 종종 만났다. 한국화된 베트남 음식에는 문제가 없고, 베트남에서 온 리엔의 입맛이 문제라는 식으로 말하는 사람들을. 느억맘은 구린내가 나고, 고수는 샴푸 냄새가 나서 못 먹겠다고 말하는 한국인들을. 때때로 리엔은 생각했다. 만약 그런 사람들 앞에서, 마늘이나 참기름이나 새우젓이 듬뿍 들어간 음식은 어쩐지 입에 맞지 않는다고 말한다면 어떤 대답이 돌아올까 하고. 또 리엔은 가게에 들어갔다가, 태국식으로 국물에 코코넛밀크를 넣은 쌀국수를 베트남쌀국수라고 내놓는 것을 본 적도 있었다. 누군가가 한국 김밥이라면서 일본식으로 김초밥을 말아서 내놓으면, 대개의 한국인들은 틀림없이 불쾌해할 텐데도. 남의 일이라고 이 정도면 괜찮지 않나, 하고 넘어가는 모습들을.

"장학사님, 그거 알아요?"

"웅? 뭐가?"

"한국의 나물 반찬 말이에요. 일본에서는 참기름이랑 깨로 양념한 건 다 '나무루'라고 불러요. 한국식 나물이라고. 나물 소스도 있대요."

"일본에도 채소에 양념해서 무친 반찬은 있잖아. 아, 식초나 그런 걸로 양념한 건 일본식이고, 참기름이랑 깨를 넣어서 양념한 건 한국식이고?"

"예, 그러다 보니 삶은 계란이나 햄을 넣은 나물도 있대요."

"……그게 무슨 나물이야."

김 장학사는 낯을 찌푸리다가, 문득 리엔을 쳐다보며 뭔가 말하고 싶은 듯한 표정을 지었다.

"그러니까 리엔 쌤 말은, 한국에서 말하는 베트남쌀국수도 좀 그런 게 있다는 말이지?"

리엔은 고개를 끄덕였다.

"제 말이 그 말이에요."

*

    한국에서 다문화교사로 일하고 있는 응우옌 티 리엔은 올해
로 서른네 살이었다. 베트남에서 대학까지 졸업했고, 한국계 대
기업 계열 호텔에서 일했다.

    한국에는 늘 관심이 있었다. 한국 영화와 드라마는 재미있었
고, 아이돌 가수들은 귀여웠다. 대학 때 다녀온 한국 여행도 즐
거웠다. 관심이 있으니까 한국어를 공부하고, 한국계 대기업에
취업까지 했다. 하지만 한국 남자에는 별 관심이 없었다. 여기
와 있는 한국 남자들이 공연히 베트남을 가난하고 못 사는 나
라, 뭐 내세울 만한 역사도 없는 나라 취급을 하며 잘난 척을 하
거나, 어린 여자들을 만나서 돈 자랑을 하며 어떻게 한번 유혹
해보려고 껄떡거리는 꼴을 너무 많이 보았기 때문이다.

    태길은 같은 그룹사 홍보실 직원이었다. 그룹 내 행사를 준비
하면서 함께 일을 할 기회가 있었는데, 행사가 끝난 뒤 그에게
서 메시지가 왔다. 같이 축구 보러 가지 않겠느냐고.

    "이거 무슨 뜻이에요?"

    태길의 메시지를 받고 리엔은 고민 끝에 물었다. 리엔은 베트
남에 온 한국 남자들이 자기들이 조금만 잘난 척을 하면 베트
남 여자 정도는 쉽게 함락시킬 수 있다고 떠들어대는 것을 여러
번 들었다. 그런 망상을 하는 것도 역겨운데, 한국말로 말하면

비빔국수   159

못 알아들을 줄 알고 낄낄거리며 떠들어대는 것을 보면, 저놈들은 기본적인 판단력이라는 게 없나 싶어 어이가 없을 정도였다. 이 남자도 그렇게 베트남 여자를 우습게 여기는 한국 남자 중 한 명일까. 연락처를 바로 차단하려다가, 행사를 준비할 때 보았던 태길의 착실하고 참한 모습이 떠올랐다. 이유라도 물어봐야 할 것 같았다.

"축구 좋아하시는 것 같아서요."

태길의 대답은 담백했다. 리엔이 그 말에 관심을 갖자, 태길은 반색을 하며 전부터 베트남 국가대표 축구팀의 연습 경기를 보러 가고 싶었다고 말했다.

"어렸을 때 2002년 월드컵을 보면서 맨날 축구하고 그랬거든요. 그때는 화려한 사람들을 좋아했죠. 안정환 선수나. 거스 히딩크 감독은 지금도 한국에서 모르는 사람이 없어요. 심지어는 약국에서 파는 파스에도 히딩크 감독 얼굴이 그려져 있는 게 아직도 나온다니까."

"박항서 감독은 그때 코치였죠?"

"예, 히딩크 전에 감독 대행도 잠깐 하셨는데. 그때 우리 또래들은 중계방송 보면서 대머리 코치라고 낄낄거리기도 했어요."

태길이 관심을 갖는 것은 베트남 선수들보다는 한국에서 온 박항서 감독 쪽이었다. 태길과 함께 국가대표 팀의 연습 경기도 보고, 국내 팀의 친선 경기도 보러 갔다.

"저는 지금도 축구에 관심이 있지만, 사실은 어릴 때 더 축구를 좋아했어요. 베트남 V리그 1 경기 같은 것도 찾아보고."

"리엔도 축구 정말 좋아하는군요."

"그래도 국제대회는 잘 안 보게 되었어요. FIFA 랭킹이 120위를 넘어가니까, 어지간한 국제대회에서는 매번 졌거든요. 어릴 때야 기적을 바라는 마음으로 보기도 했지만, 매번 지는 경기를 보는 것도 스트레스였고……."

"어떤 마음인지 알 것 같네요. 내가 좋아하는 팀이 매번 지는 모습을 보는 건 마음이 힘들 테니까."

"바로 그거예요. 그런데 박항서 감독이 취임한 뒤로는 베트남 축구가 달라졌어요."

히딩크가 2002년 월드컵 때 한국 국가대표 축구팀을 맡으면서 한국 축구가 강해졌다고 하는 것처럼, 2017년 베트남 국가대표 축구팀 감독으로 취임한 박항서도 베트남 축구의 실력을 단숨에 끌어올렸다. 2018년 중국에서 열린 AFC U-23 아시안컵에서는 호주를 이기고, 이라크와 카타르를 승부차기로 이겼다. 강호들을 이기고 결승까지 진출하자, 사람들은 열광했다. 그리고 팀은 그날 이후 나날이 더 강해졌다.

"국가대표 팀이 단숨에 강해지진 않았지만, 점점 더 강해지고, 질 때도 있지만 이기기도 하고, 세계의 강호들에게 도전하고, 그렇게 앞으로 나아가는 것을 보니까, 나도 더 힘을 내야지

하는 생각도 들고."

"다시 좋아하게 된 거네요."

"······맞아요. 다시 좋아졌어요, 축구가."

그렇게 축구를 보고, 또 휴일에는 공원에서 축구공을 주고받고 했다. 축구 데이트를 하다가 출출해지면 함께 노점에 서서 쌀국수를 먹으며 끝도 없이 축구 이야기를 했다. 한국 축구, 베트남 축구, 박항서 감독, 이곳의 프로 팀들과 국내 리그까지. 그런 만남을 계속하며 알게 된 것도 있었다. 여기 향신료들이 입에 맞네 안 맞네 하며 까다롭게 구는 한국인들도 많은데, 태길은 현지 입맛대로, 주는 대로 무던하게 먹는 사람이라는 것을.

"여기 오기 전에 그런 이야기를 들었어요. 박항서 감독이 베트남에 와서는 선수들한테 쌀국수 못 먹게 했다고."

"맞아요. 단백질 위주의 식단으로 근육을 키우라고 했대요. 처음에는 선수들이 불만을 갖기도 했는데, 결국 서구의 선수들과 맞붙으려면 피지컬도 중요하니까요."

"역시 전 축구 선수는 못 하겠네요."

"예?"

"쌀국수가 맛있어서요."

태길은 선하게 웃었다. 썩 잘생긴 얼굴은 아닌데도 그 웃는 모습이 좋았다. 그런 시간이 쌓여가며 정이 들었다. 그러던 어느 날 태길이 조심스럽게 물었다.

"내년에는 한국으로 돌아가야 하는데, 그 전에 물어보고 싶어서요. 우리 지금 사귀는 사이 맞죠?"

"맞죠."

"저기, 난 요즘 결혼을 한다면 리엔이랑 하고 싶다는 생각을 하고 있는데. 리엔은 혹시, 그런 생각 해본 적 없어요?"

"……나하고 결혼하고 싶어요?"

"리엔보다 더 말이 잘 통하는 사람을 만날 수 있을 것 같지 않아요. 리엔은 어때요?"

리엔은 눈을 깜빡거렸다. 관심사가 비슷하고 이야기가 잘 통하는 사람. 이 사람과 평생을 함께한다면 계속 많은 이야기를 나누며 살 수 있을 것 같았다.

태길이 한국으로 돌아갈 때까지 약 1년을, 두 사람은 결혼을 전제로 좀 더 진지하게 교제하기 시작했다. 한국 드라마를 보면 흔히 아들을 둔 시부모들이 결혼을 반대하고 나서곤 했지만, 사실은 리엔의 부모님을 설득하는 것이 더 큰일이었다.

"한국 남자라니, 말도 안 되는 소리 하지 마."

"만나보셨으니 아시잖아요. 좋은 사람이에요. 엄마가 생각하는 한국 남자 같지 않은 사람이라고요."

사실이 그랬다. 베트남에 와 있는 한국 남자들 중에는 죄책감 없이 유흥업소에 다니고, 성매매를 시도하는 사람도 많았지만 태길은 그런 사람이 아니었다. 오히려 같이 일하는 한국 남자들에게 혼자만 고상한 척하는 샌님이라고, 재수 없다는 소리를 듣고 있었지만, 태길은 그런 말에는 눈 하나 깜짝하지 않았다. 잘못되었다고 생각하는 일을 하지 않는 것뿐이라고 했다. 보통의 한국 사람이 그렇듯 베트남 역사에 대해 잘 몰랐지만, 리엔과 만나면서부터 함께 박물관에 가기도 하고, 리엔에게 베트남의 역사를 묻기도 하며 배우려고 했다. 베트남 음식도 뭐든 잘 먹었다. 리엔이 태어나서 살아온 베트남에 대해 더 많이 알고, 존중하기 위해 애썼다. 이만하면 어딜 봐도 흠잡을 데 없는 사람이라고 생각했다. 하지만 어머니의 생각은 달랐다.

"네가 결혼해서도 계속 여기서 살 거라면 한국 남자가 사위라도 상관없다. 하지만 언젠가는 한국에 갈 거잖니? 한국에서 결혼 못 한 늙수그레한 남자들이 여기서 젊고 가난한 여자들을 신붓감으로 찾는 것 알고 있지? 너는 열심히 공부해서 대학까지 나왔고, 영어도 중국어도 한국어도 잘하지. 아시아 어디에 가도 부족할 것 없이 자기 할 일 잘할 아이야. 하지만 네가 한국에 가면 한국 사람들에게 바로 그런 취급을 받을 거다. 그런 게 좋으냐?"

태길은 몇 번이나 리엔의 집에 찾아왔다. 한국에 돌아가서도 리엔이 하고 싶은 일은 다 하고 살게 하겠다고 몇 번이나 약속을 했다. 리엔은 실망한 부모님을 보며 이런 결혼을 과연 해도 되는 것일까, 몇 번이나 생각했다. 다른 것 다 보지 않고, 사람

하나만 믿겠다고 생각했다. 그래도, 결혼을 하기도 전부터 바로 '그런 취급'이 시작되었다.

"사랑의 승리네."

결혼 소식을 알렸을 때, 회사 사람들은 놀리듯이 말했다. 그들은 호기심 어린 표정으로 리엔을 에워쌌다.

"사실 말이야, 한국 부모들은 어지간해선 아들이 외국인과 결혼하는 걸 안 좋아해. 며느리는 한국 여자였으면 좋겠다, 그런 게 있거든."

"그러니까 시부모님께 예쁨받고 살려면 처음부터 기선 제압을 잘해야 해. 그렇다고 싸우라는 건 아니고, '저야말로 시부모님이 바라던 그 100점 만점에 120점쯤 되는 며느리입니다', 뭐 그런 자세로 나타나야 한다고."

한국인 직장 동료들은 한국 시부모에게 잘 보이려면 이렇게 해라, 저렇게 해라 하고 잔소리를 늘어놓았다. 한국에 가서는 굳이 외국인 억양을 티내지 않는 것이 좋다며 한국어 발음을 교정해주려 들고, 한복을 입고 김치를 담그는 법을 배워야 한다고 동영상을 보내주기도 했다. 그 사람들은 아마도 좋은 뜻이었겠지만, 그런 말을 듣는 입장에서는 그다지 고맙지 않았다. 자신은 김태길이라는 남자와 결혼해서 평등한 가족을 이루고 싶었던 것뿐인데, 한국 남자와 결혼하면 당연히 한국의 며느리가 되는 것이라는 듯, 모두가 시부모 노릇을 하려 드는 것에 진저리가 났다.

"왜 우리 어머니가 이 결혼을 반대했는지, 주변의 한국 사람들을 보다 보니 알 것 같아요."

"무슨 일 있었어요?"

"모두가 나를 드라마에나 나올 것 같은 이상적인 한국인 신부로 만들고 싶어 하는 것 같은데, 결혼했다고 한복을 입고 시부모의 식사를 준비하는 이상적인 신부라는 것이 현실에 존재하긴 해요?"

"사실 지금은 한국 사람들도 그렇게 하지도 않고…… 내 생각에는 예전에도 드라마에나 나오던 모습이었을 것 같아요. 일단 결혼 한복은 비싸서 사지 않고 빌려 입는 사람도 많은데, 그걸 입고 식사 준비까지 하는 건 무리인 것 같고."

"그런데 이 사람들은 나한테 자꾸 그런 걸 보여줘요."

"신경 쓰지 말아요, 리엔. 나도 우리 부모님도, 당신한테 그런 걸 바라는 게 아니에요. 나는 그냥, 당신이라는 사람을 사랑해서 가족이 되고 싶은 거예요."

태길이 믿음직한 사람이 아니었다면, 이런 결혼은 준비 과정에서 그만두었을 것이다.

　원래대로라면 회의를 마치고 언제나처럼 교육청 본관 앞쪽의
도서관에서 책을 빌린 뒤 점심을 먹을 계획이었다. 메뉴는 따로
정하지 않았다. 그냥, 아무거나. 하지만 오늘은 그다지 기대하지
않았던 남의 호의 덕분에 뭔가 생활 리듬이 꼬여버린 듯했다.
시간도 애매했고 사실 맛이야 단체 급식이니 그러려니 했지만
어쩌다 보니 양껏 먹지도 못했다. 쌀국수가 나온다는데 왜 다
들 식판에 밥을 푸고 있나 했더니, 메인은 밥이고, 국수는 그냥
국 대신이었다. 멋모르고 국수만 들고 나온 리엔만 쫄쫄 굶고
말았다. 밥이야 다시 줄을 서서 받아오면 그만이지만, 눈치가 보
였다.

　도서관에서 책을 몇 권 빌려 나오는데, 사람들이 교육청 입구
쪽 화단에 학생 축구대회에서의 입상을 알리는 현수막을 걸고
있었다. 리엔은 그 현수막을 휴대폰으로 찍어 태길에게 보냈다.

　─ 박항서에게 손해배상청구라도 하고 싶어.

　바로 전화가 왔다. 태길이었다.
　"리엔, 무슨 일 있어?"
　"그냥, 박항서가 아니었으면, 내가 축구를 좋아하지 않았더라

면, 한국에 안 왔을 것 같아서."

"무슨 일 있구나."

"아냐, 그냥 집 생각이 나서 그래."

태길이 긴장한 듯, 조심스럽게 물었다.

"혹시 나랑 결혼한 것, 후회해?"

리엔은 웃었다.

"자기랑 결혼한 건 후회 안 하는데, 한국에 온 건 수도 없이 후회했어."

"……미안."

태길이 머뭇거리며 대답했다.

사랑해서 결혼했고, 그래서 용기를 내어 태어난 나라를 떠나 이곳에 왔다. 하지만 이곳은 베트남 출신 결혼이민자가 사람답게 살기 정말 힘든 곳이었다. 리엔은 대학도 나왔고, 대형 호텔 체인에서 일하며 베트남어와 영어와 중국어는 물론 한국어도 능숙하게 할 수 있었지만, 사람들은 '돈 주고 사 온 베트남 여자'라는 편견을 갖고 리엔을 대했다. SNS 계정에는 '한국 남자에게 빌붙어 꿀 빨러 온 것'이라는 악의적인 댓글이 달렸고, 이웃집 대학생은 리엔을 아무것도 모르고 한국에 팔려 온 매매혼의 피해자라고 생각하며 제멋대로 동정했다. 동네 아저씨가 어느 날인가는 술에 취해서 "너 얼마 짜리냐"라며 손목을 잡고 끌고 가려 한 일도 있었다. 태길은 그럴 때마다 나서서 경찰에게, 이웃들에게 항의했다. "내가 이 여자 남편이다", "누가 내 아내를 무시하느냐"라고. 매일 리엔을 꼭 끌어안고, 속상해하는 리엔에게 당신이 잘못한 게 아니라고, 저 사람들이 잘못한 거라고 말해주기도 했다. 주말에는 리엔과 함께 여기저기 놀러 다녔다. 축구를 보러 가기도 했다. 그렇게 태길이 최선을 다해 아껴주고 달래주고 사랑해주는 것을 알았지만, 리엔 안에는 고통스러울 정도로 채워지지 않는 조각들이 있었다. 자신은 이곳의 다른 한국 사람과 마찬가지로 존중받아야 마땅했지만, 리엔은 태길의 그 말이 자신을 평등한 누군가가 아니라 '그의 아내'이기 때문에 존중받아야 한다는 말처럼 들렸다. 든든한 남편의 보호 아래 있는 아내란, 리엔이 바라던 평등한 관계라고는 할 수 없었다.

"오늘은 무슨 일이 있었던 거야? 회의 때문에 교육청에 간다고 하지 않았어?"

"사실 오늘은 그렇게 나쁜 날은 아니야. 회의 갔더니 장학사님이 구내식당에 쌀국수 나오니까 같이 먹자고 했어."

"맛있었어? 아, 별로였구나. 그래서 속상했나 보다."

"……좀 그래."

일을 하고 싶었다. 자신이 그동안 쌓아온 것들이 무용하지 않은 일을. '응우옌 티 리엔'이라는 이름으로 태길과 동등하게 살고 싶었다. 자신을 위해 태길이 계속 고민하고, 뭔가 이벤트를 생각해내려 애쓰는 모습을 보는 것도 힘들었다.

이런 것이 사랑일 수 있을까, 차라리 베트남으로 돌아갈까, 몇 번이나 생각했다. 그러던 어느 날 태길이 회사에서 돌아와 구청 홈페이지에 올라온 공지사항을 알려주었다. 아는 사람 중에 구청 공무원이 있는데, 한국어를 잘 모르는 베트남 결혼이민 여성을 위해 한국어를 가르쳐줄 강사를 구하고 있더라면서.

리엔은 주저 없이 지원했다. 매주 두 번씩 구청에서 베트남 출신 여성들을 위한 한국어와 한글 강의를 하다가, 교육청에서 '교실로 찾아가는 다문화교육' 선생님을 뽑는 것을 보고 얼른 지원했다. 구청에서 강의한 경력 덕분인지 수월하게 채용되었다. 그렇게 여기저기 초등학교와 유치원에서 어린이들에게 베트남에 대해 소개하는 일을 하게 되었다.

아이들에게 여러 나라의 문화를 경험시키기 위해, 다문화교사들은 부지런히 이 학교, 저 학교, 여기저기 유치원들을 돌아다녔다. 베트남어로 간단한 인사를 하는 법을 가르치고, 종이로 베트남의 전통 모자인 농(Nón)을 만들거나, 아오자이를 입고 사진을 찍기도 했다. 학교에서라면 이럴 때 급식에 쌀국수가 나오기도 한다. 대개는 교육청에서 먹어본 것 같은 싱겁고 밍밍하고, 이도저도 아닌 맛이었다. 아이들을 다루는 것도 쉽진 않았다. 유치원생들은 베트남 동요를 따라 부르며 리엔을 선생님이라고 잘 따랐지만, 유튜브 같은 것에 푹 빠져 있는 초등학생 아이들 중에는 다문화교사를 대놓고 놀리고 조롱하며 어른들의 불쾌한 행동들을 당당하게 따라 하는 아이들도 적지 않았다. 이 일이 아주 적성에 맞는 것도 아니었고, 할 수 있는 일에도 한계가 있었다. 하지만 적어도 이 일을 하는 동안에는 '베트남댁'이 아니라 '리엔 선생님'이었다. 그렇게 일을 하고 존중받지 못했다면, 리엔은 이곳에서 더는 살 자신이 없었을 것이다. 아무리 남편을 사랑해도, 더 이상 한국에서는 살 수가 없어 베트남으로 돌아갔을지도 모른다.

"떡국 국물 같은 데다 포를 말아놓았는데, 사실 육수에 국수를 말아놓은 것이니까 맛이 없을 수는 없어. 하지만 그런 것이 있어. 맛있어서 먹긴 먹는데도 마음속에서 이건 아닌데 하는 것."

"그것도 그렇고, 내 생각에는 당신이 먹고 싶은 국수가 그게 아닌 것 같아."

"응?"

"당신은 한국에서 흔히 베트남쌀국수라고 말하는, 납작한 포를 육수에 말아 내온 것이나, 분이나 고기를 양념에 찍어 먹는 분짜 같은 것보다, 가느다란 분에 고기랑 그 매콤하고 새콤한 소스를 얹어서 비벼 먹는 거 좋아하잖아. 분팃느엉(Bún thịt nướng) 말야."

리엔은 눈을 깜빡였다. 태길의 말을 듣자마자 입에 침이 고였다. 느억맘에 라임주스, 다진 레몬그라스가 듬뿍 들어간 양념을, 실처럼 가느다란 분과 양념해서 숯불에 구운 고기에 끼얹고 그 위에 땅콩 분태까지 얹어서 비벼 먹는 그 맛이 생각났다.

"……그렇네, 먹고 싶은데 한국에서는 그거 하는 데가 별로 없어."

"그래, 그래. 하는 데가 있어도, 베트남 현지 맛이 아니지. 말하다 보니 나도 그게 좀 먹고 싶어지네. 차라리 내가 만드는 법을 배워볼까?"

"사실 내가 만드는 법을 몰라서 못 해 먹는 건 아니지."

"그건 그렇네……. 언제 베트남에 다녀오자. 어머님도 뵙고."

태길이 다정하게 말했다. 리엔은 고개를 끄덕이고 전화를 끊었다. 그러자 뱃속에서 꼬르륵거리는 소리가 났다. 역시 점심을 덜 먹은 게 탈이었던 모양이다. 오후에도 할 일이 있으니, 뭐라도 좀 먹고 움직여야 할 것 같았다.

"어서 오세요."

사실은 한국 음식을 싫어하는 것은 아니었다. 한국식 양념을 해놓은 어설픈 베트남쌀국수가 싫은 것뿐이지. 뭐라도 입맛 당기는 것을 서둘러서 먹고 일어나려고, 리엔은 보이는 대로 시청 앞 김밥천국의 문을 열고 들어갔다.

사실 김밥천국이야말로 적당히 한국화된 아시안 푸드의 천국이라고 할 수 있다. 메뉴판에는 김밥과 떡볶이, 돈가스와 비빔국수부터 시작해서, 돈부리와 라멘, 짜장면과 마라짬뽕, 팟타이와 갈비국수, 그리고 베트남쌀국수도 있었다.

"비빔국수 하나 주세요."

사실은 중국, 일본에서도 국수에 채소를 넣고, 맛과 향이 강한 소스를 넣어 볶거나 비빈 음식들은 흔히 볼 수 있다. 태국에서는 국물 없이 액젓이나 양념으로 비빈 국수에는 '행(แห้ง)'이라는 말이 붙고, 볶음국수에는 '팟(ผัด)'이라는 말이 붙는다. 그리고 리엔이 그리워하는 분팃느엉도 마찬가지다. 이렇게 국물 없이 비비거나 볶아낸 국수들로 아시아 음식 지도를 그릴 수도 있을 것 같다.

한국식 비빔국수는 분보다는 조금 굵은 소면을 삶고, 잘게 썬 김치와 채 썬 야채들, 그리고 새콤달콤한 초고추장과 참기름, 통깨를 뿌린 뒤에 삶은 계란 반쪽을 얹은 것이다. 맛은 전부 다르지만, 담아놓은 형태나 담겨 있는 국수를 만드는 방법 자체는 어느 나라나 크게 다르지 않다. 밀가루 반죽을 쫀득하게 해서 썰어내는 칼국수는 썰어 만든 '절면(切麵)'이고, 국수 반죽을 손으로 쳐서 죽죽 늘리고 포개어 다시 늘려가며 만든 수타 짜장면은 반죽을 늘려 만든 '납면(拉麵)'이다. 메밀국수 같은 것은 반죽을 구멍이 뚫린 틀에 넣고 밀어, 끓는 물에 삶아서 만든 '압면(押麵)'이다. 나비 모양의 파스타인 파르팔레가 국수라면, 반죽을 해서 툭툭 뜯어내는 수제비나 옹심이가 국수가 아니라는 법도 없다.

그중에서도 비빔국수에 들어가는 소면은, 국수 반죽을 길게 늘려서 막대기에 감은 뒤 당겨서 가늘게 만든 것이다. 면 색깔이 흰색이라 소면(素麵)이라 불렸다는데, 사람들은 작다는 뜻의 소면(小麵)이라고 생각했는지, 조금 굵은 소면에 '중면'이라는 이름이 붙어서 나오기도 했다. 이 소면도 한국 재래의 방식은 아니다. 아마도 일제강점기 때 일본에서 들어온 형태였을 거라고들 한다. 그렇다고는 해도, 비빔국수는 한국 음식이다. 비빔밥과 비슷한 느낌으로 채소들을 채 썰어 둘러 얹은 그 모양새가 그렇고, 새콤달콤한 초고추장에 참기름과 깨가 들어간 그 양념이 그렇고, 또 고명으로 올라간 잘 익은 배추김치와 열무김치가 그렇다. 김치가 두 가지나 올라가 있는데, 한국 음식인지 아닌지를 논하는 것도 새삼스럽다.

그런데 뭔가 이상하다. 고추장 위에 얹은 것이 깨뿐만이 아니었다. 분짜나 분팃느엉, 아니면 태국의 팟타이에 종종 한 숟갈씩 얹곤 하는 땅콩 분태도 있다. 리엔은 잠시 그릇을 들여다보다가, 휴대폰으로 사진을 찍었다.

"요새는 이런 음식도 사진을 다 찍네."

"신기해서요. 비빔국수에 땅콩 든 거 처음 봤거든요."

"왜, 얼마 전에 방송 요리 프로에 나왔잖아요. 비빔국수에 땅콩 넣은 거. 그래서 요새 젊은 사람들이 좀 찾던데."

그렇구나. 리엔은 고개를 끄덕이고 다시 젓가락으로 국수를 휘휘 젓듯이 하며 뒤섞었다.

여기 김밥천국의 비빔국수에는 새콤달콤한 맛을 살리기 위해 매실청도 조금 넣었다. 시원한 맛을 내기 위해 오이를 채 썰어 얹었는데, 고급 음식점에서 파는 비빔국수에는 종종 배를 썰어 얹기도 한다. 그리고 무엇보다도 맨 위에 올라가 있는 삶은 계란이야말로, 이건 한국 음식이구나 하고 존재감을 드러내는 것 같다. 깻잎이나 상추 같은 잎채소를 가늘게 썬 것이 같이 올라가는 경우도 있다. 집에서 만들어 먹는다면 가늘게 썰 것도 없이, 손으로 북북 뜯어서 넣고 같이 뒤섞기도 한다. 태길이 집에서 만들어줄 때는 그렇게 한다. 사실 태길이 만들어주는 비빔국수에는 인색하게 삶은 계란을 반 개만 넣는 게 아니라 아예 온전하게 한 사람당 한 개씩 넣기도 한다.

국수를 젓가락으로 조금 집어 호로록하고 맛을 보았다. 가늘고 부드러운 국수에 새콤달콤한 고추장 사이로 참기름과 깨, 그리고 고소하고 부드러운 땅콩 맛까지 뒤섞여서, 처음으로 태길이 만들어주었던 비빔국수를 먹어보았을 때보다는 훨씬 부드럽고 취향에 맞는 맛이 되어 있었다. 고추장과 참기름, 깨와 마늘로 대표되는 한국 맛에, 베트남이나 태국 느낌이 살짝 더해진 것 같기도 하다.

생각해보니 중국에는 '귤이 회수를 건너면 탱자가 된다'는 말이 있다. 남쪽에서 자라던 귤나무를 북쪽에 옮겨 심으면 탱자가 되더라는 이야기다. 물론 귤이 탱자가 된다는 것은 터무니없는 이야기지만, 같은 묘목을 심어도 환경에 따라 그 결과가 달라진다는 뜻 정도로 이해하면 된다. 한국에서는 채소를 데치고 익혀서 간장과 참기름, 깨로 양념한 나물 반찬의 중심은 당연히 채소라고 생각하지만, 일본에서는 그 중심을 참기름과 깨로 생각한다. 베트남이나 태국에서는 고수가 익숙하니까 잔뜩 넣어 먹지만, 한국의 중년층들은 그 향긋한 냄새를 샴푸에서 먼저 맡아버렸으니까 샴푸 맛이 난다고 트집을 잡는 것이다. 마치 민트초콜릿을 치약 맛이라고 부르는 사람들처럼. 그렇긴 해도, 비빔국수에 땅콩 분태를 넣고, 돌솥비빔밥에 모차렐라치즈를 집어넣듯이, 자기 나라 음식에도 맛있어 보이면 이것저것 집어넣는 사람들이다. 그런 실용적인 면을 보면, 정말로 앞뒤가 꽉 막힌 사람들만은 아닐지도 모른다. 은퇴를 앞둔 나이에도 다문화교육 업무를 맡았다고, 어떻게든 다문화교사에게 그 사람의 모국어로 인사라도 한마디 해주려고 애쓰는 김 장학사처럼.

문득 리엔은, 지금 자신이 돌아다니며 가르친 아이들이 자라서 어른이 되면, 10년, 20년 뒤의 한국은 지금보다는 좀 더 열린 곳이 되지 않을까 생각했다. 지금은 그저, 한국인과 비슷하게 생긴 이방인 취급을 받을 뿐이라 해도. 조금 더 시간이 지나고 아이들에게 이웃 나라 사람들이 낯설지 않은 당연한 존재가 된다면.

리엔은, 언제 태길과 함께 아시아 마트에 가봐야겠다는 생각을 했다. 집 근처 아시아 마트에서는 동남아시아와 중국, 심지어는 러시아의 식재료까지 팔고 있다 보니 리엔이 원하는 베트남산 재료들이 딱 갖추어져 있진 않았지만 언제 그곳에서 땅콩 분태와 라임주스, 느억맘소스와 레몬그라스를 사 와야겠다는 생각이 들었다.

커다란 그릇 속에 밥이든 국수든 넣고, 좋아하는 재료들을 이것저것 얹고, 그 위에 느억맘에 매콤새콤하게 양념한 소스를 넣어서, 무엇이라 불러도 좋을 한 그릇을 만들어보고 싶었다. 돌솥비빔밥처럼, 여기 한 그릇의 비빔국수처럼. 어쩌면 그렇게 맛있는 것에 맛있는 것을 더하면 더 맛있어진다는 식의 생각이야말로 진짜 한국스러운 것일지도 모른다는 생각이 들어, 리엔은 나직하게 웃었다.

돈가스

깃토 가쓰(きっと かつ), 반드시 이긴다고.

그래서 일본에서는 시험을 보거나 큰 시합에 나가기 전에 돈가스를 먹는다고 했다.

"정말이야, 삼촌?"

"그렇다니까."

아람이 그런 이야기를 처음 들은 것은 초등학교 때였다. 아람의 집에서 대학에 다니다가 군대에 간 막냇삼촌이 즐겨 보던 일본 만화책. 주로 야구 선수들이 나오던 그 만화책들은 조금씩 다르면서도 다들 비슷비슷한 이야기들을 하고 있었다. 뜨거운 여름, 고등학교 야구부의 에이스인 남자 주인공이 죽을힘을 다해 공을 던지고 달리며 연습에 연습을 거듭한다. 어린 시절부터의 목표일 수도 있고, 좋아하는 여자애나 숙명의 라이벌과의 약

속일 수도 있지만, 그 주인공의 목표는 언젠가 고시엔(甲子園) 대회에 나가는 것이다. 한신 타이거즈의 홈구장인 일본 효고현의 고시엔 구장에서 열리는 일본 고교야구 전국대회, 그 전국대회에서 우승하기 위해 여름 내내 필사적으로 노력한 야구 소년들은 중요한 시합 전날 돈가스덮밥이라는 것을 먹곤 했다. 반드시 이기고 싶은 마음을 담아서. 그런 장면을 볼 때면 주인공의 승리는 둘째 치고 입안 가득 침이 고이곤 했다. 돈가스는 원래 맛있고, 덮밥도 맛있는데. 그러면 '돈가스덮밥'이란 얼마나 맛있는 걸까.

"고시엔 구장 근처에는 정말로 덮밥집이 있대. 돈가스덮밥도 팔고, 쇠고기덮밥도 팔고."

휴가를 나온 삼촌은 아람이 그런 것들을 궁금해할 때마다 자기가 아는 대로 말해주곤 했다. 고시엔 대회에 출전한 선수들은 고시엔 구장의 검고 폭신폭신한 흙을 기념으로 퍼 온다고. 그건 내년에도 반드시 전국대회에 출전해서 이 구장에서 시합을 하겠다는 뜻이라고. 그런 이야기를 할 때마다 삼촌은 책상 구석에 꽂혀 있던 글러브를 바라보며 쓸쓸한 표정을 짓곤 했다.

그러거나 말거나, 아람은 삼촌의 책상 아래쪽에 잔뜩 꽂혀 있던 야구 만화들에 푹 빠져 있었다. 특히 아람이 열심히 들여다보던 것은 남자 주인공이 시합 전에 먹던 돈가스나 돈가스덮밥이었다.

"맛있겠다……."

그런 장면을 보면서 아람이 떠올린 것은 시장 입구에 있던 김밥천국의 돈가스였다. 케첩이 섞인 소스에 푹 젖어 물렁물렁해진, 숟가락으로 슬며시 누르면 툭툭 잘리는, 아빠의 월급날 먹으러 갔던 돈가스. 집에서 엄마가 튀겨주는 바삭바삭한 꼬마돈가스도 좋아했지만, 케첩에 찍어 먹는 꼬마돈가스보다는 뭔가 더 진하고, 토마토케첩의 새콤달콤한 맛에 뭔가 구수한 맛이 더해진 소스를 끼얹은 김밥천국 돈가스 쪽이 더 맛있다고 생각했다. 커다란 접시에 엄마 손바닥만 한 크기의 얇은 돈가스 두 장을 얹어 소스를 넉넉하게 붓고, 그 옆에 채를 친 양배추에 케첩과 마요네즈를 짜서 얹은 뒤 콘샐러드 몇 알을 얹어놓고, 밥을 3분의 1 공기 정도 동그랗게 모양을 내어 얹어놓은 그 돈가스를, 집에서는 쓸 일이 없는 나이프와 큼직한 포크로 썰어서 먹으면 어쩐지 조금은 어른스러워진 것 같은 기분이 들기도 했다.

그런데 돈가스덮밥이라니. 김밥천국에서는 한 번도 본 적 없는 메뉴를 맛있게 먹고 있는 만화책 속의 고등학생들은 어른스럽고 입맛도 세련되어 보였다. 촉촉하다 못해 눅눅할 정도로 새콤달콤한 소스에 푹 젖은 돈가스를 잘게 썰어서, 덮밥처럼 밥에 얹어 먹으면 더 맛있겠지. 직접 먹어본 적은 없지만 가끔 만화책 속의 이미지를 보면서 상상했다. 한 달에 한 번쯤 먹어본 돈가스를, 날이 잘 들지 않는 나이프로 잘게 잘라내어 동그란 밥

덩어리 위에 얹다가, 엄마에게 먹는 것 갖고 장난치지 말라고 혼난 적도 있었다. 장난치는 게 아닌데. 그 '돈가스덮밥'이라는 것이 사실은 '돈부리'라는, 초등학교 5학년 유아람이 알고 있는 그런 돈가스를 밥에 얹은 게 아니라 튀겨낸 일본식 돈가스를 양파와 계란과 양념간장과 함께 끓여 밥에 얹어 먹는 음식이라는 것을 알게 된 것은 그로부터 몇 년은 더 지난 뒤의 일이었다.

*

"……다른 길을 한번 생각해보는 건 어때?"

간만에 명절이라고 놀러 온 삼촌이 한마디 했다. 아람은 방구석에 앉아 만화책을 보다가, 제 책꽂이를 뒤지다 말고 뜬금없는 소리를 하고 있는 삼촌의 뒤통수를 올려다보았다. 저건 또 무슨 소리야. 아람은 눈을 깜빡이다가, 삼촌이 심각한 표정으로 이쪽을 바라보는 것을 보고 어깨를 으쓱거리며 짐짓 허세를 부리듯 웃었다.

"무슨 소리야, 삼촌. 뭘 그만둬."

"좀 전에 보니 너 책상에 약 있더라."

"아, 그거?"

"너 병원 다니는 거, 너희 엄마도 아셔?"

"아, 좀……."

아람은 고개를 절레절레 저었다.

"그거 그냥, 잠을 깊이 못 자서 먹는 약이야. 요즘 야근을 많이 했더니 수면사이클이 영 엉망이 돼서. 그러다 보면 약 먹을 때도 있는 거지."

"잠은 무슨. 그거 우울증 약이잖냐."

삼촌은 예전에 군대 가기 전 학교 다닐 때 사다 놓았던 낡은 만화책 한 질을 책꽂이에서 뽑아내며, 누가 들을세라 목소리를 한껏 낮춘 채 말했다.

"지금 하는 일 안 맞고 힘들어서 그러는 거 아니냔 말이다."

아람은 낯을 찌푸렸다.

"뭐, 자기 적성에 찰떡같이 딱 맞아서 회사 다니는 사람이 얼마나 된다고 그래."

광고 영상 만드는 공부를 하고 일본에 교환학생과 단기 유학도 다녀왔지만, 결국은 안정된 직업을 찾아 공무원 시험을 본 아람이었다. 사람들의 마음에 깊이 남을 영상을 만드는 대신 시청에 들어가기로 마음먹은 시점에서 많은 것을 내려놓았지만, 그래도 시청 홍보과라는 말에 조금은 그동안 공부한 것들을 써먹을 수 있을 줄 알았다. 하지만 현실은 기대와는 많이 달랐다.

"그냥 매달 꼬박꼬박 월급 나오니까 다니는 거지."

이곳에서 아람이 하는 일은 직장 상사들의 취향에 맞춰 시대에 뒤떨어진 데다 종종 인권 감수성도 부족한 동영상을 만들고, 자신이 쓰지도 않은 그 카피 때문에 수많은 민원 전화를 받는 게 전부였다. 사실은 오늘 아침에도 그 생각을 하고 있었다. 그만둘까. 지금 여길 그만두고 나가서 무슨 짓을 하든, 행정 인턴을 뽑는다면서 웬 슈퍼맨 짝퉁 같은 캐릭터가 엄지를 내미는 일러스트를 세워놓고, 굴림체 폰트로 "우리 시의 어벤저스들을 찾습니다" 같은 카피 멘트를 박아서 구인 공고를 내보내는 한심스러운 짓보다는 더 세상에 도움이 되는 일을 할 수 있을지도 모르는데. 물론 왜 뜬금없이 '복수자들[avengers]'이라는 말을 굳이 카피에 넣었는지는 잘 안다. 2012년부터 엄청나게 흥행했던, 한마디로 지금 의사결정권을 가진 사람들이 젊었을 때 열광했던 마블 코믹스 원작의 영화 〈어벤저스〉 시리즈 때문이겠지만, 지금 저 구인 공고를 보고 원서를 낼 행정 인턴 후보자들이 몇 살이라고 생각하는 거야. 게다가 무엇보다도 후지고 한심한 것은 저 슈퍼맨 닮은 올백 머리 SD 캐릭터다. 슈퍼맨은 DC 코믹스 쪽 캐릭터여서 〈어벤저스〉 시리즈에는 들어갈 수도 없는데 말이다.

"넌 그게 다야? 그거면 충분해?"

"그냥 됐어. 회사가 망해서 월급도 못 받고 쫓겨나는 것보다는, 매달 정확한 날짜에 월급이 통장에 꽂히는 게 제일 좋아. 회사에서 스트레스 받는 것도, 월급 값이려니 해야지."

"야, 유아람!"

"괜찮아, 삼촌. 난 괜찮아. 한가한 사람들이야 꿈꾸던 일, 하고 싶은 일, 가슴이 뛰는 일을 하라고 그러지만, 그런 건 삼촌처럼 나이 들어서도 만화나 많이 보는 사람이나 그런 거고."

"나한테 불만 있으면 나한테 말해. 애먼 만화 탓하지 말고."

"지금도 그렇잖아. 삼촌 집에도 그 만화 다 있는 거 뻔히 아는데, 여기 와서도 잠깐을 가족들이랑 이야기를 못 하고 만화책이나 붙잡고 있고."

"내 집에 있는 건 나중에 산 애장판이고, 이건 1990년대에 나온 거니까 그게 다르지. 나한텐 다 추억인데……."

삼촌은 낡은 만화책을 그리운 듯 쓰다듬으며 허허 웃었다. 예전에는 야구 만화 같은 것을 보면서 더러 쓸쓸해하거나 분한 표정을 짓기도 했는데, 아람은 이제 그냥 추억만 남은 것 같은 삼촌의 표정에 공연히 부아가 끓었다.

"……정말로 나이 들어서도 그런 말을 믿으면, 철이 안 들었다고 하는 거야."

아무것도 바뀌지 않을 것을 뻔히 알면서도 만화책이나 보고, 그런 건 현실도피지. 현실도피만 하면 또 몰라, 그 만화책 속 세계가 마치 인생의 전부라도 되는 것처럼 푹 빠져서 헤어 나오지 못하는 사람도 있다. 그러고 보니 그 구인 공고를 보고 민원 전화를 걸어서 한 시간 가까이 항의한 사람도 있었다. 슈퍼맨의 팬인지, 어벤져스의 팬인지는 모르겠지만, 전화를 걸어온 민원인은 무식한 시청 공무원 따위에게 아메리칸 코믹스의 역사에 대해 이런 것까지 설명해야 하는 것을 억울해하며 짜증스러운 목소리로 자신의 덕력을 과시했다. 해야 할 일은 메신저 리스트에 계속 쌓여가고, 다른 부서에서는 왜 전화 안 받느냐는 쪽지가 날아오는데, 민원인에게 붙잡혀 전화 응대만 하고 있는 아람도 속이 타들어갔다. 알아요, 나도 안다고. 집에 만화책 좋아하는 삼촌이 있어서 어릴 때부터 어지간한 만화는 한두 번씩은 다 보면서 자랐고, 어른 되어서는 광고 영상 만드는 공부를 하느라고 유행하는 영화며 애니메이션 같은 것도 빼놓지 않고 섭렵했는데. 상사가 콕 찍어서 저렇게 하라고 시키는 걸 어쩌란 말이야. 그런 말들을 꾹꾹 눌러 넣으며 기계적으로 몇 번이나 반복해서 대답했다. "죄송합니다, 선생님." 줄잡아 스무 번은 넘게 사과를 하자 전화 저 너머의 민원인은 그제야 만족한 듯, 으스대는 목소리로 몇 마디를 보탰다. 그따위로 일하지 말라고, 우리 세금으로 먹고사는 거 아니냐고 꼭 한마디를 더 보탠다.

이따위 짓은 그만두자, 어차피 공무원이 적성에 맞는 것도 아니잖아. 좋은 광고를 만들겠다고 일본까지 가서 영상 쪽 공부를 했으면서, 20년 전 유행을 아직도 물고 늘어지는 공무원 세계에서 사는 것은 말도 안 되는 일이었다. 하루빨리 여기서 튀자. 그러지 않았다간 한물간 상사들과 진상 민원인들에게 뇌세포가 전부 갈리고 짓이겨져서 아이디어라고는 한 방울도 나오게 되지 않을지도 몰라. 아니, 그렇게 되기 전에 어디 차도에 뛰어들지도 몰라. 키보드와 마우스 밑에 깔아둔, 뭘 말하는지 아무리 봐도 알 수가 없는 시 홍보 캐릭터가 새겨진 데스크매트 아래에는 벌써 몇 번이나 고쳐 쓴 사직서가 빳빳한 봉투에 담긴 채 놓여 있었다. 마치 더 이상 길이 없다 싶으면 이걸 던지고 나오면 된다고, 최후의 수단이라도 되는 것처럼.

"뭐, 됐어. 민원 전화 받는 것도 일인걸. 그나저나 삼촌 안 그런 것 같은데도 옛날 사람 같다? 그냥 신경안정제 정도로 뭐라고 그러게."

"그냥 신경안정제는 무슨……."

"삼촌도 혹시 그, 정신과 가는 거 별로 안 좋다고 생각하고 그래?"

"필요하면 가야지. 근데 일하는 게 힘들어서 약 먹으면서 버텨야 할 정도면, 어디부터가 문제인지 다시 생각을 해봐야 한다는 거야."

"걱정은. 우울증은 마음의 감기랬어."

"그건 감기처럼 흔한 병이라는 뜻이지, 감기만큼 쉬운 병이라는 뜻이 아니야."

몇 번이나 그 사직서를 꺼내려고 했다. 하지만 그때마다 머릿속에서 경고음처럼 엄마 목소리가 울리곤 했다.

'너도 참, 힘들게 시험 봐서 들어갔으면 좀 더 참아보든가. 요즘 애들은 어쩌면 이렇게 인내심이 없는지 모르겠다. 자아실현? 야, 누가 회사에서 팔자 좋게 자아실현을 해? 그냥 월급 받으러 다니는 거지. 애, 너희 아빠는 뭐 회사가 좋아서 다녔던 줄 아는 거니? 다 먹고살고 새끼 키우느라 다닌 거지.'

그리고 삼촌은, 지금 눈앞에서 색이 바래고 낱장이 다 나달나달해진 만화책 서른세 권을 꺼내서 안아 들고 나가기 좋게 척척 쌓아 올리고 있는 삼촌은, 그런 말은 결코 하지 않았다. 대신, 어쩌면 아람이 정말로 듣고 싶었던 말들을 했다.

"다니던 직장을 그만둔다고 사람이 죽지 않아. 어려운 시험 봐서 공무원이 되었다가도 그만두는 사람도 많고. 근데 그만두는 쪽이 사실은 현명하지, 죽는 것보다는. 꽤 있어, 의외로."

삼촌은 두서없이 중얼거렸다.

"사람들이 그러잖아. 운동 같은 걸 계속해봤자 먹고살기 힘들다, 같은 학년에서, 전국적으로 정말 잘나가는 한둘 빼면 제대로 뭘 하기 어렵다고. '손절'이라고 그러잖아. 이 일을 계속했을 때의 손해가 내가 감당할 수 있는 선을 넘어서면 포기하고 나와야 한다고. 그게 합리적이라고."

"삼촌, 잠깐, 잠깐만."

"근데 왜, 야구를 그만두고 입시 준비를 하는 것은 합리적인 선택이라고 하면서, 도저히 못 살겠다, 죽을 것 같다 싶을 때 죽지 않으려고 회사를 그만두는 건 그렇게 말을 안 하는 거야."

아람은 한숨을 쉬었다. 삼촌은 초등학교 때부터 야구를 했다. 운동을 계속하면 돈이 많이 든다고, 우리 집 형편에는 불가능한 일이라고 할아버지가 말리셨다지만, 어릴 때부터 워낙 공도 잘 던지고 발도 빨라서 중학교에서도 고등학교에서도 장학금을 주며 모셔 갔다고 했다. 지역 대회에서는 언제나 두각을 드러냈고 장래 희망은 메이저리그에 가는 것이었다고 한다. 어렸을 때, 삼촌의 방에는 늘 야구 만화책들이 가득 꽂혀 있었다. 이현세의 《공포의 외인구단》부터 아다치 미츠루의 《터치》와 《H2》, 거의 여든 권에 가까운 미츠다 타쿠야의 《메이저》까지. 침대에 누우면 딱 보이는 자리에는 박찬호의 포스터가 붙어 있었다.

하지만 삼촌은 꿈을 이루지 못했다. 고등학교 1학년 여름, 봉황대기 전국고교 야구대회 예선전에서 무리해서 슬라이딩을 하다가 수비수의 스파이크 슈즈에 찍혀 손목을 크게 다치는 바람에.

한창 성장하는 선수에게, 2년이라는 재활 기간은 영겁처럼 길었다. 결국 삼촌은 좋아하던 야구를 그만두었다. 사람들은 어차피 프로야구 선수가 되는 것은 쉽지 않고, 메이저리그에 가는 것은 불가능에 가까운 꿈이었다고, 부상 같은 것으로 그만두지 않더라도 어차피 계속할 수는 없었다고 말했다. 그리고 삼촌은 전문대학에 들어가고, 지금은 관공서를 상대로 하는 컴퓨터 AS 업체에서 일하며 여러 학교에서 사용하는 컴퓨터나 방송 기자

재를 수리하고 납품하는 일을 하고 있었다.

"내가 말이야, 삼촌이 나 걱정해주는 건 너무 고마워. 우리 엄마도 내가 퇴근해서 넋이 나가 있거나, 그만두고 나올까 하고 한숨 쉬고 있으면 나보고 어떻게든 계속 다녀라, 젖은 낙엽같이 착 붙어 있어라, 그러니까."

그런 삼촌이 하는 말이니까, 가슴이 뛰는 일을 하라거나, 힘들면 잠깐 누워서 아무것도 하지 말고 쉬라는 식의 대책 없는 힐링 책에나 나올 것 같은 이야기와는 결이 다르지만.

"……그런데 지금 경기가 너무 안 좋아. 취직하기도 너무 힘들고. 어쨌든 3년은 버텨야 어딜 가도 경력이다 할 것 아니야. 지난번 회사도, 3년을 못 채우고 회사가 망하는 바람에 정말 붕 떠버렸는데."

"뉴스 봤어? 엊그제도 어디 지자체 민원실에 9급 공무원이 자살했다더라."

"알아. 근데 삼촌, 나 죽을 만큼 일하고 그러는 사람 아냐. 그리고…… 지금 어떻게 그만둬. 사무실에 사람도 부족한데."

"네가 없으면 누군가가 그 일을 해."

내가 없으면 회사가 안 돌아갈까 봐 그만두지 못하는 게 아니다.

"넌 그런 말 들으면 싫겠지만, 네가 없으면 다른 누군가가 그일을 할 거야. 산전수전 다 겪은 베테랑이 빠져도 하루이틀 정도 어수선하고 끝인데. 하물며 너 같은 젊은 애가 빠진다고 일이 안 돌아가지 않아."

"그래서 정말로 그만두고 나오면, 어떻게 살고?"

너무 힘들어서, 일하다가 잠시 복도 창문가에 섰다가, 여기서 창문을 열고 뛰어내리면 내일 출근 안 해도 될 것 같다는 생각이 들어도, 퇴근길에 횡단보도를 건너다가 여기서 오토바이에 치이기라도 하면 내일은 그따위 민원 전화들을 받지 않을 수 있을 텐데, 하는 생각이 들어도, 정말로 휴직을 하거나 사표를 내버렸다가는 영영 돌아갈 자리가 없을까 봐서, 그래서 그만두지 못하는 거다. 병아리 눈물 같은 월급을 모아서 만든 비상금도, 수입이 끊어진 상태에서는 기껏해야 두 달 치 생활비도 되지 않는다.

"네가 보기엔 내가 어떨지 잘 모르겠다. 어릴 때는 야구 한다고 설치다가, 지금은 평범하게 회사 다니고. 나이 들어서도 못 이룬 꿈 이야기나 하면서 철도 하나도 안 든 사람처럼 보일 수도 있겠네. 그런데 나는……."

삼촌은 아람을 바라보았다. 아람은 고개를 돌리며 뭐라고 말을 하려고 했다. 그만두지 않으려고 노력하는 중이니까 제발 헛바람 넣지 말라고.

"일이라는 게 중요하지. 나도 알아. 그런데 그럼에도 불구하고 말이야, 일이라는 게, 그게 세상에서 제일 중요한 게 아니야."

화가 나지만 쏘아붙일 수가 없었다. 삼촌의 그런 얼굴은 처음 본 것 같았다. 아니, 아주 옛날에 삼촌이 고등학교 1학년이던 시절 학교 유니폼을 입고 봉황대기 예선에서 뛰던 당시의 사진 속에서 삼촌의 그런 표정을 본 것 같기도 했다. 눈은 형형하게 빛나고, 얼굴 표정에는 어떤 결연함이 깃들어 있는 단단한 얼굴이었다.

"사람은 보람이 있어야 살아. 근데 지금 넌, 다 죽어가는 얼굴을 하고서 그만두고 나오면 대책이 없다는 이야기만 하고 있잖아."

아람은 삼촌을 쳐다보며 입만 달싹거렸다. 뭐라고 반박을 하고 싶은데, 반박을 할 수가 없었다.

"……신경 쓰지 마. 내가 알아서 할게."

사실은 넘어갈 뻔했다. 그만둬도 된다, 도망쳐도 된다. 그런 말은 정말로 달콤하게까지 느껴진다.

하지만 그럴 수 없어.

"꿈만으로는 어떻게 안 된다는 거 삼촌도 알잖아. 삼촌도 결국은 야구 만화책이나 보면서 대리만족 하는 거면서."

"그런 일이 있었군요."

의사는 키보드를 두드리며, 이쪽의 사정에는 별 관심 없는 듯
한 담담한 목소리로 맞장구를 쳤다. 의사는 회사를 그만두라거
나 하는 무책임한 말은 결코 하지 않았다. 대신 약을 꾸준히 먹
으라고, 병원에 빠지지 말라고 말했다.

"……손톱 옆을 또 다 뜯었네요. 그렇게 피가 나도록 손톱 옆
을 다 파내버리고, 자기 팔을 흉터가 남도록 꼬집어 뜯는 것도
자해의 일종이에요. 약을 좀 늘려줄 테니, 먹어보고 너무 졸리
면 말씀을 하시고."

아람은 의사를 똑바로 쳐다보았다. 흰 가운 아래 입은 블라
우스의 광택이 은은하고 고급스러운 것이, 상사들이 입고 다니
는 홈쇼핑 채널의 블라우스 3종 세트 같은 것과는 재질부터 달
라 보였다. 손목에 걸린 금팔찌도 요즘 반짝 유행하는 제품이
아닌, 묵직하고 세공이 잘 되어 보이는 물건이었고, 단정하게 정
돈된 손톱 끝도 주기적으로 관리하는 티가 났다.

"전 저희 삼촌이 하는 말이 더 화가 나요. 그냥 무책임하게
부추기는 거잖아요, 그건."

"그거야 받아들이기 나름이죠. 약 조절해야 하니까 이번에는
2주 치만 처방할 거예요. 다음 진료 예약 시간은 간호사 선생님

이랑 의논하세요."

의사가 되려면 먼저 의대에 들어가야 한다. 수능 1퍼센트, 전국에 있는 수험생 중 1퍼센트 안쪽에 들었던 사람이다. 타고난 머리도 좋았겠지만, 모르긴 몰라도 어릴 때부터 학원이든 과외든, 사교육도 많이 받았겠지. 그 비싼 의대를 6년 동안 다니고, 다시 인턴이며 레지던트를 거친 다음에야 내과나 신경외과, 정신건강의학과 같은 과 이름을 간판에 적을 수 있는 전문의가 된다고 들었다. 그러고 보니 수능 모의고사에 종종 나왔던, 조선 시대 문인인 연암 박지원의 소설《양반전》에 그런 대목이 있었다. '과거에 급제한 사람이 받는 홍패(紅牌)는 길이가 두 자 남짓한 것이지만 그야말로 돈 자루나 다름없다'고. 조선 시대에는 과거 급제가 성공의 지름길이었다면, 지금은 아마도 전문의나 대형 로펌의 변호사가 그에 해당되지 않을까. 아니, 애초에 전문의까지 갈 것도 없이 의사 면허증을 받는 그 순간부터 카드 한도도 늘어나고, 은행 대출도 쉽게 나온다는 이야기도 들은 적 있다. 어디로 보아도, 저 선생님은 돈 걱정을 하며 살았던 적은 없었겠지.

그런 생각을 하자 속이 쓰라렸다. 그렇게 여유 있는 사람이, 죽고 싶을 만큼 힘든데도 어떻게든 죽지 않고 직장에 다니려고, 죽을힘을 다해서 정신과에 오는 사람의 절박한 이야기를 건성건성 듣고 처방전 자판기처럼 약 처방만 내주는 것 같아서 얄

미웠다. 정신과는 상담센터와 다르다는 것을 잘 알면서도 그런 생각이 자꾸만 머릿속을 채워왔다. 아람은 고개를 저었다. 이건 의사 탓이 아니다. 정말 철 지난 코미디 프로그램에 나오는 말처럼 약 먹을 시간이 지나서 그런 거겠지. 하루 치씩 봉지에 담겨 나오는 우울증 처방약 세 알로 겨우겨우 마음을 다스리며 오늘도 하루를 어떻게 넘기고 있지만, 언제까지 이럴 수 있을까? 전부 부질없게 느껴졌다.

그럼에도 불구하고 아람은 처방전을 챙기고, 다음 예약을 잡았다.

*

예전에 재일교포 출신 작가가 그린 재일교포 대학생이 한국과 일본에서 취업을 하려고 애쓰는 내용의 웹툰에는, 시험이나 시합 전에 먹는 돈가스에 대한 설명이 나와 있었다. 돼지는 행운을 상징하고 가쓰(かつ)는 '이긴다'는 뜻이니까, 만화 주인공들이 중요한 시합을 앞두고 돈가스를 먹는 것은 승리를 기원하는 행동이라고 했다. 물론 시합 전날에만 돈가스를 먹으라는 법은 없지만, 일본 유학 중 힘든 하루를 마치고 숙소로 돌아갈 때마다 늘 들러 간단히 저녁을 먹던 규동집에서 때때로 제일 싼 규동이 아닌 돈부리를 주문할 때마다, 아람은 마치 시합을 앞

두고 스스로를 격려하는 만화 주인공처럼 속으로 중얼거렸다. 이긴다. 반드시 이긴다, 힘내자, 파이팅, 하고.

영상을 만드는 일을 하고 싶었다. 영화나 드라마처럼 호흡이 긴 것보다는 광고나 뮤직비디오처럼 호흡이 짧고 순발력이 필요한 영상이 적성에 맞았다. 영상 만드는 공부를 하며 공모전에 도전하고, 몇 번은 상도 받았다. 원래는 유학까지 갈 형편은 아니었지만 그렇게 받은 상 덕분에 어떻게 추천을 받아 일본 유학도 갈 수 있었다. 쉽진 않겠지만 어떻게든 계속 나아갈 수 있을 거라고 생각했다.

하지만 행운은 거기까지였다. 유학을 마치고 돌아와서 입사한 회사는 2년 반쯤 다녔을 때 망해버렸고, 경제난 때문에 재취업도 쉽지 않았다. 다시 취직을 하려고 했지만 경력이 어정쩡했다. 인구가 줄어들고 일할 사람이 귀한 시대가 온다더니, 막상 구직에 나서 보니 사람만큼 싸고 흔한 게 없었다. 어지간한 회사에서 원하는 것은 아예 나이 어린 신입, 월급도 적게 주고 만만하게 부려먹을 수 있지만 나름 취업 준비를 성실하게 해서 어디든 다 써먹을 수 있고 인턴 경험도 있는 '경력 같은 신입'이었다. 회사에서 경력자를 뽑는다면 광고로 히트도 치고, 수상 경력도 있는, 어디다 내놓아도 빠지지 않을 스타급 시니어를 원했다. 경력 3년도 미처 다 채우지 못한 채 회사가 망해버려서 증명서도 떼기 어려운 상태로 허공에 붕 뜬 사람은 갈 데가 없었다.

반드시 이긴다, 힘내자, 파이팅. 그런 허황된 주문만으로 버틸
수 없는 날들이 이어졌다.

　공부를 하느라 진 빚을 갚는 게 고작이었으니 모아놓은 돈도
없었다. 중간중간 프리랜서처럼 일거리를 받아서 일하고는 있
었지만, 통장에서 돈이 줄어드는 것이 마치 목숨줄이 짧아지는
것처럼 불안했다. 공공근로 알바 자리라도 구해보려고 뒤지다
가 시청에서 홍보 쪽 일을 담당할 일반임기제 공무원을 뽑는다
는 말을 들었다.

　"일반임기제? 그게 뭐야? 무슨 인턴 같은 거야?"

　"계약직 공무원 같은 거. 기간제 같은 거야."

　"비정규직 아냐? 기껏 공무원 시험을 보려면 제대로 된 걸 봐
야지, 대학까지 나온 애가 무슨 기간제를 들어간다고 그래."

　엄마는 아람의 등짝을 손바닥으로 철썩철썩 때렸다. 아람은
달라붙는 파리를 밀어내듯 손을 휘저어 엄마의 손길을 밀어내
며 무덤덤하게 대답했다.

　"계약직 공무원이라는 거, 그거 경력직 뽑는 거야. 요즘 시청
에서도 홍보 영상 많이 만드니까 영상편집 같은 경력이 있는 사
람을 뽑는 거라고. 지난번 회사 갑자기 망해서 얼마나 고생했
어. 적어도 시청에서 일하면 중간에 회사가 망하지도 않을 거
고, 월급도 제대로 나올 거고. 그만둔 뒤에도 나중에 경력증명
서 떼느라 고생하지도 않겠지."

"그게 뭐라고 쪽팔리게 비정규직을 한다고 그래."

"요즘 정규직이 얼마나 된다고 그래. 어지간한 회사는 죄다 비정규직이구먼."

"너 그래도 일본 가서 공부하고 왔는데, 어디 좀 더 번듯한 델 갈 생각을 해야지!"

"말했잖아. 애매하게 2년 좀 넘게 다녔을 때 회사가 망하는 바람에 신입으로도 경력으로도 영 애매하다고. 여기서 다시 경력 쌓아서 그다음도 생각해봐야지……. 붙으면 말이지만."

떡 줄 사람은 생각도 않는데 김칫국부터 마시는 사람처럼, 아람이 겨우 원서만 넣은 것뿐인데도 엄마는 남부끄러워했다. 요즘 그렇게 다 갖추어진 일자리라는 게 어디 있는가 싶었지만, 아람의 엄마가 바깥일을 안 해봐서 세상 물정을 몰라 그런 말을 하는 것은 아니었다. 엄마는 미싱 한 대로 아빠와 아람뿐 아니라 중학교 때부터 대학 졸업할 때까지 한집에서 살았던 시동생까지 먹여 살렸던 사람이었다. 엄마는 시장 2층의 수선집에서 온 동네 아줌마들의 옷을 줄였다 늘렸다 하고, 수선 일이 없을 때에는 부업으로 화장품 콤팩트에 들어가는 동그란 퍼프를 하루 종일 몇백 개씩 만들며 손을 쉬는 법이 없이 미싱을 돌렸다. 그렇게 일을 하면서 아줌마들과 곗돈도 붓고, 새마을금고에 악착같이 저축도 했다. 아빠가 반강제로 회사에 사표를 내고 나와 집에서 방바닥만 긁고 있을 때에도, 엄마는 쉬지 않고 일했

다. 시장 상인들 대상으로 소규모로 일수놀이도 하다 보니 악
착같은 여편네라는 말도 많이 들었다. 그렇게 번 돈으로 아람을
입시 학원에도 보내주고, 대학도 보내주고, 일본 갔다가 돌아와
보니 시장 중간에 있는 작은 미용실 자리를 어떻게 샀다며 월
세도 받았다. 그런 엄마가 아람에게 바라는 것은 단 하나, 아람
이 남들이 알 만한 직장에 들어가서 진득하게 다니는 것이었다.

"유아람 씨라고 했죠? 어휴, 이만하면 괜찮네."

영상 관련 실무 경력이 2년 이상 있으면 지원할 수 있고, 영상
미디어학과나 광고홍보학과 등 관련 학과를 졸업했으면 우대한
다는 말에, 두 번 생각할 것 없이 시험을 치렀다. 그리고 면접을
보러 갔을 때, 담당 공무원은 마치 아람이 합격자로 이미 결정
되기라도 한 것처럼 친근하게 말했다.

"광고 영상 공부를 했단 말이죠?"

"예……."

"잘됐네. 합격하면 최 팀장님 팀에서 일하게 될 텐데."

"최 팀장님요?"

"음, 홍보팀 최 팀장님. 지금은 아니지만, 최 팀장님도 젊었을
때는 다큐멘터리 같은 거 찍었던 분이에요. 어쩌면 둘이 잘 맞
겠네."

면접관은 1년마다 계약을 갱신할 수 있고 사업이 계속된다면
최대 5년까지 일할 수 있지만, 설령 시장이 바뀐다고 해도 시정

홍보를 그만두진 않을 테니 일만 잘해주면 아마도 어떤 형태로
든 계약 연장을 할 수 있으리라고 넌지시 말해주었다. 합격 소
식을 듣자마자 엄마는, 우리 아람이가 한 번에 척 하고 붙을 줄
알았다면서, 그때 철썩 붙으라고 등을 찰싹 때리며 격려한 덕분
에 붙은 거 아니냐고 너스레를 떨었다. 그러고는 계약직이나 기
간제라는 말은 쏙 빼고, 아람이 시청 공무원으로 들어갔다고
아는 사람들에게 자랑을 했다. 모든 일이 잘 돌아갈 것만 같았
다. 시청에 출근해서 홍보 영상을 만드는 대신 욕설과 함께 쏟
아지는 민원 전화들을 받기 전까지는.

*

직장은 자아실현을 하는 공간이 아니다. 어느 직장에서든 마
찬가지다. 무언가를 창작하는 사람으로서 하고 싶은 예술은 집
에 가서 하는 것이고, 직장에서는 철저히 지시에 따른 결과물
을 만들어내면 된다. 아람도 그 점은 잘 알고 있었다. 그러니까
위에서 시키는 대로 촌스러운 결과물을 만드는 것도 고역이었
지만, 거기까지는 어떻게 참을 수 있었다. 후진 감성을 70퍼센
트 정도 넣고, 지금 시대에 맞는 메시지를 30퍼센트 정도 넣으
면서 어떻게든 요령 좋게 균형을 맞추어볼 수도 있었다. 문제는
그다음이었다.

민원인들이 민원을 넣는 대상은 전화를 받는 일개 공무원이 아니라, 그 너머에 있는 시청의 온갖 시스템들, 잘못된 시정들, 홍보 멘트나 유튜브에 올라간 시정 홍보 동영상이다. 그들이 잘 잘못을 따지고 드는 것은 '내'가 아니다. 아람은 하루에도 열두 번씩 속으로 중얼거렸다. 하지만 따지고 드는 대상은 시청이라고 해도, 우리가 내는 세금으로 먹고사는 주제에 굽실거리지 않는다고 조롱을 하고, 어머니는 너 같은 것을 낳고 미역국을 잡수셨느냐며 부모님까지 거론하는 욕설들을 무덤덤하게 넘기는 것은 불가능했다.

"영상 그거 뭐예요? 왜 시청에서 만드는 영상에 PC가 묻어요?"

오늘 걸려온 전화는 엊그제 올린 다문화가정에 대한 편견을 깨자는 동영상에 대한 항의 전화였다. 인구가 300만에 달하고, 수도권의 물동량을 커버하는 항구와 동아시아권의 대표 허브 공항이 자리한 메갈로폴리스 인천에서, 눈동자 색과 피부색이 다른 외국인들은 지나가는 관광객으로서만이 아닌 동네 여기저기에서 만날 수 있는 이웃이 되었다. 이 상식적인 이야기를 시청에 이런저런 자문 역으로 출입하는 여러 외국인의 도움을 받아 영상을 제작했더니만, 이번에는 혐오주의자들에게 민원 전화가 걸려온다.

"실례지만 'PC'라면 어떤 걸 말씀하시는 걸까요, 선생님."

"아니, 그! 동남아 애들이 우리 이웃이라고 그러고! 한국 여자가 흑형하고 같이 서 있는 것도 그렇고! 또!"

아마도 이런 헛소리를 하는 사람은, 자기가 말하는 'PC'가 Political Correctness, 즉 '정치적 올바름'을 줄인 말이라는 것도 모르겠지. 약자로 쓸 때는 'PC'가 아니라 'P. C.'라고 쓴다는 것도. 전형적으로 인터넷 극우 사이트나 커다란 목소리로 혐오 발언과 욕설들을 쏟아내며 조회수를 올리는 유튜브만 보고 공격해오는 사람들이다. 스스로 이뤄놓은 것은 아무것도 없으면서, 그저 여자나 어린아이는 자기보다 아랫사람 취급을 하고, 자기보다 피부색이 어둡거나 개발도상국에서 온 외국인이라고 하면 얕잡아 보고, 지방 출신이라고 하면 조롱하고, 국가유공자나 공무원이라고 하면 세금을 축내는 밥버러지라고 욕하면서 자존감을 채우는 부류들 말이다.

"선생님, 죄송합니다만 저희 이웃집에도 이민자 가정이 사시는데요."

"아, 우리 동네엔 없다고! 난 우리 옆집에 그런 불법 체류자들이 산다고 생각하면 소름 끼친다고! 그리고 한국 여자 좀 백남 흑남이랑 같이 세워놓지 말라고! 난잡해 보인단 말입니다!"

머리가 지끈거렸다. 불법 체류자라고 해서 맥락 없이 저런 말을 들어야 할 이유도 없거니와, 무엇보다도 이 영상에 나온 사람들 중에 불법 체류자는 없다. 애초에 시청에서 홍보용으로 찍는 영상이고, 외국인도 우리의 이웃이라는 점을 강조하려고 찍은 영상이다 보니 원어민 선생님인 매디슨 씨, 송도에 있는 철강 회사에서 홍보를 맡고 있는 자이나브 씨, 인현공대에서 통계학 교수로 일하는 아르납 씨, 번역가이자 외국 언론사의 한국 특파원인 이스마일 씨 등등, 나름 시청에 드나드는 여러 나라 출신의 외국인 관계자들에게 부탁해서 친근한 이미지를 연출했는데. 게다가 한국인 여성이 다른 나라 출신 남성과 함께 앉아 있다는 이유만으로 난잡하다고 화를 내다니. 정말 어디서부터 지적해야 할지 견적도 나오지 않았다.

"선생님, 조금 설명드려도 될까요? 실제로 우리 지자체에서는 시민 인구 20명 중 한 명꼴로 외국인, 그러니까 인천광역시 전체 인구의 5퍼센트 정도가 외국인이고요, 한국 국적을 취득한 이민자를 포함하면 7퍼센트가 넘습니다. 그래서 저희 시는 외국인 친화 도시로 발돋움하기 위해 노력하고 있습니다."

"내 세금으로 PC 하지 말라니까, 시발년아!"

녹음 버튼을 눌렀다. "지금부터 이 통화 내용은 녹음됨을 알려드립니다." 상대는 녹음이 된다는 소리가 나오자마자 전화를 끊었다. 아람은 손바닥으로 얼굴을 가렸다.

"아람 씨, 얼굴 너무 안 좋다. 잠깐 나가서 숨 좀 돌리고 와."

"예······."

"그러고 보니 30분만 있으면 점심시간이네. 아예 나가서 바깥

밥 먹고 오든가. 뭐라도 기분 전환을 하고 와. 그래야 또 다음 일
을 하지."

다큐멘터리를 찍고 싶다던 최 팀장은 매일매일 시청에서 필
요하다는 영상이나 이미지를 만들고, 민원 전화가 오면 능숙하
게 받아서 다른 부서로 돌리고, 그러다가 때때로 창밖을 바라
보고 있었다. 기관장의 말 같지 않은 요구 사항을 현실적으로
어떻게 구현해야 하는지 고민하다가, 때로는 예산이 있어야 뭘
해볼 수 있지 않겠느냐며 여기저기 전화를 돌렸다. 열심히 일하
고, 위에는 굽실거리면서도 팀원들에게 우산 노릇을 하느라 매
일 스트레스를 받아 책상 위에 제산제가 떨어질 날이 없는 상
사를 두고 할 생각은 아니겠지만, 사람이 생기 없이 시들어 산
채로 말라 죽어가는 것처럼 보일 때도 있었다. 그런 사람 앞에
서 이런 말을 해도 되나 고민하다가, 아람이 조심스럽게 물었다.

"팀장님. 아까 게시판에서 봤는데, 심리상담 지원 프로그램
그런 것 있어서요. 저도 신청해도 되나요?"

"……응?"

"아까 출근할 때 보니까 공지사항에요. 우리 민원 업무 스트
레스 관련해서 심리상담 지원해준다고 하는데요."

"아…… 그거?"

"저 사실 요즘 민원 전화 계속 받다가 너무 안 좋아서 병원에
서 약 먹고 있는데, 약만 달랑 받아서 나오는 게 효과가 있는지

잘 모르겠고…… 이왕이면 상담을 좀 받아보고 싶은데 그냥 받으면 너무 비싸서요. 지원을 좀 받을 수 있으면……."

"아, 이미 병원 다니고 있다고. 그렇구나. 그러면 지원받을 가능성이 높긴 하지. 진단서 떼어오면. 그래, 그런데……."

최 팀장은 뜸을 들이다 말을 이었다.

"우리 회사가 좀 고지식하잖아. 소문도 빠르고. 신청해서 지원받으면 좋긴 한데, 소문나면 좋을 게 없는 것도 사실이라서."

호기심과 동정심, 괜한 오지랖이 뒤섞인 시선들을 받는 걸 즐기는 게 아닌 이상, 그런 이야기는 입 밖에 내는 게 아니었다.

"생각해보고 이야기해줘. 아마 신청하는 건 가능할 거야. 여기 제외 대상이 따로 나와 있는 것도 아니고."

"애초에 그런 거 소문이 나면 안 되는 거잖아요."

"맞아, 그렇지."

최 팀장은 헛웃음을 짓다가 고개를 돌렸다.

"……나도 여기 오래 있다 보니…… 그냥 뻔한 여기 사람이 되어버렸나 보다. 미안."

아람은 꾸벅 고개를 숙이고 자리로 돌아와 앉았다. 대체 어떻게 살아야 하나 싶어서 막막해졌다. 잠시 멍한 얼굴로 휴대폰을 집어 들었다가, 아람은 삼촌의 메신저 프로필 이미지가 바뀐 것을 발견했다.

새 프로필은 누군가 다른 사람이 찍어준 듯한 삼촌의 독사진이었다. 상장 같은 것을 들고 있는 삼촌의 독사진 한 장.

그 상장 같은 것은, 야구 심판 자격증이었다.

*

예전에 읽었던, 재일교포 대학생이 취업을 하려고 애쓰는 웹툰에서 결국 주인공은 일본 대기업 면접까지 가놓고도 만화를 하겠다고 뛰쳐나온다. 드라마였다면 괜히 비트가 들어가서 가슴이 두근거리는 듯한 느낌의 배경음악 같은 게 깔렸겠지. 모든 카메라가 주인공에게 돌아가고, 이런 걸 포기하는데도 나는 후회하지 않는다는 듯한 표정으로 당당하게 걸어 나오고, 사람들이 다들 쳐다보고 웅성거리고. 마치 평범한 인생으로 살아가는 것보다는, 자신의 가슴이 이끄는 대로 살아가야 행복하다고 마구마구 빨간 밑줄을 종이가 찢어지게 그어대듯이.

만화의 주인공은 그럴 수 있을지도 모른다. 작가의 자전적인 이야기라고 했으니까, 작가도 만화가가 되기 위해 대기업을 박차고 나왔을지도 모르겠다. 재능이 있는 사람은 그럴 수 있겠지. 하지만 평범한 재능을 가진 대부분의 사람들에게 현실은 그렇게 호락호락하지 않다. 가슴 뛰는 일을 선택해봤자 열에 아홉은 낙오자가 될 뿐이다. 그게 현실이다.

사실은 두려웠다. 여기서 도망치면, 영상 일을 이어갈 다음 기회가 있을까?

계약을 연장하고, 한 번 더 연장해서 이제 시청에서 일한 지도 2년 좀 넘었다. 무시무시한 재능의 소유자거나, 운이 받쳐주어 전국적으로 이름을 날린 사람이 아닌 이상, 어디든 경력으로 들어가려면 죽이 되든 밥이 되든 한자리에서 3년은 버텨야 한다. 속이 다 썩어 문드러지든 말든, 다음 계약 연장 때까지 버텨야 한다고 생각했다. 그랬는데.

"야구 심판이라니, 이거 뭐야 삼촌!"

"뭐야, 어떻게 알았어?"

"어떻게 알긴! 자랑하려고 메신저 프로필에 올렸으면서! 누가 눈치채고 축하한다고 안 했으면 삼촌 서운해서 집에 가서 엉엉 울었을 거잖아!"

"울긴 누가 울어, 짜샤. 내 나이가 몇인데."

삼촌은 뭔가를 하고 있었다. 뭔가가 되고 있었다. 어렸을 때 꿈꾸었던 것을, 끝내 꺾여버렸던 꿈을, 조금 다른 모습으로 이어가고 싶어서 안간힘을 쓰고 있었다. 사람은 보람이 있어야 산다던, 마치 헛바람을 불어넣는 것 같던 그때 그 말도, 허황된 말이 아니었다는 것을 이젠 알았다.

정말로 삼촌은 고등학교 1학년 때 영영 잃어버린 줄 알았던 꿈을 아직도 꾸고 있었다고. 그 꿈을 위해 지금도 노력하고 있다고 말하던 것이었는데.

"TV에 나오는 프로야구 심판은 아니야. 그래도 경력을 더 쌓으면 언젠가 프로야구 심판에도 도전할 수도 있겠지."

"아니, 그러니까 이게 대체 어떻게 된 거냐고!"

"야구 심판 양성 과정이 있어. 한동안 공부 죽어라고 했다. 사회인야구 심판도 보고, 이제 학생들 경기 심판은 볼 수 있어."

그게 분했다. 축하한다고 말해야 하는데, 눈물이 찔끔 솟았다. 삼촌이 느리지만 천천히 계속 나아가는 동안에, 도망치지도 맞서 싸우지도 못한 채 갈피를 못 잡고 서 있는 자신이 너무 한심해서.

"……그래도 바로 알아보고 축하해주는 건 너밖에 없다."

"됐어, 끊어."

"그래, 그래. 나도 실은 일하던 중이야. 이따가 전화하자."

전화를 끊고도 눈물이 멈추질 않았다. 너무 일찍 모든 것을 포기해버린 것 같아서. 그런 자신이 부끄러워서.

"괜찮아요?"

구내식당에서 자주 마주쳐서 안면 정도는 있는 민원실 직원이 지나가다가 깜짝 놀라 다가와 말을 걸었다. 임신했다는 말은 들었는데, 품이 넉넉해 몸이 잘 드러나지 않는 원피스를 입고 있었다. 그다지 친한 사이도 아닌데 괜찮냐고 말을 걸며 얼굴을 들여다봐주자 마음 한구석이 무너지듯 눈물이 뚝뚝 떨어졌다. 그는 아무것도 묻지 않고 아람의 어깨를 쓰다듬었다. 툭툭 치거나 찰싹 때리는 것이 아니라, 어린아이의 머리를 쓰다듬듯이 부드러운 손길이었다.

"힘들죠?"

"네……."

"힘들지. 박봉이고, 여기저기 동네북이고. 열심히 일한다고 티가 나는 일도 아니고. 끝없이 일이 쏟아져도 티도 안 나는 게 여기 일이지."

아람을 위로하느라 하는 말이었지만, 아람이 듣기에 그 말은 민원실 직원이 자기 자신에게 들려주고 싶은 이야기처럼 들렸다.

문득 어렸을 때 먹었던 김밥천국 돈가스 생각이 났다. 둥그런 멜라민 접시 위에 놓여 나오던, 바삭한 구석이라고는 없이 소스에 눅눅하게 젖은 돈가스. 그 돈가스를 포크와 나이프로 썰어 먹으며 조금은 어른이 된 기분이 들어 기뻐하던, 빨리 어른이 되고 싶어서 남몰래 발뒤꿈치를 들어 올리던 어린 시절에도, 사실은 알고 있었다. 김밥천국의 돈가스는 가족 외식이라고 부르기에는 사실 약소하다는 것을. 같은 반 친구들이 뷔페나 패밀리 레스토랑, 못해도 갈비집이나 경양식집에 다녀온 이야기를 할 때, 엄마 아빠와 함께 간 곳이 기껏해야 김밥천국이라는 이야기는 어디 가서도 자랑할 정도의 일이 아니라는 것도.

그래도 그 돈가스를 떠올릴 때마다 생각했다. 고시엔 우승을

노리며 돈가스를 먹고 있는 만화 주인공의 모습을.

"저……"

"예?"

"여쭤보고 싶은 게 있는데, 최근에 그만두신 분…… 연락처 좀 여쭤봐도 될까요?"

"어, 글쎄요. 괜찮은지 물어보고서 알려줘도 되죠? 개인 연락처 알려주는 건 좀 예민하니까."

"예, 그럼요. 한번 물어만 봐주세요. 안 되면 어쩔 수 없고요."

눈이 새빨개져 있을 것이다. 보람을 찾지 못한 채 어떻게든 필사적으로 이 바닥에 붙어 있다고 자위하는 것이 서글퍼서. 매일매일 버티는 게 힘들어서. 그럼에도 불구하고 마음속으로는 자신에게 들려주듯 다시 중얼거린다. 힘내라, 힘내라. 깃토 가쓰, 반드시 이긴다고. 여기서 그대로 낡아지고 닳아져서 닳아가지 않기 위해, 좋아하는 영상 일을 어떻게든 계속하기 위해 매일 다짐한다. 그것이 이곳에서 도망쳐 나가는 길이라 해도, 혹은 어떻게든 버텨내는 길이라 해도. 호락호락하게 죽어주지 않겠다고 마음을 먹는 데는 그만큼의 용기가 더 필요한 법이다. 패배한 순간에도 언젠가의 승리를 다짐하는 옛날 만화 속의 야구 소년처럼. 지금도 손목에는 스파이크 슈즈에 찍힌 흉터가 남아 있으면서도 다시 야구장으로 돌아가고야 만 삼촌처럼.

다시 한번 무언가를 시작할 용기를 내기 위해서.

아람은 옷을 털며 자리에서 일어났다. 벌써 점심시간이 다 되어 있었다.

"저, 요 앞에 김밥천국에 돈가스 먹으러 갈 건데요. 같이 가실래요?"

나무 밑에 누워서 감이 떨어지기를 하염없이 기다리는 것 같은 일들이 있다. 남들이 볼 때는 쉽거나 느긋해 보일지도 모르지만 사실은 기약 없이 대기를 타는 일. 자동차보험 현장출동 기사의 일도 그렇다. 쉴 새 없이 일이 쏟아지진 않지만, 24시간 언제 어느 때 콜이 들어올지 모르는 일. 그렇다고 일이 없다고 섣불리 한탄할 수 있는 상황도 아니다. 현장출동 기사가 콜을 받고 나간다는 것은 누군가 교통사고를 내거나 당해서 보험사의 도움이 필요하다는 뜻이니까.

　콜이 오면 사고 현장에 출동하고, 사고 내용을 기록해서 회사에 보고한다. 현장출동 기사의 일이란 대체로 그렇다. 중요한 것은 같은 일을 해도 실적이 잘 잡히게 일해야 한다는 거다. 이 말은 곧 보험사에 최대한 유리하게 상황을 유도해야 한다는 말이다. 가벼운 사고라면 보험 처리를 하는 대신 개인 현금으로 수리하도록 유도하고, 사고가 난 차량에 수리가 필요하면 가급적 보험사의 협력 업체로 지정된 정비 공장에서 수리하게 해야 실적이 잘 나온다. 기껏 출동을 나갔는데 아는 정비소로 가겠다거나, 그냥 집 가까운 데로 가야겠다고 고집을 부리면 낭패다. 하지만 아무리 일처리를 깔끔하게 해도 고객 평가가 나쁘면 그대로 실적에 반영되다 보니, 우리 쪽 정비 공장이 더 좋다며 매달리다가 고객님의 기분을 상하게 하는 것은 금물이다.

"야, 성우야. 이 콜 처리하긴 쉽겠다."

콜이 들어오자마자 앱을 켜보던 '형님'들이 서로 눈치를 보다가 쉬운 건수라며 성우에게 슬그머니 떠넘기는 일이란 대개 실적이 잘 잡히지 않는 일이다. 성우는 사고 접수 내역을 다시 한번 읽어보았다.

"'인천시청 주차장 내에서 주차를 하다가 발생한 경미한 접촉 사고'요?"

지금 들어온 콜은 달랑 한 줄 적힌 접수 내역만 봐도 복잡할 만한 일은 아니었지만, 동시에 실적이 되기에도 애매했다. 딱 봐도 주차하다가 툭 건드려서 긁힌 정도일 가능성이 컸다.

그리고 면허 딴 지 며칠 안 되는 물정 모르는 초보자라면 모를까, 이런 것을 굳이 보험사에 연락까지 한 것을 보면 보험 처리를 하겠다는 의지다.

사실 운전을 웬만큼 하는 사람, 이미 여러 해 운전을 해온 사람이라면 주차장에서 살짝 긁은 정도로는 보험 접수를 하지 않는 경우가 많다. 사소한 것까지 보험으로 처리하면 다음 해에 보험료가 오르니까, 그냥 적당히 합의하고 현금으로 수리비를 주는 게 기록에 남지도 않고 서로 깔끔하다고 생각하니까. 성우는 차 키를 들고 나와 시동을 걸며, 그런 경미한 접촉사고로도 굳이 사고 접수를 할 경우에 대해 머릿속으로 경우의 수를 하나하나 따져봤다. 건드린 차가 생각보다 비싼 차였나? 그게 아니면 매사 원칙대로 하는 깐깐한 사람이라 그런 것일 수도 있겠다. 시청도 있고, 바로 옆에 교육청도 있으니 학교 선생님이나 공무원이라든가. 아니면 지방선거라도 출마하려고 준비하는 사람일 수도 있다. 어디 가서 트집 잡힐 일을 만들면 안 되니까. 어느 쪽이라도, 보험 처리 대신 현금으로 처리하라는 권유가 먹힐 만한 상황은 아니라는 이야기다. 사고가 접수된 장소가 장소인 만큼, 긁은 게 하필 관용차일 가능성도 없지 않다. 그랬으면 거의 반드시 보험 처리를 해야 한다. 긁은 사람은 물론 담당 공무원도 곤란하고, 차에 따라서는 운전 담당자도 골치 아플 테니까. 그것도 까맣고 반짝반짝한 세단, 기관장이 타는 '1호차' 같은 거라면 특히. 1호차라는 말을 떠올리며 성우는 피식피식 웃었다. 시청은 운전을 누가 하더라. 공익근무요원이 하진 않겠지. 경찰서에서는 의경 운전병이 맡는다. 아니, 전투경찰도 의무경찰도 없어진 지 몇 년 되었으니까 이제는 누가 하는지 모르겠지만, 예전에는 그랬다. 아마도 지금은 직원 중에 누군가가 하고 있겠지.

성우는 몇 년 전, 집 근처 경찰서에서 의무경찰로 복무했다. 어차피 스무 살이 넘으면 군 복무는 해야 하다 보니, 또래 친구들은 1학년 때 군 입대를 위한 신체검사를 받을 무렵부터 군 생활을 어디서 해야 조금이라도 편할 수 있을지 머리를 맞대고 이야기하곤 했다. 육군은 남들 다 가는 곳이다 보니 정보가 많았다. 공군은 군 복무 기간은 육군보다 길지만, 육군보다 분위기가 조금 자유롭고 공부할 시간을 낼 수 있다고 해서 공무원 시험이나 고시를 준비한다는 친구들이 관심을 갖곤 했다. 영어를 잘하는 녀석들은 카투사 시험에 지원하기도 했지만 어지간해선 합격하기 쉽지 않았고, 성우의 영어 실력 정도로는 그림의 떡이나 다름없었다. 해군이나 해병대는 군기가 엄격하고 상하 관계가 철저해서 고생스럽다고 하지만, 고향이 바닷가여서, 혹은 아버지나 외삼촌이 권해서 굳이 그리 가는 친구들도 있었다. 성우는 그냥 집 근처에서 군 생활을 하고 싶었다. 육군이나 공군을 지원한다 해도 전국 어디로 배치받을지는 솔직히 뚜껑 열어보기 전에는 모른다. 휴가를 나와봐야 진급할 때마다 고작 일주일 정도 나온다고 들었는데, 집에서 너무 먼 곳이면 가는 데 하루, 오는 데 하루를 꼬박 까먹을 것이다. 그럴 거라면 조금 분위기가 엄격하더라도 대도시나 집에서 가까운 데서 근무할 수 있는 게 좋다고 생각했다. 의경이나 전경은 대도시 쪽, 큰 경찰서에 주로 발령받는다고 들었다. 성적순으로 원하는 지역을 지망할 수 있어서 운이 좋으면 집 근처로 올 수도 있었다. 훈련소에서 5주, 그리고 집 근처의 지방경찰청에서 3주간 훈련을 받은 뒤 집에서 40분 거리에 위치한 경찰서에 배치를 받았다.

하지만 '인생은 예측불허'라고 하던가. 누나가 좋아하던 만화책에 자주 나오던 대사였는데. 이만하면 군대 진로는 잘 개척했다고 생각하며 좋아라 들어간 경찰서에서, 성우는 하필이면 서장의 운전병이 되었다.

민원인이 와서 긁었건 대통령이 와서 긁었건 간에, 만에 하나 서장 차에 눈곱만 한 흠집이라도 발생하면 그날로 인생 끝장나는 줄 알라는 선임의 무시무시한 엄포와 함께.

*

"괜찮으십니까, 고객님!"

성우는 시청 주차장에 도착하자마자 두리번거리며 사고 접수자를 찾았다. 저쪽에 주차를 하다 만 것처럼 반쯤 주차선에 걸쳐 있는 차량과 그 뒤에 있는 주차단속 차량을 보고, 성우는 바로 목청을 높여 인사를 하며 다가갔다. '안녕하십니까'가 아니라 '괜찮으십니까'가 된 것은, 지난번 출동 때 "안녕하십니까" 하고 인사했다가 바로 "안녕하긴 뭐가 안녕하냐, 지금 사고 났는데 사람 놀리냐"며 화풀이를 하던 '고객님'에게 한참 시달린 여파였다. 어쨌든 오늘 고객님은 '괜찮으십니까'라는 말까지는 필요하지 않을 것 같아 보였다. 멀리서 봐선 정말 티도 안 날 만큼 경미한 사고였다.

"아, 보험사에서 오신 분이시죠?"

그런데 쪼그려 앉아서 차량 긁힌 곳의 사진을 찍고 있던 사고 접수자가 어디서 많이 본 사람이었다. 성우의 눈이 휘둥그레졌다.

"큰일은 아닌데, 내가 이거 후진하다가 주차 단속 차량을 긁어버렸네요. 별건 아니지만, 이건 관용차라서 보험으로 처리해줘야 하는 거라. 잠깐만요, 내가 이거 사진 좀 찍고."

"……서장님?"

그가 고개를 들었다.

"……성우 아니냐?"

"서장님…… 세상에."

"성우 맞지? 세상에, 이게 얼마 만이가."

서장은 자기도 놀란 듯, 입을 벌리며 허허 웃었다.

"서장님이 접촉 사고라니, 전 상상도 못 했어서…… 긁으신 거예요?"

"평생 안 하던 짓을 했다. 나도 이제 늙었지. 삑삑거리는 후방 센서만으로는 감이 떨어진다. 이젠 후방 카메라를 달아야지, 원."

서장은 못해도 15년은 훨씬 넘어 보이는 차를 손바닥으로 쓰다듬었다. 은퇴하면서 새 차를 뽑았을 줄 알았는데, 여전히 그때 보았던 그 차다. 성우도 예전에 한두 번 몰아본 적이 있는 차였다. 정확히는 '1호차'가 아닌 '싸제차'였다.

*

온라인 게임을 하다 보면 종종 던전에 들어가곤 했다. 던전의 방마다 문이 있었다. 그냥 들어가도 되는 것도 있었고, 문을 열자마자 함정이 있는 곳도, 특정 조건을 만족해야 열 수 있는 곳도 있었다.

그중에서도 제일 묵직하고 화려한 것은 보스 룸의 문이었다. 던전에서도 가장 깊은 곳, 수많은 난관을 뚫고 올라가야 하는 곳. 그런 보스 룸을 열면 먼저 잔챙이 한두 마리가 얼씬거리다 용사에게 당하곤 했다.

자대 배치를 받고 나서 종종 생각했다. 경찰서라는 곳은 어떤 면에서 던전 같다고. 입구에서 보스 룸까지, 서열순으로 사람들이 배치된다. 입구의 초소에는 의경이 있고, 본관 1층에는 순경들이 돌아가며 민원인들을 안내하고 있었다. 그리고 2층 복도 끝 가장 안쪽에, 그냥 척 봐도 학교 교장실 문처럼 묵직해 보이는, 다른 평범한 사무실과는 달리 조각 장식까지 된 문이 있었다.

거기가 바로 경찰서의 보스 룸, 서장실이었다.

"야야, 성우야."

"예, 말씀하십시오."

"오늘은 회의가 좀 길어질 것 같다."

"알겠습니다."

그리고 성우는 바로 그 보스 룸 입구에서 얼씬거리는 잔챙이 스켈레톤 같은 존재였다. 아니, 그건 스스로 생각하는 자신의 모습이고. 남들이 그를 두고 부르는 말은 '1호차 운전병'이었다.

1호차라는 말은 자대 배치를 받고 나서 처음 들었다. 그건 한마디로 말해 보스가 타시는 차를 높여 부르는 말이었다.

"그러면 경찰청 같은 데에 경찰서장님들이 잔뜩 오시면 그때는 우리 차는 몇 호차가 되는 겁니까?"

"전부 다 1호차야."

"잘 못 들었습니다?"

"청장 차도 1호차고, 서장 차도 1호차고, 저기 군대에서 대대장 차도 사단장 차도 다 1호차야. 구청장이나 시장 차도, 교육청의 교육감 차도 1호차라고 부를걸? 원래 군대에서 지휘관 차량이라는 뜻으로 쓰는 말인데, 다른 데서도 기관장 차량이라는 뜻으로 하는 말이야."

어깨에 초록색 견장을 붙인 중대 기율경이 으스대며 말했다. 경찰서 하나에 배치된 의경은 1개 중대. 중대장과 소대장들은 경찰이고, 그 아래부터 의경들이다. 소대 하나에 분대가 넷인데, 분대장들은 다들 저 초록색 견장을 차고 있고, 중대장과 소대장들도 출동 나갈 때는 저 초록색 견장을 찬다. 그러니까 1호차라는 것은 저 초록색 견장 같은 것이구나. 성우는 대충 그렇게 이해했다.

성우는 자대에 오고 얼마 지나지 않아 운전병으로 차출되었다. 경찰서장이라니. 굉장히 높은 사람이라고 생각했다. 실제로도 그랬다. 다들 군 생활 편하게 하게 되었으니 운이 좋다고 했지만, 그런 높은 분 앞에서 실수라도 하면 군 생활은 지옥으로 떨어지는 거라는 생각도 했다. 잔뜩 겁을 먹은 채, 그 보스 룸으로 끌려갔다. 지금 생각해보면 왜 그렇게까지 겁을 먹었는지도 알 수가 없지만.

"인현공대 자동차공학과라고?"

체구가 작은 서장이 한참 서류와 자신을 번갈아 쳐다보다 처음으로 입을 열었을 때, 성우는 자신이 어쩌다가 운전병으로 발탁된 것인지 알았다. 누군가 자동'화'공학과를 자동'차'공학과인 줄 알고, 차에 대해서는 잘 알겠거니 하고 추천한 게 틀림없었다. 성우는 기어들어가는 목소리로 정정했다.

"저, 자동차가 아니라…… 자동화공학과입니다."

말을 꺼내자마자 사방에서 침 삼키는 소리가 났다. 등 뒤에 서 있는 소대장의 표정은 안 봐도 상상이 갔다. 일냈다. 성우는 어깨를 움츠렸다. 자동차공학이든, 자동화공학이든, 지금 중간고사 볼 것도 아닌데 그거 하나 정확히 말하는 게 뭐가 중요하다고 쓸데없는 소리를 했을까. 무슨 과를 나왔든 높으신 분은 기억도 못 할 텐데. 돌아가서 잔뜩 깨질 생각을 하고 있는데, 서장이 물었다.

"자동차는 좀 아는데 자동화는 잘 모르겠다. 그게 뭐 하는 거고?"

"산업 시설을 자동화…… 아, 로봇! 로봇을 만드는 과입니다."

"로봇이라……."

서장이 빙긋 웃었다.

"너, 경찰차 변신시키고 그러면 안 된다."

"예!"

"운전은."

"할 줄 압니다."

"그래, 됐다. 한결아."

다음 달에 제대를 하는, 하늘같이 까마득한 수경이 한 걸음 앞으로 나와 섰다.

"얘 좀 잘 가르쳐봐라."

"예, 알겠습니다."

그렇게 성우는, 키도 작고 체구도 자그마하고 억센 사투리를 쓰는 서장의 운전병이 되었다.

운전병이 된다는 것은 다른 대원들과는 다른 일상을 보내야 한다는 뜻이었다. 아침 점호 대신 그는 하루 종일, 아침형 인간 인 데다 지금까지 성우가 보아왔던 사람들 중 부지런하기로는 첫 손에 꼽힐 서장의 지근거리에 있어야 했다. 첫 한 달 동안은 선임병에게 일을 배웠다. 성우는 점호 시간 전, 동도 트기 전부 터 선임병을 따라가 서장실을 환기하고, 냉난방 장치와 공기청 정기를 가동시켰다. 선임병이 출근 시간에 맞춰 서장을 모시러 나간 사이, 성우는 서장 비서의 지시에 따라 청소를 하고 차를 끓였다. 배워야 할 게 한두 가지가 아니었다.

선임병이 서장을 모시고 돌아오면 그다음부터는 하루 종일 서장의 일정대로 움직였다. 비는 시간에는 차량 관리 교육이 이 어졌다. 파리가 앉았다가 미끄러져 죽을 만큼 반짝반짝하게 차 를 광내는 법, 가까운 세차장과 주유소, 정비소의 위치. 이 지역 의 주요 관공서와 학교, 그리고 다른 경찰서의 위치들. 성우는 비는 업무용 차량을 빌려 선임병이 시키는 대로 차를 몰고 다 녔고, 돌아오는 길에는 심부름을 했다. 경찰서 관할 지역의 큰길 과 세세한 골목길, 지구대와 주요 관공서들의 위치, 그리고 경찰 청과 다른 경찰서들의 위치를 다 외우고, 높으신 분들을 모시는 법에 대해 몇 번이나 설명을 들을 무렵 선임병은 말년휴가를 받았다. 그리고 성우에게 선임병이 쓰던 관용폰이 주어졌다.

경찰서 근처에 관사가 있었지만, 서장은 서에서 30분 떨어진 자기 집에서 가족들과 살았다. 처음 서장 댁에 갔던 날, 성우는 아침 6시에 출근복 차림으로 웬 갓난아이를 아기띠로 안고 거실에서 왔다 갔다 하고 있는 서장을 보고 기겁을 했다.

"어, 미안타. 우리 손녀가 자꾸 울어서."

"손녀요?"

"딸이 지금 산후조리를 하러 와 있어서 그렇지."

"아, 예……. 근데 서장님 출근하시면……."

"우리 아저씨가 하지. 은퇴한 아저씨가 집에서 놀면 뭐 하나. 잠깐만 기다려라."

서장은 남편에게 손바닥 두 개 합쳐놓은 것보다 작아 보이는 아기를 안겨주고는 얼른 신발을 신고 나왔다. 그로부터 두세 달 동안, 성우는 며칠에 한 번씩 서장이 외손녀를 안고 업고 왔다 갔다 하는 모습을 볼 수 있었다. 메밀 베개만 하던 아기는 금세 자라서 제 할머니의 어깨에 기어오르고, 가끔은 출근복에 분유 먹은 것을 토해놓으며 쑥쑥 자라다가 어느 순간부터 보이지 않았다.

"애기는요?"

"제집에 갔지. 제 엄마 아빠 따라서."

"······쓸쓸하실 것 같아요."

"쓸쓸은 무슨. 퇴직하면 질리도록 볼 텐데."

서장은 피식피식 웃으며 대답했다. 괜히 말했다. 아무 말도 하지 말걸. 그래도 맨날 보던 아기가 보이지 않아서 한마디 했는데, 스물한 살 난 남자애가 대답하기엔 너무 어려운 대화로 흘러가버렸다.

"아······ 그러면 서장님께서, 육아······하시는 거예요?"

"여자가 일을 하면서 아이도 낳으려면, 누군가는 그 아를 돌봐줘야 하지 않나."

"그래도······ 따님이 낳으신 거잖아요. 친정어머니라고 그렇게 막 갖다 맡기면 안 되는 거잖아요."

"옛날에 내가 출세하겠다, 승진하겠다, 이왕 경찰에 들어온 거 경찰청장까지는 해보고 나가야 하지 않나, 그러고 있을 때 우리 친정어머이도 노구 이끌고 나 따라다니며 우리 딸이랑 아들 돌보고 그러셨지."

성우는 뭐라고 말을 해야 좋을지 몰라서 입만 벙긋거렸다. 서장은 조금 불쾌한 듯 낯을 찌푸렸다가, 상대가 아직 어린애다 싶었는지 혀를 쯧 하고 차며 뒷좌석에 등을 기대고 앉았다.

"세상에는 말이다, 공짜로 크는 사람도 없고, 공짜로 출세하는 사람도 없어요. 남자든 여자든 결혼해서 자식 낳고 잘 키우면서도 사회에서 순조롭게 출세를 했다면 그건 뒤에서 누군가 살림 돌봐주고, 애 키워준 사람이 있었다는 거지. 남자들이 그거 진짜 잘 잊어버리는데, 사람이 그 헌신을 잊어버리면 안 되는 기다. 그게 가족 중에 누구든 말이다."

"예……."

"성우 니는 어머니가 밖에서 일 안 하셨나?"

"학습지 일 하셨습니다."

"힘들고, 돈은 많이 못 벌고, 그래도 살림하면서 할 수 있다고 그 일 하신 거구먼."

"……그런 것 같습니다."

"나중에 어머니께 잘해라."

"예."

"결혼해서 부인한테 효도시키겠다, 그런 거 말고. 네가 잘해라. 은혜 갚는 건 자기 손으로 직접 해야 하는 거다. 네 어머니께 못하면 네 부인한테 잘하고 네 딸한테, 며느리한테 잘해야 하는 기다. 너한테 밥을 차려주고 바깥일을 하게 해주는 사람에게 잘하고 감사해야지 그기 사람의 도리다."

서장은 그렇게만 말을 하고 눈을 감았다. 성우가 뭔가 대답을 짜내려 하자 그는 말할 필요도 없다는 듯 손을 저었다. 성우는 그냥 조용히 경찰서를 향해 차를 몰았다. 운전병이 되기 전까지는 손도 대본 적 없는 고급 세단이었다. 성우는 서에 도착하고 서장이 본관 건물로 들어가자마자 경찰서 뒤뜰에서 양동이와

걸레를 가져왔다. 그는 선임병이 가르쳐준 대로 파리가 앉았다가 미끄러질 만큼 반짝반짝하게 차를 닦았다.

*

"사람이 너무 독해."

주간 회의가 끝나고 나면 과장들, 계장들은 흡연 구역에 모여서 서장의 뒷담화를 하곤 했다. 서장은 말이 많았다. 쓸모없는 말은 한마디도 하지 않았고, 공연히 자잘한 수다를 떠는 것을 좋아하지도 않았지만, 그는 눈이 스무 개는 달린 듯이 경찰서 안팎과 관할 지역의 온갖 것들에 신경을 썼다. 계장들이 들고 들어가는 서류에도 한 줄 한 줄을 따져 물었다. 비서실 구석에서 잔심부름을 하다 보면 세상에서 말하는 무서운 상사란 저런 것이겠구나 하는 생각이 들기도 했다.

"은퇴할 날 얼마 안 남았으면 좀 좋게 있다 가실 것이지. 뭘 그렇게 쥐 잡듯이 잡는지."

"말도 마. 청에 있을 때에도 사람은 자그마한데 소리 한번 지르면 아래층에서도 들렸다더라."

"젊을 때부터 성격은 고약해도 일은 기가 막히게 잘했다는데."

"일이야 지금도 잘하시는 양반이지. 근데 그 일 잘하는 사람이 주변 사람은 얼마나 갈아 넣었겠어."

사람들은 사복을 입고 있으면 그냥 평범한 민원실 고참 공무원처럼 보이기도 하는 서장을 처음에는 얕보고, 한번 당해보고 나면 뒷담화를 하기 시작했다. 몇 번 당하다 보면 이 사람은 이런 스타일이구나 하고 이해하기 시작했고, 미사여구가 빠지고 본론이 간결하게 들어간 서류들이 서장실로 들어가기 시작했다. 아침 회의 시간마다 체격에 걸맞지 않게 쩌렁쩌렁한 목소리가 회의실 벽을 넘어 복도까지 울려 퍼지는 것을 듣고 사람들은 서장이 또 어딘가의 계장 과장을 잡는구나 하고 한숨을 쉬었다.

"네가 고생이 많다."

그들은 서장에게 깨지고 나올 때마다 구석에서 심부름을 하거나 청소를 하던 성우를 딱하게 쳐다보곤 했다. 소대장도, 다른 부서의 형사들도, 서장이 어디 나갈 일이 없을 때는 잔심부름을 하거나 서 여기저기 서장이 지적한 부분들을 고치러 다니는 성우를 보며 불쌍하고 안쓰럽게 여겼다.

"맨날 서장 등쌀에 시달리느라 너도 힘들겠다."

"그런 사실 없습니다."

"1년만 고생해라. 내년이면 정년이신 양반이고."

사실 그건 성우에게는 나쁜 일만은 아니었다. 사람 좋은 윗선들은 성우를 보고 서장에게 시달리느라 고생이 많겠거니 지

레짐작하며 다들 사탕 하나, 초콜릿 한 조각이라도 너 먹으라고 챙겨주곤 했다. 훈련소 들어가면서부터 적당히 운동을 하고, 적당히 잠을 자고, 삼시 세끼를 꼬박꼬박 먹으면서 볼살이 빠져 어른스러운 티가 나기 시작하는 것을 두고도, 저 무서운 서장 때문에 젊은 애가 맨날 마음 졸이느라 몸까지 축난다고 걱정하는 이도 있었다.

"……저는 괜찮습니다. 그런 사실 없습니다."

그런 데다 명절 앞두고 서장의 악명에 그야말로 방점이 찍힐 만한 사건이 있었다.

"원래 명절이 되면 서장이 한 번씩 주변 은행들을 싹 순시하는 거다. 치안 안 좋은 데는 경찰들도 순찰 집중으로 돌리고."

서장은 며칠에 걸쳐 인근 은행들을 돌아보기 시작했다. 어제는 수사과장, 오늘은 형사과장 하는 식으로 매일매일 과장들을 한 명씩 대동하고서.

"그래야 도둑이든 강도든 '경찰이 여길 주시하고 있구나' 하고 겁을 먹지 않겠나."

"그럼 근무복을 입고 나가셔야 하지 않습니까?"

"너는 무슨 운전병짜리가 그렇게 말이 많나. 너는 젊은 놈이 미스터리 쇼퍼, 그런 것도 모르나."

서장은 싱긋 웃으며 어디서 시장 보러 나온 아주머니 같은 옷을 입고 나왔다. 차도 평소에 타고 다니는 1호차가 아니라 자신의 낡은 차를, 그러니까 '싸제차'를 끌고 나가자고 했다.

"경비과장 불러라. 오늘은 근무복 입지 말고 사복 입고 오라 캐라."

가는 날이 장날인 건지, 서장이 은행 문을 열고 들어가자마자 웬 어설픈 놈이 총을 들고 은행원을 위협하는 모습이 보였다. 물정 모르는 아줌마가 멋모르고 들어온다고 여겼는지 은행 강도는 서장을 향해 총을 겨누었다. 서장은 짐짓 어리바리한 표정을 지으며 자기보다 키가 한 뼘은 더 클 은행 강도를 향해 태연히 걸어가더니, 그를 붙잡아다 그대로 은행 소파에 메다꽂았다. 그러고는 은행 강도의 손목을 비틀어 등 뒤로 돌려 잡으며 경비과장에게 예의 그 쩌렁쩌렁한 목소리로 소리쳤다.

"니, 옷 갈아입었다고 수갑 안 갖고 왔나!"

뒤늦게 출동한 지구대 경찰들이 강도에게 수갑을 채웠지만 출동이 늦었다고 아주 박살이 났다. 순찰 집중 구역인데 어디 갔다 이제 오느냐고. 이게 비비탄 나오는 장난감 총이니 망정이지, 진짜 총이라서 사람 잡았으면 어쩔 뻔했느냐고. 이쯤 되니 경찰서에 드나드는 기자조차도, 체격은 작아도 포악하기 이루 말할 수 없는 서장에게 직접 붙잡히다니 은행 강도가 불쌍한 게 아니냐고 수군거릴 정도였다.

하지만 성우는 서장이 정말 포악한 사람은 아니라고 생각했다. 그는 꼼꼼하고 무서운 사람이었지만 좋은 사람이었다. 남들이 생각하는 것과는 다르게.

"성우야."

"예, 말씀하십시오."

"들어가면 식당은 문 닫았을 거고. 넌 나 회의 들어간 동안 나가서 저녁 사 먹는 게 낫겠다."

"알겠습니다."

"판공비 카드로는 원하는 거 먹기 그렇지?"

"아닙니다, 괜찮습니다."

"2만 원이면 되겠나. 가서 돈가스 사 먹고 와라. 커피도 한잔 마시고."

"아닙니다, 감사합니다."

"내 네 소대장에게 말 안 할 테니 가서 먹고 와라. 더 줄까? 피자라도 먹게. 네 나이의 남자애면 라지 사이즈 한 판 다 먹지 않나."

"아닙니다, 정말 괜찮습니다."

"이 일 하느라 휴가도 마음대로 못 가지 않나."

몇 번인가 말을 하려고 했다. 서장님은 그렇게 무서운 분이 아니라고. 사실은 좋은 분이라고 생각한다고.

언제 어디에 가도, 그는 다른 의전은 안 챙겨도 운전병이나 따라온 직원들 밥 먹는 문제는 꼭 챙겼다. 대기가 길어질 것 같 으면 꼭 간식이라도 사 먹으라고 신신당부했고, 기다리다 심심하면 뒷좌석에 둔 책도 마음대로 읽어도 좋다고 했다. 성우뿐 아니라 다른 대원들에게도 그는 집 떠나 군 생활 하는데 잘 먹어야 한다면서 뭐라도 사 먹이고 싶어 했다. 가끔씩 대원들 내무반에 치킨을 시켜주는 사람이 누구인지도 성우는 잘 알고 있었다. 보스 룸 안에는 마왕이 살고 있겠지만, 그 마왕은 적어도 자기 던전의 말단 스켈레톤들에게는 자상했다. 아니, 그 사람 본인이 지켜야 할 규칙은 잘 지키고, 어린아이들이나 동물들에게는 다정했다. 시간이 남아돌면 성우를 끌고 이 근처의 우범지대에 순찰을 나갔고, 그래도 시간이 남으면 책을 읽었다. 주말에는 봉사활동을 다녔다. 은퇴 후에도 계속할 거라고 했다.

두 장은 과하다고 사양하고, 만 원짜리 한 장만 받아서 품에 넣었다. 서장님은 좋은 것을 먹으라고 하셨지만, 어차피 출장을 나와서 멀리 움직일 수도 없었다. 성우는 청사 바로 뒤쪽, 시청 올라가는 길에 자리 잡은 김밥천국에 들어가 자리를 잡고 앉았다. 뭘 먹을까 한참 고민하다가 오징어덮밥을 먹었다. 입에 착 달라붙는 매콤달콤한 맛, 먹고 있다 보면 어쩐지 쌉쌀한 소주가 당기는 그런 매운 맛.

성우에게 서장은 그런 매운맛 같은 사람이었다.

"힘들지? 이건 실적도 반밖에 못 받을 텐데. 이런 일로 너를 다시 보니 미안타."

"아닙니다. 대신 일이 쉽게 끝났잖아요."

"고생이 많지?"

"뭐, 그렇죠……."

"이 일도 그렇고, 사람 대하는 일이 다 그렇다. 앞으로도 이 일 계속하는 기가?"

"아뇨, 다시 회사 들어가야죠. 요즘 경기가 안 좋아서."

일을 처리하고 보니 마침 점심때가 다 되었다. 서장은 성우에게 밥이나 먹고 가자고 했다. 이제는 비싼 밥 먹어도 된다고 했지만 이제는 성우도 운전병 시절보다는 조금 나이도 들고 철도 들었다. 아무리 서장이라고 해도, 은퇴한 사람에게 비싼 밥 얻어먹는 건 염치없는 짓 같았다.

"다니던 회사도 월급이 몇 달씩 밀려서 결국 그만두었고, 아버지가 하시던 가게도 잘 풀리질 않고……. 그래서 지난달부터 현장출동 일 하고 있었어요. 학교 선배 외삼촌이 하시는 공업사여서. 여기서 현장출동 일 하면서 기술을 배울 순 없나 했는데 당장은 그것도 잘 안 될 것 같고."

"그래도 뭐라도 배우면 좋지. 너 가르치면 뭐든 잘 배우지 않왔나."

성우는 그냥 오징어덮밥이 먹고 싶다고 했다. 길 건너에 김밥천국 있으니까 거기서 먹자고. 서장은 웃었다. 웃고, 자리에 앉자마자 자기도 같은 걸 주문했다.

"너 기억나지? 내가 너 도로 연수 해줬던 거. 어디 갔을 때였더라?"

"아산입니다. 서장님 모시고 처음 아산 갔을 때요."

"아, 그랬지. 경찰대학교 갔을 때 아니었냐. 그때 참, 내가 운전병 도로 연수도 다 해주고, 말년에 별꼴을 다 본다 했는데."

"에이, 그래도 도로 연수는 아니죠. 입대 전에도 고속도로 나가보긴 했는데."

"비싼 세단 몰고 가는 건 처음이라고 네 입으로 말 했나, 안했나."

"⋯⋯했습니다."

서장을 모시고 처음으로 장거리 출장을 갔던 곳은 아산에 있는 경찰대학교였다. 아버지의 낡은 승합차를 끌고 서울이나 부천, 김포 정도는 왔다 갔다 했지만, 이런 미끈한 중형차를 몰고 고속도로에 올라가서 두 시간 넘게 차를 몰아본 것은 그날이 처음이었다. 이러다가 부산까지 떠내려가는 게 아닐까, 속으로는 울면서 운전대를 잡았다. 그때 서장이 뒤에서 계속 말을 걸었다.

"그래, 옳지. 옆으로 좀 더 붙여라. 핸들 천천히 돌리고. 야야, 고속도로에서 속도 줄이는 거 아니다. 아직은 괜찮으니까 더 밟아라. 내가 이래 봬도 지방청에서 교통과장도 했지 않았나."

그렇게 정신없이 지시에 따르다가 서장이 시키는 대로 휴게소에 들어갔다.

"여기 식당이 맛있거든."

그는 고속도로 휴게소에서 오징어덮밥을 2인분 주문해서, 제 몫의 한 그릇을 맛있게 비우며 말했다.

"오징어덮밥이 이래 화끈하게 매워야지, 구내식당에서는 어떻게 해도 이런 맛이 안 난다 아이가."

그날 이후로 오징어덮밥을 보면 서장 생각이 났다. 싱거우면 싱거운 대로 서장의 목소리가 떠올랐고, 제대로 매우면 또 그런 대로, 서장님이 이런 맛을 좋아하셨지 하는 생각이 들었다. 운전병 생활 내내 서장이 밥 사 먹으라고 돈을 주거나 카드를 맡겨놓으면 그 생각에 오징어덮밥을 곧잘 사 먹었다. 화를 낼 때는 화를 내고 호되게 가르칠 때는 또 세상 누구보다 호되게 굴면서도, 사실은 자기 주변 사람들을 조용히 챙기고 제일 말단이 밥을 굶고 다니진 않나 걱정하는 그런 서장이 떠오르는 맛이어서.

"그러고 보니 너도 참 얄궂다. 세상 천지에 경찰서장한테 도로 연수를 받는 놈이 어디 있나."

"그러게 말입니다. 그래도 서장님께 무섭게 혼나면서 배워서 그런지, 어디 가서 운전 못 한다는 말은 안 듣습니다."

"그러게. 내가 이래 봬도 베스트 드라이버였는데 말이다."

서장이 문득 쓴웃음을 지었다.

"평생 차 긁는 법도 없고, 보험 부를 일이 생전 없었는데."

곧 주방에서 밥 위에 오징어볶음을 푸짐하게 얹은 오징어덮밥 두 그릇을 들고 나왔다. 그때 휴게소에서 먹었던 것과는 또 달리, 구석에 중국집 볶음밥 위에 얹혀 나오는 것처럼 뜨거운 기름에 부슬부슬하게 익힌 계란이 함께 나왔다.

"와, 계란……."

"이거 유행인가 보네. 지난번에 갔던 데서도 계란이 나오더니."

"어디 방송에서 또 나온 모양이죠?"

"그런가 보다. 먹자."

"예."

오징어를 한번 데친 뒤에 볶았는지, 밥에 얹은 오징어볶음의 물기가 적고 빡빡해서 양념 맛이 진하게 올라왔다. 고추장과 고 춧가루에 마늘과 청양고추가 기본으로 들어간 양념이 통통한 오징어에 진하게 배어 한 입 깨무는 순간 매운맛이 입안으로 확 퍼졌다. 그 매운맛이 퍼진 뒤에 바로 따라붙는 것이 물엿의 진득한 단맛이었다. 쫄깃쫄깃한 오징어와 화끈한 매운맛, 그리 고 물엿의 단맛이 입안에서 어우러지면 자기도 모르게 손이 움직여 다음 한 숟갈, 그다음 한 숟갈을 떠 넣기 바쁘다.

물론 오징어덮밥의 주인공은 오징어겠지만, 진짜 주인공은 따로 있다. 오징어를 볶을 때 함께 넣은 양파와 양배추다. 양념을 있는 대로 빨아들이며 프라이팬 바닥에서 노릇하게 눌어 익은 이 야채들이 갓 지은 하얀 쌀밥과 함께 입안에서 어우러지는 맛은 그야말로 극락 같다. 닭갈비든 낙지볶음이든 곱창볶음이든 간에, 사람들이 커다란 철판에다 뭔가 볶아 먹고 나면 꼭 밥과 김, 참기름을 넣어 볶아 먹어야 다 먹은 것 같다고들 말하는데, 푹 익은 채 양념과 오징어의 감칠맛을 품은 채소들이 저마다의 단맛을 내며 밥맛과 어우러지는 맛은 그런 후식 볶음밥의 맛과도 닮아 있다. 그야말로 숟가락질의 연쇄반응이다.

"이야, 이거…… 정말…….'

"말을 해라."

"아니, 그야말로 '밥도둑'이라니까요."

"밥도둑이 뭐냐, 밥도둑이. 이 맛있는 걸 왜 도둑이라고 불러."

"순식간에 밥이 사라져서 밥도둑이라고 합니다."

"그러니까 내 말은 좋은 것에다가 왜 '경찰'이라고 안 하고 '도둑'이라 하냐, 이거다."

"아, 서장님. 그게 '밥경찰'이라는 말도 있긴 있습니다."

"밥경찰?"

"너무 맛이 없어서 밥이 안 사라지는 반찬이 있지 않습니까.

그런 걸 '밥경찰'이라고 합니다."

"……서에서 주는 밥이 좀 싱겁긴 했지. 아니, 아무리 그래도 밥경찰이 뭐고!"

서장은 기가 막힌지 몇 번이나 "밥경찰, 밥경찰, 요즘 애들은 말도 희한하게 지어내지" 하고 중얼거렸다. 그러고 보니 서장은 오징어덮밥을 좋아했지만 정작 구내식당에 오징어덮밥이 나오면 늘 불만스러운 표정을 지었다. 싱겁네, 물만 많네, 건강에 좋은 맛이네, 차라리 내가 주방에 가서 볶는 게 더 낫겠네 하고. 서장은 맵고 짠 음식을 좋아했다. 그게 건강에 썩 좋은 것은 아니겠지만 워낙 스트레스를 많이 받는 자리니까 그렇겠구나 생각했었다.

"손주분은요? 차에 카시트 있던데요."

"이제 유치원 들어갔다. 이따가 또 데리러 가야지."

"힘드시겠어요."

"힘들긴. 그 녀석 책 읽어주다가 그냥 이 아 하나한테만 책 읽어주면 아무 공도 없겠구나, 이왕 읽어주는 거 온 동네 아이들을 다 읽어줘도 되겠구나 싶어서 공부를 좀 했다. 왜, 내가 또 공부하는 건 좀 자신 있지 않나."

성우는 속으로 서장이 몇 년생인지, 올해 몇 살인지 헤아려보다가 물을 들이켰다. 평생 경찰로 일하고 경찰서장까지 하고 명예롭게 은퇴를 했으면 손주나 돌보면서 한가하게 사시겠거니

했다. 또 무슨 공부를 하신다는 것인가 싶었다.

"와, 맵나?"

"아, 아뇨. 무슨 공부이실까 궁금해서요."

그런 분께, 일하면서 기술을 배우려고 했는데 잘 안 되더라는 말은 나약하고 한심하게 들리지 않을까. 성우는 자기도 모르게 어깨를 움츠렸다.

"국학연구원에서 하는 거다. '이야기 할머니'라고. 유치원이나 어린이집 다니면서 애들 이야기 들려주는 기다. 젊었을 때 육법전서 달달 외우던 가닥이 있으니 매달 이야기 한 편씩 외우는 거야 어렵지 않은데, 나보고 사투리가 너무 세다고 뭐라카지 않나."

"아⋯⋯."

"오늘도 그 일 때문에 교육청에 들렀다가, 그러다가 나오다가 늙은 기제. 그래도 그 바람에 너도 이렇게 보고. 참으로 얄궂지. 사람 일이라는 건 참 알 수가 없다."

"저도⋯⋯ 뭐라도 공부를 해야겠지요."

"할 수 있는 일을 해라. 할 수 있는 만큼을."

"하지만⋯⋯."

"다니던 회사가 돈을 안 주고, 아버지 가게도 어렵고. 청천벽력 같은 일이 아니냐. 그래도 너는 곧바로 뭐라도 해서 돈을 벌겠다고 일을 하고 있지 않나. 그런 데다 당장은 현실적으로 이게 쉽지 않아도, 뭐라도 배울 수 있지 않겠나. 그 생각을 하고 있고."

"그건 그렇지만요……."

"사람이 말이다, 뭔가 배워서 더 앞으로 가겠다, 그 생각을 못 하는 사람도 생각보다 많아요. 너는 그 마음이 있고, 또 생활이 어려워도 어떻게든 돈을 벌어서 너도 먹고살고 가족도 돕고 그러겠다는 그 심지가 있지 않나. 뭐라도 잘할 기다. 게다가 너는 내가 말했지? 잘 배우는 아라고."

서장은 웃었다. 성우는 밥과 함께 나온 계란을 숟가락으로 함께 떠서 입에 넣으며 예전의 그 맵고 짠 엄격한 모습 위에 보드라운 이야기 할머니의 모습이 덮여가는 서장의 지금 모습을 바라보았다. 그 모습이 좋았다. 문득 그때, 경찰대학교에 가던 길에 들렀던 휴게소에서 벽에 걸린 달력을 보았던 생각이 났다.

그때 서장은 은퇴를 앞두고 있었다. 그 전 해, 마지막 기회를 놓치지 않고 승진했다면 몇 년 더 은퇴를 유예할 수도 있었겠지만 그랬다면 성우는 서장과 만날 수 없었을 것이다.

"서장님."

"오냐."

"젊었을 땐 경찰청장까지 하시겠다고 그러셨다면서요?"

"내가 그 말도 했었나."

"그때 과장님들 팀장님들이 말씀하시는 걸 들었어요. 원래는 우리 서 안 오고 더 승진하실 수도 있었다, 무궁화 큰 것 달고

244

서울로 가실 수도 있었다고요. 그때 승진 안 하신 거…… 혹시 따님 뒷바라지하시려고 그러신 거였어요?"

"그냥 내 관운이 거기까지였지."

"……"

"사람이 고작 그런 일에 내가 누구 때문에 그랬다, 누구 뒷바라지하려고 그랬다, 그런 생각 하는 거 아이다."

"하지만……"

"정말 운이 트여 경찰청장까지 할 가능성이나 있으면 또 모르지, 어떻게든 악착같이 올라가려 했을지. 근데 그때 내가 그거 1, 2년 더 한다고 경찰청장까지 올라갈 상황은 아니기도 했고. 순리대로 가는 게 맞다 싶었다."

서장은 웃었다. 그는 거의 다 비운 오징어덮밥을 싹싹 긁어 마지막 한 숟갈을 입에 넣고는 잠시 허공을 바라보다가 성우에게 말했다.

"사람은 자기가 입은 은혜는 계속 생각하고, 자기가 남한테 뭘 해줬다 싶은 건 빨리 잊어버리는 게 제일 좋다."

"……예."

"그리고 성우야, 그때 네 덕에 편케 다녔다. 내가 그 말을 안 한 게 계속 마음에 걸려서, 오늘 너를 이래 만났나 보다."

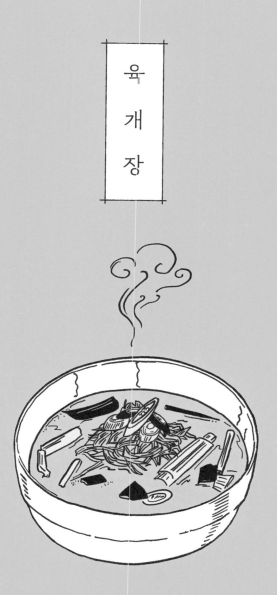

육
개
장

경조사 게시판에 아는 사람의 이름이 떴다.

여러 세대가 다 모여 있는 곳이 교육청이다 보니, 경조사 게시판에는 매일 누군가의 결혼식, 자녀 돌잔치, 그리고 부고 들이 다양하게 올라왔다. 직원의 부모님 부고야 가장 흔하게 올라오는 것이었고, 가끔 배우자의 부고가 올라오는 경우도 있었다. 그보다 드문 것이 자녀를 앞세우는 경우였는데, 이 경우는 정말 어디다 말하기도 참혹한 슬픔, 문자 그대로 '참척의 변〔慘慽之變〕'을 당한 것이다 보니 게시판에 경조사 공지를 올리는 서무들도 조심스러워하며 차마 올리지 못하는 경우가 많았고, 아주 가까운 이들에게만 알음알음 입소문으로 전하곤 했다.

여기서 일하는 본인의 부고가 뜨는 것은 흔한 일은 아니었지만, 그렇다고 놀라울 정도로 드문 것도 아니었다. 1년에 한 명,

많으면 두어 명. 학교나 연수원까지 다 해도 1년에 서너 명이나 될까. 교육청만 따로 놓고 생각하는 것이 아니라 각급 학교까지 전부 포함하는 것에 비하면 다른 기관보다는 본인의 부고가 올라오는 일이 적은 편이라는 말은 들었다. 경찰이나 소방 쪽은 각종 사고 현장에서 시민을 구조하다가 불의의 사고를 당하기도 하고, 사건 현장에서 범인에게 습격을 당해 목숨을 잃는 경우도 있다. 참혹하게 죽은 사람들을 수습하다가 트라우마로 자살하는 사람도 많다고 들었다. 그런 데 비하면 대체로 사인도 그나마 평화로운 편이었다. 본인 상 대부분은 휴직 기간 중에 일어났다. 대체로 암으로 투병을 하다가 치료가 길어지며 휴직을 했고, 그 기간이 끝나기 전에 세상을 떠났다. 젊은 사람의 경우에는 교통사고로 목숨을 잃는 경우도 있었다.

사인이 무엇이든, 같이 근무하던 이들은 충격을 받았다. 사람들은 우울한 표정으로 부고를 읽고 죽은 사람에 대해 이야기했다. 안타까움과 슬픔으로, 때로는 호기심으로. 정년이 다 되었으면 이제 공무원연금 받는 일만 남았는데 남 좋은 일만 됐다고 혀를 찼고, 젊어서 죽은 이를 두고는 남은 식구들 걱정을 했다. 특히 자식이 어리다고 그러면 다들 한숨을 쉬다가, 며칠 뒤에 어떻게 알고 왔는지 생명보험사 직원이 전단을 돌리면 다들 몇 달도 채 못 부을 것을 굳이 가입하고, 또 가입하곤 했다.

어젯밤 죽은 황상식 팀장은, 사람들이 안타까워 할 만한 사연이 한두 가지가 아닌 사람이었다. 그는 아직 40대 중반의 젊은 나이에, 아이가 중학교에 다니고 있었다. 몇 년 전 암에 걸렸지만 자신의 병을 알자마자 바로 단호하게 결심하고 항암에 들어갔다. 자기는 할 일이 많다고, 지켜야 할 것도 많다고 말하면서. 성격 좋고 착실하여 모두가 좋아하는 사람이었지만, 의지도 굳었다. 입맛을 갈아엎다시피 하며 엄격한 식단을 지켰고, 자신이 회복될 것을 굳게 믿으며 항암이 끝날 무렵부터 열심히 공부해서 승진 시험에 보란 듯이 합격했다. 하지만 승진하고 팀장이 된 지 얼마 지나지 않아 그만 암이 재발하고 말았다. 치료를 위해 두 번째 병가를 내면서도 자기는 돌아올 거라고 했다지만, 끝내 돌아오지 못했다.

"황상식 팀장님이라는 분, 그 평생교육팀 그분이시죠? 팀장 달자마자 병가 내셨다는."

"그렇지."

"아직 젊은 분 아니었어요? 어쩌다가 돌아가셨대요?"

"암이었다데. 췌장암."

누군가가 묻자, 팀장은 침통한 얼굴로 대답했다.

"그 친구, 예전에 내가 데리고 있었던 친구야. 워낙 팔팔하고 열정적인 친구라서 감기 한번 안 걸리던 그런 사람이었는데……."

"아이고. 팀장님도 마음이 안 좋으시겠어요."

"그렇지. 아니, 위암은 매운 거 끊으면 되고, 폐암은 담배 끊으면 되고. 췌장암은 어떻게 해야 안 걸리는 거냐?"

"그거 대책 없어요. 스티브 잡스도 췌장암으로 죽었는걸."

수연이 냉랭하게 대꾸했다. 스스로도 놀랄 만큼 태연한 목소리였다. 그렇게 냉정하게 말했기 때문일까. 파티션 너머로 여기저기에서 의아해하는 시선이 느껴졌다.

"……돈이 그렇게 많아도 사람 목숨은 어떻게 못 하잖아요."

같은 직장에 다니는 사람이 젊어서 죽었으니, 아주 모르는 사람이라도 조금은 안됐다 싶은 마음이 들었을 것이다. 이름만 듣고도 아, 누구다 하고 다 아는 것은 아니라도 10년쯤 같은 직장에 다녔으면 복도 오가면서 한두 번은 마주치기 마련이고. 2, 3년마다 순환 보직을 돌다 보면 그게 누구든 한 다리 건너면 다 아는 사이가 되는 게 보통이다. 그러니 그 사람이 어떤 인간이든 상관없이, 예의상 조금은 슬픈 표정을 지어도 좋았을 것이다.

하지만 수연은 그러지 않았다. 누가 볼세라, 평소에도 두꺼운 팔찌로 가려놓은 왼 손목을 슬며시 등 뒤로 숨길 뿐이었다.

"뭐야, 신수연이. 너 전에 황상식이랑 같은 팀이었잖아. 처음 입사했을 때. 맞지?"

"아, 예."

"근데 뭐야, 남의 일 이야기하듯이 데면데면하고."

"별로 친하게 지내진 않았어서……. 그리고 저도 췌장암이신

건 지금 알아서요. 좀 놀라기도 했고."

"그래도 부인은 알잖아? 중앙도서관에, 나혜경 씨."

"아."

처음 듣는 이야기인 것처럼, 고개를 들어 대꾸했다. 아주 잘 알고 있었으면서도.

"나혜경 주무관님 남편이셨어요? 가봐야겠네."

"뭐야, 사람한테 관심이 없는 것도 정도가 있지. 어떻게 같은 사무실에서 일했으면서 나혜경 씨 남편인 것도 몰라. 팔불출 소리를 들으면서도 책상에다가 와이프 사진을 몇 장을 갖다 놓고 그랬는데."

누구보다도 잘 알면서도.

"……얼마나 그, 잉꼬부부였는데 말이야."

＊

경조사 게시판에 직원 본인상이 올라오는 원인이 암이나 교통사고만 있는 것은 아니다. 대놓고 말하지 않을 뿐 과로사도 종종 있었다. 그나마 다른 조직보다는 느슨하다는 교육계에서조차도 사무실에서 일하다가 숨진 공무원, 혹은 교실에서 수업을 하다가 쓰러져서 그대로 돌아오지 못한 교사들은 늘 있어왔다. 운동회나 소풍, 수학여행과 같은 학교 행사 중에 목숨을 잃은 이들도 있었고, 고등학교가 자율학습을 하는 게 당연하던 시절에는 매일 밤늦게까지 자습 감독을 하다가 불귀의 객이 된 고3 교사도 있었다.

몇 년 전 기본소득당에서 발표한 내용에 따르면, 2017년부터 2021년까지 5년 동안 공무원 중 과로사로 인정받은 사람은 113명*이라고 했는데, 밤새워 일하고 집에 돌아가서 눈 좀 붙였다가 그대로 유명을 달리한 사람이 공무 중 상해나 순직으로 인정받는 것이 쉽지 않은 것을 생각하면 과로로 순직한 사람은 그보다 몇 배는 더 많을 것이다.

당장 직장에서 일하다 쓰러져 죽지 않았어도, 만성적인 뇌혈관이나 심혈관 질환들을 시한폭탄처럼 안고 사는 사람들은 많다. 누가 봐도 과로와 스트레스로 인한 것이었지만, 설령 이 질환들 때문에 갑작스레 목숨을 잃는다 해도 순직 처리까지는 갈 길이 멀다. 그래서 이미 몇 년 전 응급실에 한 번 실려 갔다가 심장 혈관에 스텐트를 박아 넣은 팀장은, 여기든 시청이든 다른 기관에서라도 누가 사무실에서 쓰러져서 순직했다는 말을 들으면 늘 씁쓸한 농담을 하곤 했다. 자기가 집에서 쓰러질 것 같으면 팀원 중 누구에게라도 전화를 할 테니, 자기 좀 회사에 업어다 놓으라고. 죽어도 회사에서 숨진 채 발견되어야 순직 보상금이라도 수월하게 나올 테니, 갈 때 가더라도 처자식 걱정이라도 덜 하지 않겠느냐고.

그리고 그, 자살이 있었다.

2017년부터 2021년까지 순직으로 인정받은 공무원 중 자살자는 서른다섯 명, 전체 순직자의 10퍼센트가 넘는다고 한다. 정신질환으로 공무상 요양을 인정받은 숫자는 매년 150명 이상이다.** 그나마 공무원은 복지가 좋아서 상담도 실시하고, 멘토링도 매칭해주고, 화장실 칸칸이 '당신의 생명은 귀중한 것'이라고, '자살 생각이 나면 연락하라'며 총무과 전화번호 같은 것을 붙여놓지만, 그럼에도 불구하고 대부분의 사람은 문을 열고 밖으로 나가지 못하고, 그냥 이 안에서 죽어버린다. 그런 죽음은 사람들이 입에 잘 올리지도 않고, 쉬쉬하고 넘어가는 일이 부지기수다. 설령 사무실에서 목을 매고 죽어도 공무 중 스트레스가 아니라, 평소부터 우울증을 앓고 있었다는 식으로 적당히 처리하고 싶어 한다. 칼로 손목을 긋는 정도로는 제대로 죽기도 어렵지만, 죽었더라도 누구 하나 그 내막을 제대로 따져보려 하지 않았겠지. 젊은 여직원이 딱하다, 안쓰럽다, 무슨 고민이라도 있었나. 그러다가 곧 잊었을 것이다.

아니, 아마도 이건 순직이 아니라 치정이라고 말했겠지. 두고두고 수군거렸을 테지. 수연은 오른손으로 왼손 손목의 오래된 흉터를 지그시 감싸 누르며 생각했다.

*

그 남자는 소문난 애처가였다. 잉꼬부부라는 낡은 말조차 그에게는 새것처럼 잘 어울렸다. 중앙도서관 사서직으로 근무하는 아내를 늘 아끼고 존중하고, 책상 파티션에는 아내와 아직 어린 딸아이의 사진들을 잔뜩 붙여놓았다. 아침에는 아내와 함께 출근을 하고, 매주 수요일이면 꼭 6시 10분에 교육청과 도서관을 잇는 화단 옆 길목에서 아내를 기다려 함께 퇴근했다. 이곳 사람들은 다들 그를 두고 이상적인 남편상이라고 말했다. 결혼한 여자 직원들은 그에게 남편과의 갈등에 대해 상담했고, 결혼을 앞둔 남자 직원들은 앞으로의 결혼 생활에 대해 조언을 구했다. 가끔 고리타분한 남성 상사들은 그 사람 때문에 여직원들 눈이 쓸데없이 높아진다며 타박했지만, 대부분은 가정적이고 성실하며 동료들의 고민거리도 귀담아들어주는 그의 성품을 높이 샀다.

그렇다고 그 남자가 가정에만 충실하느라 일을 설렁설렁 하는 사람은 아니었다. 일 욕심도 많았고, 승진 욕심도 있었다. 늘 바쁘게 돌아다니며 동시에 십수 가지의 일을 처리했다. 무엇보다도 신입 사원을 가르치는 데 솔선수범했다.

"잔소리가 많은 선배라고 생각하죠?"

"예? 아, 아뇨."

"신수연 씨도 보면 알겠지만, 우리 팀의 일이라는 게 꽤 많아요. 모두가 1.2인분 정도로 일해야 겨우 돌아가는 상태다 보니, 누구 한 사람 아프거나 일주일 정도 휴가를 가거나 하면 다들 정신이 없어요. 하물며 일 잘하던 사람이 나가고 아직 우리 일에 익숙하지 않은 새 사람이 들어오면 더 그렇죠."

"아…….."

"신수연 씨 탓이 아니에요. 우리 일이라는 게 대개 1년 단위로 돌아가는 법이라서, 1년, 딱 한 사이클만 잘 버티면 다들 따라옵니다. 하지만 처음에 좀 고생스럽고 선배 잔소리도 듣고 그러더라도, 빨리 일에 익숙해져서 제 몫을 하고 싶죠? 일 욕심 있어 보이는데."

"예!"

"좋아요, 그러면 내 말대로 해요."

수연이 시험을 보고 들어와 이곳에 처음 발령을 받았을 때, 그 남자는 팀의 차석이었다. 그는 수연에게 간단한 심부름을 시켜보고 일머리가 있다고 칭찬하더니, 자신에게 일을 배우면 빨리 능숙해질 것이라며 수연의 사수 노릇을 자처했다. 잡다한 일은 많은데 인력은 늘 부족하다 보니 사람들은 다들 일에 쫓겨 핼쑥한 상태였고, 처음 입사해서 아무것도 모르는 신입에게 진득하게 뭔가를 가르치는 사람은 드물었다. 하지만 그는 약속대로 솔선해서 수연을 가르쳤다. 조금만 짬이 나도 옆에 불러다가,

공문 쓰는 법부터 업무 시스템 사용법까지, 하나부터 열까지 세세하게 알려주었다.

"신수연 씨 열심히 하네."

"감사합니다!"

"황상식이가 말은 많아도, 다른 사무실 가봐라. 저런 선배가 어디 있나. 이렇게 열심히 가르쳐놓으니, 신수연 씨도 동기들보다 훨씬 앞서갈 거 아니야."

상사들은 그 남자를 칭찬했다. 수연도 그를 존경했다. '팀의 에이스'라 불리며 늘 눈코 뜰 새 없이 바쁜 선배가 자신에게 시간을 들여가며 일을 가르쳐주는 것을 고마워했고, 점심을 먹고 돌아오면 꼭 자기가 그의 몫까지 음료수나 간식을 사 왔다. 이 부서의 일에 대해 모르는 게 없다 보니, 낮 시간에는 그의 업무용 전화벨이 쉴 새 없이 울려댔다. 수연은 낮에 뭔가를 물어보는 게 미안해졌다. 업무를 배우기 위해 그가 야근하는 날이면 수연도 따라서 야근을 하기 시작했다.

아마도 그때부터였을 것이다.

"집이 어디지, 수연 씨? 버스 타고 다니지?"

"걸어가도 되는 거리예요. 올리브백화점 뒤쪽이라서……."

"에이, 이 밤중에 어딜 거기까지 걸어가. 내가 데려다줄게. 내 차 타고 가."

그가 늦게까지 야근시켜서 미안하다며 집 앞까지 데려다주기 시작한 것은. 멀지 않으니까 괜찮다, 버스로 한 번에 올 수 있지 않느냐고 극구 만류하는데도 자기가 걱정이 되어 안 되겠다며 굳이 차로 데려다준 것은, 큰길까지만 바래다줘도 충분한데도, 여자 혼자 밤길 걷는 것은 위험하다며 굳이 골목길까지 차를 끌고 들어온 것은.

"골목도 좁고, 낡은 빌라촌이라…… CCTV도 별로 없겠는데. 처음 독립해서 혼자 사는데 무섭지 않아?"

"처음은 아니에요. 대학 때부터 학교 근처에서 살았거든요."

"고향이 이쪽이 아니었구나?"

"예. 그래서 1학년 때는 학교 기숙사에서 살다가, 2학년부터는 학교 앞에서 살았어요. 그래도 지금은 바로 옆에 큰 아파트 단지도 있다 보니 그때보다는 인프라도 잘 갖춰져 있고, 주변도 덜 시끄럽고 안전하니까……."

자신을 걱정하는 듯한 그의 말에 수연은 조금 마음이 풀어졌다. 처음에는 혼자 사는 것이 겁났지만, 취직까지 한 어른인 지금은 괜찮다고, 작은 집이나마 자신의 취향대로 가꾸며 혼자서 잘 살고 있다고 말하고 싶었다. 그때 그가 히죽 웃었다.

"수연 씨 학교 다닐 때 인기 많았겠다."

"예?"

"원래 자취하는 여자가 남자들한테 인기 많거든."

그는 수연이 살고 있는 좁은 빌라를 올려다보며, 학교 선배들에게 종종 들었던, 들을 때마다 우습거나 재미있기는커녕, 집에 돌아가자마자 한 번 더 문단속을 하게 만들던 불쾌한 농담을 했다. 수연은 순간 어깨를 움츠렸다. 모두가 좋은 선배라고 말하는 그 사람도, 그런 말을 듣는 사람의 기분 같은 것은 알지 못한다는 것이 유난히 불쾌하게 느껴졌다. 수연은 얼른 차에서 내리며 "안녕히 가세요" 하고 인사를 하고 빌라의 현관으로 뛰어들어갔다. 방에 들어와 문을 잠그고 불을 켜는데 아차 싶었다. 계단을 올라올 때마다 켜지던 센서 등과, 자신이 들어오자마자 켜지는 불빛을 보고 그 사람이 자신의 집이 어디인지 바로 알아차렸을 것 같아서. 조심스럽게 밖을 내다보았다. 그는 여전히 그 자리에서 수연의 방을 올려다보고 있었다. 수연은 여기라고 굳이 확인까지 시켜준 것 같아서 마음이 불안했다. 하지만 그는 곧 손을 한 번 흔들어 보이고는 차를 몰고 자리를 떠났다.

'괜히 겁먹은 건가…….'

멀어져가는 그의 차를 바라보며 수연은 제자리에 주저앉았다.

사실은 여전히 불안했다. 대학에 다닐 때에도 누가 혼자 산다더라, 혼자 사는 여자가 좋다더라는 말을 여자 신입생들 들으라는 듯이 낄낄거리던 남자 선배들이 있었다. 수업을 듣거나 아르바이트를 하고 밤이 늦어서야 집에 돌아가다 보면 어두운 골목길에서 슬금슬금 뒤따라오던 남자들도 있었다. 학교생활은 즐거웠지만, 학교 근처에서 누가 강간을 당했다더라, 누가 집 안에 숨어 있었다더라 하는 흉흉한 이야기들도 때때로 들려왔다.

하지만 수연은 고개를 저었다. 부주의한 농담을 하긴 했지만 그건 어디까지나 실수였을 것이다. 그는 자신에게 해를 끼칠 사람은 아닐 것이다. 그렇게 생각하니 괜히 의심한 것 같아서 조금 미안해졌다.

다음 날에도, 그다음 날에도 그는 차로 수연을 집까지 바래다주었다. 짐이 많아서 허둥거리던 날에는 짐을 받아 뒷좌석으로 밀어놓고, 안전벨트를 당겨 채워주기도 했다. 가슴에 손이 스칠락 말락 하게 지나가던 그 순간, 침이 바짝 마르는 느낌이 들었다. 눈이 동그래진 채 수연이 그를 바라보자, 그가 웃었다.

"안전벨트 매준 것 갖고 왜."

"하지만……."

"안 잡아먹어. 너 같은 어린애는."

잡아먹는다는 말에 소름이 돋았다. 믿고 싶었다. 모두가 신뢰하는 황상식이라는 사람의 평판을. 그는 가정을 소중히 여기고, 아내를 지극히 사랑하고, 후배 직원에게 흑심 같은 것을 품지 않는다고.

하지만 그건 사실이 아니었다.

그가 집 앞까지 바래다준 그날 이후, 수연은 황상식이 그렇게 좋은 사람이 아니라는 것을 깨닫게 되었다. 남들 앞에서는 그가 사람 좋게 웃고 있을 뿐이지만, 가까이서 머리를 맞대고 모니터를 들여다볼 때는 욕망으로 그 눈이 번득거린다는 것도. 단둘이 있을 때 자신에게 건네는 말도 떼어놓고 보면 조금 짓궂은 농담일 뿐이지만 모아놓으면 전부, 자신을 탐욕스럽게 농락하고 싶어 하는 맥락이 생긴다는 것도. 그 남자는 대체 뭘 바라는 걸까. 수연이 그런 생각을 하다가 문득 고개를 들면 그의 시선이 옷깃 속으로 파고들고, 단추를 풀고 잡아 뜯으며 속옷의 시접 속으로 파고드는 것이 느껴진다. 그가 하는 말들은 녹은 설탕처럼 끈적끈적하게 엉겨 붙어, 퇴근한 후에도 손을 씻고 발을 씻고 머리를 감고 샤워를 한 뒤에도 어딘가 한 방울씩 들러붙은 채 밤새 꿈자리를 사납게 만들곤 했다.

"신수연 씨, '오피스 와이프'라는 말 알아?"

"예?"

"뭐야, 그렇게 정색을 하고……."

"아뇨, 어감이 어쩐지 좀…… 이상해서요."

"신수연 씨 젊어서 유행어도 많이 알고, 좀 개방적이고 오픈마인드고 할 줄 알았는데. 생각보다 보수적이네."

'보수적'이라는 말이, 마치 고리타분하고 한물간 것 같다는 말처럼 들려서 수연은 자기도 모르게 기가 죽었다. 수연의 풀죽은 표정을 보고 남자가 소리 죽여 웃었다.

"근데 처음 들어봤으면 이상한 말처럼 들릴 수도 있겠다. 나도 오피스 와이프라는 말을 처음 들었을 때는 '이거 뭐야, 현지처 같은 그런 뜻이야?' 뭐 그렇게 생각했다니까."

"예, 좀 그런 느낌으로 들려서……."

"근데 그렇게 이상한 말 아니야. 애인이나 불륜 같은 게 아니라, 같은 사무실에서 친밀한 관계를 유지하면서 업무적으로도 파트너처럼 서로 돕고 지내는 여성 동료를 그렇게 말한대."

수연은 고개를 들었다. 남자의 입술이 소리 없이 달싹이며 '우리처럼'이라는 단어를 그려냈다. 그의 손이 키보드 위에 놓인 수연의 손등을 스쳤다. 아무 일도 아니라는 것처럼. 침을 삼켰다. 고개를 돌리려는데 숨결이 귓바퀴를 간지럽혔다. 이건 잘못되었다. 상사에게 보고하고, 신고를 하고. 그리고 그다음에는 무엇을 할 수 있지? 머릿속이 싸늘해졌다. 시험에 합격하고 이 사무실에 발령받은 지 이제 5개월째인 수연은 아직 시보(試補)라 불리는 수습 기간이었다. 시보라고 해도 정식 공무원이지만, 이 기간에 문제에 휘말린다면 임용이 취소되거나 상사에게서 사직을 권고받을 수 있다. 만약 이 사람과의 관계가 알려졌을 때, 사람들은 뭐라고 생각할까. 애처가 황상식을 일을 배우던 신입이 부적절하게 유혹한 거라고, 그래서 실수를 저지른 거라고 말하지 않을까. 끈적한 시선으로 쳐다보고 당혹스러운 농담을 했을 뿐, 손을 댄 것도, 키스한 것도, 섹스를 한 것도 아니니까, 황상식은 결백하다고. 설령 실수를 했더라도 큰 잘못은 아니라고. 이 모든 일은 유부남에게 부적절한 호의를 보인 신수연의 잘못

이라고 생각하는 것은 아닐까. 그 순간, 황상식이 웃으며 얼굴을
들이밀었다.

"괜찮아, 괜찮아. 이쪽에는 CCTV도 없고."

거절을 말하기도 전에, 그의 입술이 먼저 수연의 입을 틀어막
았다.

*

"미안해, 실수였어."

다음 날, 황상식은 그 키스를 두고 실수라고 말했다.

"친하다고 장난치다가 너무 나갔네. 미안해."

입으로는 미안하다고 말하면서도, 그는 농담을 하는 듯 실
실 웃었다. 네가 너무 예뻐서, 일을 열심히 하는 모습이 너무 귀
여워서, 여동생 같아서 한 일이라고 했다. 이 남자는 자기가 무
슨 말을 하고 있는지 아는 걸까. 네가 예쁘고 귀여워서 그랬다
는 그 말이, 이쪽에 책임을 떠넘기는 말이라는 것은 알고 있을
까. 너무 어처구니가 없어서 궁금해졌다. 그쪽은 여동생이 귀여
우면 입에 혀까지 집어넣는지. 하지만 수연은 항의하지도, 따져
묻지도 못했다.

"……알겠습니다."

바로 뒷걸음질을 치며 거리를 벌렸다. 눈을 마주치지 않으려

고개를 숙였다. 일을 배우겠다며 매일같이 하던 야근을 그만두었다. 6시가 되면 도망치듯이 사무실을 벗어났다.

"신수연이 저거 너무하네. 상식이가 열심히 가르쳐놨더니, 이제 배울 거 다 배웠다 이건가?"

"얼마나 좋은 나이입니까. 친구도 만나고, 데이트도 하고. 자기 나름대로 하고 싶은 일이 많겠죠."

"아니, 그래도 그렇지. 내가 처음 여기 들어왔을 때는 직속 상사가 퇴근하시기 전에는 9시든 10시든 의자에서 엉덩이도 못 떼고 앉아 있었어."

"요즘 친구들은 또 다르잖습니까."

사실은 억울했다. 아직까지 뭔가 본격적으로 문제를 일으킨 것은 아니지만, 수연이 조금만 빈틈을 보이면 그가 불쑥불쑥 욕망을 숨기지 않는 것을 보고 몸을 사리는 것뿐인데. 사람들은 신입이 보기보다 덜 부지런하다고, 시보도 떼기 전에 벌써부터 아주 풀렸다고 수군거렸다. 그때마다 황상식은 수연의 편을 들어주다가도, 어쩔 수 없지 않느냐, 요즘 젊은 친구들은 다르다면서 꼭 한마디씩 속에 뼈가 있는 말을 했다.

황상식과 아주 거리를 둘 수는 없었다. 그는 여전히 같은 사무실에 있었고, 적어도 근무 시간에는 언제나처럼 수연에게 필요한 것들을 가르쳐주고 지적할 것들을 지적해주었다. 그는 여전히 친절했지만, 수연은 상식이 업무에 조언을 해줄 때마다, 이 사람은 자신이 정말 괜찮은 사수라고 모든 사람들에게 과시하는 것 같다고 생각했다.

"시보 떡은 어디서 맞출 거야?"

하지만 이런 것, 검색해도 잘 나오지 않고 어디다 물어보기도 어려운 것들에 대해, 황상식은 명확한 기준을 갖고 있었다. 그러니까 아주 멀리할 수는 없다. 쫓아다니며 배워야 할 것은 배워야 한다. 몇 번의 불쾌한 일들은 그냥 단순한 실수였다고 생각하고 잊어버리는 편이 나을지도 모른다. 비겁한 합리화일지는 모르지만 현실적으로는 이쪽이 더 나을 거라고, 수연은 애써 자신을 설득했다.

"시보 떡이요? 얼마 전에 뉴스에 나왔던 거요?"

"응. 얼마 전에 뉴스에서 갑질이라고 문제 삼기도 했지만, 사실은 굳이 안 해도 돼. 그래도 시보 뗄 때 인사로 떡을 돌리는 사람이 많은 건 사실이니까. 팀에서 신수연 씨 시보 뗴면 축하한다고 간단하게 회식도 할 테니, 남들 하는 만큼은 준비하는 것도 괜찮다고 생각해."

"떡은 전체 팀에 다 돌려야 하나요? 그럼 사람 숫자가…… 비용이 만만치 않겠는데요."

"아이고, 그 정도로 하는 건 아니야. 그냥 '앞으로도 열심히 일하겠습니다, 잘 부탁드립니다' 하고 예의로 하는 일인데 회사 전체에 다 돌리는 건 너무 과하지. 우리 팀 포함해서 우리 과 전체에 싹 돌리고, 과장님들하고 국장님 정도만 챙기면 될 거야.
우리 단골 떡집 전화번호 알려줄게."

황상식이 가르쳐준 떡집에서 떡을 맞췄다. 시보가 끝나던 날
짐꾼처럼 떡을 함께 들고 다니며 이 팀 저 팀 인사를 다녀준 것
도 황상식이었다. 자기 일처럼 기뻐하며 금요일 퇴근 시간에 맞
춰 팀 회식을 잡고, 어디서 얻어 왔는지 '기관장 맛집 리스트'를
복사해주며 나중에 자기가 없어도 이 목록에서 골라서 회식 장
소를 잡으면 대체로 만족할 거라고 조언해준 사람도.

그리고 그날, 황상식이 권해준 술을 마시고, 신수연은 기절했
다. 아니, 엄밀히 말해서 그건 기절이 아니었다. 몸을 제대로 가
눌 수 없고, 중간중간 기억이 잘려나갔을 뿐이지, 의식이 아주
없었던 것은 아니었으니까.

"애가 술을 너무 많이 마셨나 봐. 어떡하니."

"좋은 날이라고 주는 대로 납죽납죽 받아 마시더니……."

"수연 씨, 일어나봐. 일어날 수 있겠어? 안 되겠네, 수연 씨 제
가 데려다줘야겠네요."

황상식은 그렇게 의식이 남아 있는 수연을 부축해 일으켰다.

"얘네 집 어딘지 알아?"

"지난번에 비 오던 날 야근하다가 집 앞까지 데려다준 적이
있어요. 그날 수연 씨가 우산을 안 갖고 왔어서."

"황상식 씨 운전할 수 있겠어? 술 마신 거 아니야?"

"저 원래 술 안 먹는 것 아시잖아요."

"맞아요, 황상식 씨 분위기 메이커인데 술은 안 하지. 사람이 독실해서."

황상식과 함께 기독교 모임에 참여하고 있는 장학사가 거들었다.

"독실해서 술을 안 마시면, 그럼 장학사님은요?"

"에이, 사람이 어떻게 황상식처럼 반듯하게만 살아. 나 같은 사람이야 오늘 '주(酒)님'을 영접하고, 일요일에는 교회 가서 '주(主)님'께 회개해야지."

황상식의 부축을 받아 주차장으로 가는 내내 껄껄 웃는 소리들이 들렸다. 오늘의 주인공이 쓰러져서 먼저 자리를 떠도 회식은 계속 이어졌다. 황상식은 수연을 차에 밀어 넣고 웃었다. 집 앞으로 차를 몰고 가서, 낡은 원룸 빌라의 3층, 수연의 집 문 앞에 가서 섰다. 여자 혼자 사는 집이니까 안전을 위해 돈을 좀 들여야겠다 싶어 따로 구입해서 설치한 지문인식 도어록에 황상식이 수연의 손가락을 대고 문질렀다. 문은 어처구니없이 쉽게 열렸다. 그리고 황상식은 침대까지 갈 것도 없이, 수연을 현관 앞 마룻바닥에 눕혀놓은 채 강간했다.

"일어났어?"

수연이 누운 채 눈만 깜빡이는데, 황상식은 그제야 수연의 신발을 벗기고 부축해 일으켜 침대에 눕혔다.

어떻게 된 거냐고 묻고 싶었지만 술에 무슨 약이라도 탄 것인지 혀가 제대로 움직이지 않았다. 옷이 구겨진 채 마구 걷어 올려지고 아래가 쓰라린데, 몸이 붕 떠 있는 것처럼 묘하게 현실 감이 없었다. 만약 그가 꿈이라고 말한다면, 그저 악몽을 꾼 거라고 믿을 수 있었을지도 모른다.

하지만 황상식은 안경을 벗은 채로 물티슈로 바닥을 꼼꼼히 닦다 말고 웃었다. 근무 시간 중의 사람 좋은 미소도, 자신에게 보이던 욕망이 느껴지는 웃음과도 다른, 뭔가 재미있는 장난을 치고 신이 나서 입술을 씰룩거리는 표정이 역겨웠다.

"콘돔 썼으니까 너무 걱정하지 말고."

"지금, 그러니까…… 사람을 강간해놓고서 지금……."

"신고할 거야? 야, 이거 너무하네. 네가 술이 떡이 되어서는 하자고 매달린 거야. 기억 안 나?"

"지금 그걸 말이라고……."

"참고로 말하는데 안에다 한 것도 아니고, 바닥에도 털 한 오라기까지 꼼꼼하게 닦았어. 일어나면 찝찝할까 봐."

증거를 없앤 거다. 저 자신만만한 표정을 봐서는, 어쩌면 증거가 될 만한 것은 오히려 저 사람이 갖고 있을지도 모르겠다. 수연은 입구 쪽에 놓아둔 그의 가방과, 가방에 기대어 세워둔 그의 휴대폰을, 그리고 그 옆에 얌전히 놓아둔 황상식의 안경을 바라보며 생각했다. 방은 작았고, 침대와 작은 책상, 그리고 아마도 웬만한 가정집 냉장고보다도 작을 것 같은 욕실이 고작이었다. 저기 출입구 앞에 카메라를 놓아둔다면 방 전체가 보이겠지. 이 미친 새끼가. 설마 휴대폰으로 동영상을 찍은 걸까. 아니면 가방이든 어디든, 카메라 같은 거라도 숨겨놓은 걸까. 피가 식는 듯한 느낌이 들었다.

"신고하려면 신고해보든가."

어쩌면 그는 협박용으로 동영상이나 알몸 사진을 찍었을지도 모른다. 애초에 술 몇 잔에 그렇게 정신을 잃은 것도 이상했다. 수연은 술이 센 편이었고, 소주 한두 잔에 쓰러지는 사람도 아니었다. 그럼 이건 어떻게 설명해야 하는 걸까. 시보 끝난 것을 축하한다며 회식을 잡고, 계획적으로 술잔에 정신을 잃게 만드는 약물이라도 넣었던 걸까. 수연은 묻고 싶었지만, 의식만 겨우 돌아왔을 뿐이지 몸은 물론 입술을 움직이는 것조차 뜻대로 되지 않았다. 황상식은 그런 수연을 들여다보며 별일 아니라는 듯 웃다가, 수연의 휴대폰을 들고 팔을 휘둘렀다. 화장실 문틀에 부딪힌 휴대폰 액정이 박살이 났다. 이래서야 바로 신고를 할 수도 없었다.

"어차피 신고해봤자 네 인생도 조지는 거지. 이 손바닥만 한 회사에서."

그는 안경을 쓰고, 가방을 메고, 휴대폰을 바지 뒷주머니에 쑤셔 넣고는 현관으로 걸어가 신발을 신었다. 그리고 아무 일도

없었다는 듯이 문을 열고 나갔다. 자기도 신고당할 짓을 했다
는 것은 알고 있는지, 콘돔도, 바닥을 닦아낸 휴지도 꼼꼼하게
물티슈 포장지에 싸서 들고 나갔다. 경찰에 체포되긴 싫었던 모
양이지. 개새끼가. 수연은 꼼짝도 하지 못한 채 누워서 울었다.
자고 일어나면 이 모든 것이 그저 악몽이었으면 좋겠는데, 그렇
지 않으리라는 게 분명해서 죽을 만큼 고통스러웠다. 씻어야 하
는데, 일어나서 뭐라도 해야 하는데, 대체 그놈이 무슨 약을 쓴
건지 손가락 하나 까딱할 수 없었다. 수연은 그렇게 토요일 아
침 해가 뜰 때까지, 꼼짝도 못 한 채 산송장처럼 고통에 짓눌려
있었다.

*

말할 수 있을까?
집 근처 파출소 앞에서 서성거리다가 수연은 끝내 돌아섰다.
공무원 시험에 합격하면 정년까지 고용이 보장된다고 하지만,
이제 겨우 시보를 뗐을 뿐이다. 시보를 떼기 전까지는 그야말로
잎새에 이는 바람에도 몸을 사려야 한다고 선배들은 반농담처
럼 말했다. 그게 농담만이 아니라는 것 정도는 수연도 알고 있
었다. 다들 공무원은 철밥통이라고 말하지만, 아주 작은 흠집
으로도 앞날이 흔들릴 수 있다는 것을.

말해도 되는 걸까?

사내 메신저에서 몇 번이나 총무과 쪽 성평등 담당자의 이름을 검색하고, 다시 아무 메시지도 보내지 못한 채 메신저 창을 닫았다. 직장에서 만난 사람들은 대체로 좋은 사람들이었고, 서로서로 관심도 많고 마치 한 동네 사는 가까운 이웃들처럼 좋은 관계를 유지하고 싶어 했지만, 한편으로는 남의 이야기도 많이 했다. 누구랑 누가 단둘이서 커피라도 마셨다간 두 사람이 사귀는 것 같다는 소문이 순식간에 건물 이편 끝에서 저편 끝까지 왔다 갔다 하는 것을, 수연은 지난 반년 동안에도 몇 번이나 보았다.

하물며 이런 일이라면.

황상식에게 강간당했다고 주장하는 수연을 두고, 이 사람들은 뭐라고 이야기를 할까. 그는 죄가 없다고, 그날도 술 취한 후배를 집에 데려다준 것뿐인데 수연이 없는 말을 지어내는 것이라고, 신입이 보기와는 달리 성격이 이상한 사람이어서, 시보를 떼자마자 자신에게 일을 가르쳐준 선배를 무고했다고 말하지 않을까. 팔은 안으로 굽는 법이니까, 그들에게 있어 오랫동안 알아온 동료는 황상식이고, 수연은 새로 굴러온 돌일 뿐이니까. 수연이 생각해도 믿어지지 않는 그날의 일을, 다른 사람들이 과연 믿어주기는 할까.

그날 무슨 일이 있었다는 것을 믿더라도, 사람들이 걱정하는 것은 수연이 아닐 것이다. 황상식이 원래 싹싹하고 상냥하니까, 어린 여직원이 그의 매너를 호의나 사랑으로 착각한 게 아니냐고, 그래서 뻔히 유부남인 줄 알면서도 자기가 먼저 들이댄 게 아니냐고. 사람들은 수연이 사수인 황상식에게 일을 배우려고 함께 다닌 것도, 일을 가르쳐준 것이 고마워서 음료수 같은 것을 사다 놓던 것도 모두 불의의 증거로 여길 것이다. 그 밤에 황상식이 수연의 집 현관에서 벌인 일을 두고도, 사람들은 끊임없이 의심할 것이다. 수연이 먼저 유혹한 게 아니냐고, 본인도 황상식을 좋아한 게 아니냐고. 그 일이 합의된 화간인 양 "부인만 불쌍하지"라고 말할지도 모른다. 강간 피해자인 수연이 사람들의 의심 어린 눈빛 속에서 수도 없이 입길에 닳도록 오르내리는 동안, 그의 아내만이 이 추문 속에서 결백하고도 무고한 피해자로 남을 것이다.

그런데도 불구하고 말해야 하는 것일까.

수연은 손바닥으로 얼굴을 감쌌다. 대학 다닐 때, 학교 근처 호프집에서 서빙을 하다가 취객에게 추행을 당한 선배가 속상해서 눈물을 뚝뚝 흘리다가 그렇게 말한 적이 있다. 이건 별일도 아니라고, 별일 없었다고 믿으면 별일 없는 게 되는 거라고. 시험공부를 하고 밤늦게 돌아오던 길에 수상한 남자에게 쫓기다가, 편의점으로 뛰어들어가 한참 동안 숨을 헐떡이다가도 수연은 그 말을 생각했었다. 정말 그럴까. 아무 일도 없었다고, 별일 아니라고 믿으면 정말 그렇게 되는 걸까. 괴로워하지 말고, 그 일이 내 인생을 갉아먹도록 내버려두지 말고, 멈춰 서지도 주저앉지도 않은 채 다음 걸음을 옮기며 살 수 있는 걸까. 그러기를 바랐다. 이 일이 겨우 손에 넣은 안정적인 삶을 뒤흔들지 않길 바랐다. 두고두고 기분 더러운 악몽으로 남더라도, 꿈은 현실을 갉아먹지 않으리라고 생각했다. 그날이 있고도 달포를, 매일 아침 그렇게 생각하며 눈을 떴다. 정말로 괜찮아질 수 있을 거라고 믿었다.

그러던 어느 날 수연은 출장을 가다가, 교육청에서 시청을 지나 그 옆쪽으로 두세 블록을 차지한, 오며 가며 지나다니는 길에 늘 보이던 대형 종합병원 앞에서 걸음을 멈추었다.

늘 지나다니면서도 몰랐다. 그 종합병원 길 건너에는 성폭력이나 가정폭력 피해자를 보호하고 범죄 증거 채취와 피해자 지원을 해주는 '해바라기센터'가 있었다는 걸. 그 사실을 깨달은 순간 숨이 막혔다. 수치심과 자괴감으로 죽을 것 같은 기분이 들었다.

그날 그 일은, 경찰에는 끝내 신고하지 못했다. 강간하면서 콘돔을 썼고, 현장까지 전부 청소하고 갈 만큼 용의주도한 새끼라고 해도, 가까운 병원에 달려가 혈액 검사라도 받았다면 약물 반응이 나왔을지도 모르는데. 사람을 몸도 못 가누게 만든 뒤 그런 짓을 저지르고도 여전히 좋은 사람 행세를 하며 멀쩡히 출근하는 그놈에게 쇠고랑을 채워줄 수 있었을지도 모르는데. 너무 무섭고 두려워서 주말 내내 집 밖으로 한 걸음도 걸어 나오지 못했던 자신이 죽이고 싶도록 미웠다. 원망스럽고 한심해서, 숨을 쉬는 산소가 아깝다는 생각이 들었다. 그날 저녁 수연은 커터 칼로 몇 번이나 손목을 긋다가, 피가 울컥거리며 흘러나오는 것을 보고 덜컥 겁이 나서 퇴근길에 지나왔던 종합병원 응급실로 달려갔다.

*

황상식은 바로 그 종합병원 지하 장례식장에 누워 있었다.

사람들은 점심시간 내내 그 이야기뿐이었다. 빈소가 멀지도 않았고, 황상식의 평판도 좋았으므로 사람들은 점심시간부터 혹은 오늘 퇴근하자마자 황상식의 조문을 간다고들 나섰다.

"어떡해. 그 젊고 유능한 사람이."

"췌장암이라는 게 원래 그렇다네. 발견하기는 어렵고, 이미 발견했으면 늦었고."

"그게 그렇게 치료하기 힘들대. 누구라더라, 그 스티브 잡스도 췌장암으로 갔다던데."

"허어……."

구내 카페에서 50대 팀장들, 부서장들은 구석의 큰 테이블을 차지하고 앉아, 자기들보다 젊었던 황상식의 이른 죽음을 안타까워하는 한편 너나없이 건강 이야기를 하기 시작했다. 고혈압, 당뇨병, 암에 대해서, '누가 걸렸다더라', '누가 뭘 먹었더니 좋아졌다더라' 하는 이야기들을 한참 동안 늘어놓다가 누군가가 말했다.

"황상식도 그렇고, 나혜경도 다 우리 식구인데. 오늘 다들 거기서 12시까지 앉아 있다 오자고."

"하긴, 젊어서 죽었으니 악상(惡喪)도 이런 악상이 없지. 애도 이제 겨우 중학생인가?"

"중학교 2학년."

"발인할 때 여기 들렀다 가라고 해야 하는 거 아니야? 그렇게 일 좋아하던 사람이, 이제 막 책임 있는 일을 좀 해보려다가 죽었는데."

"그거야 가족들이 결정할 일이지."

"우린 그냥, 밤샘은 못 해주더라도 자정까진 앉아 있어줘야지. 안 그래?"

좋겠네, 그런 범죄자인데도 다들 좋은 사람인 줄 알아줘서.

수연이 그 일을 당한 지도 벌써 10년이나 지났다. 순환보직으로 네 번을 옮겨 다니다 보니, 수연도 중간에 도서관에서 근무한 적이 있었다. 수연은 그때 황상식의 아내인 나혜경 주무관의 바로 옆 사무실에서 일했다. 황상식에게 당한 일이 있으니 선뜻

친해지긴 어려웠지만, 그래도 상냥하고 좋은 사람이라는 것만
은 곧 알 수 있었다.

　사람들은 나 주무관의 남편이 그 황상식이라고, 남편과 사이
가 그렇게 좋다고 이야기했다. 그런 이야기를 들을 때마다 수연
은 나 주무관의 사랑스럽고 선량하며 가정적인 남편이 그 강간
범과 같은 사람이라는 것을 쉽게 연결 지을 수가 없어 괴로웠
다. 대체 왜, 대체 어째서.

　몇 번이나 생각했다. 많이 늦었지만 지금이라도 말해줘야 하
나? 완벽하고 다정한 그 남편이라는 작자가, 사실은 강간범이라
고? 신입 사원에게 반년 동안 엄격한 사수 노릇을 하며 그루밍
하다가, 수상쩍은 약물을 먹여 기절시킨 뒤 강간했다고? 어쩌
면 불법 촬영물도 찍었을지 모른다고? 아니, 말을 하려면 처음
에 그 말을 했어야 했다. 그 일이 일어나자마자 말했어야만 했
다. 경찰에 신고하고 병원에 갔어야 했다. 해바라기센터에서 증
거를 남겼어야 했다. 이렇게 두고두고 괴로워하며, 그 누구에게
도 털어놓지 못하는 것이 아니라.

　처음에, 그 일을 당하자마자 달려갔어야 했을 해바라기센터
를 지나 혼자서 병원 장례식장으로 향했다.

　그는, 그 남자는, 그 쌍놈의 새끼는, 씨발놈은, 이제 저 병원
지하에서 뻣뻣해져 있을 것이다. 한때 주제도 모르는 성기를 뻣
뻣하게 세우고, 약을 먹여 몸을 못 가누게 만든 수연에게 짐승

처럼 덤벼들었듯이. 몸을 가누지도 못하고, 더는 교활하게 웃지도 못하고, 아무 말도 하지 못한 채 그저 굳어버릴 것이다. 썩어버릴 것이다. 아니, 썩기 전에, 그의 가족들이 장례 의식의 마지막 순서로 그를 태워버릴 것이다. 비록 그의 가족들은 눈물로 그를 돌려보내겠지만, 적어도 수연은 그렇게 믿을 것이다. 죄를 지은 그의 몸뚱이를, 살점 하나 남기지 않고 소각해버렸을 것이라고.

"좆같은 새끼, 잘 뒈졌다."

말끔한 옷차림에 완벽한 화장이 어울리지 않는 거친 말투로, 수연은 중얼거렸다. 훌륭한 남편이자 완벽한 아빠라고? 어린 딸도 있는데, 밖에서는 젊은 신입을 강간하는 성범죄자가 어디가 훌륭하고 완벽해서? 진작에 신고했어야 했다. 이왕이면 수갑에 묶여서 경찰에 질질 끌려가고, 전자발찌 차는 꼴을 봤어야 했다. 이렇게 모든 사람에게 좋은 사람으로 기억되게 놓아둘 게 아니라.

사실은 신고해야만 했다. 그게 옳다는 것을 알고 있었다. 하지만 무서웠다. 사람들의 입에 오르내리는 것이 두려웠다. 피해를 입은 것은 자신인데, 모두가 가족이나 이웃사촌처럼 서로서로 잘 아는 이 공동체 안에서 부당한 오명을 쓰게 될 것 같아서 불안했다. 힘들게 얻은 직장인데 그야말로 목구멍이 포도청이라, 눈앞에 범인을 두고도 멀리 도망칠 수조차 없었다. 복도에서 마주쳐도 여상히 지나갈 수밖에 없었다. 아니, 그조차도 쉽지 않아 먼저 눈길을 피해야 했던 것은 언제나 이쪽이었다. 가방 속에 넣은 부의 봉투를 구겨 쥐었다. 그 새끼가 암으로 한껏 고통스러워하다가 죽은 건 경사스러웠지만, 나 주무관과 그 아이에게는 뭐라도 조금이라도 보태주고 싶다는 생각에 두툼하게 채워 넣은 봉투였다.

잘된 거지. 잘 죽었지. 설마 그런 짓을 단 한 번만, 나에게만 했던 것도 아닐 텐데. 인생 그따위로 살다가 언제고 전자발찌 찼을 텐데. 차라리 지금 죽어서 더 이상 피해자가 늘어나지 않는 게 다행이었다. 수연은 속으로 생각하다가 문득, 횡단보도 앞에서 걸음을 멈추었다.

그렇다고는 해도, 지금은 장례식장에 바로 들어갈 수 없었다. 영정에 담긴 그 낯짝을 보면, 속이 다 시원하다고 웃음을 터뜨리고 말 것 같아서.

병원을 코앞에 두고 몇 번이나 머뭇거리며 한숨을 쉬다가, 수연은 조용히 골목 안으로 들어갔다. 문득 입구 쪽 전면 유리 하단에 수많은 메뉴 이름이 다닥다닥 붙어 있는 김밥천국 앞에서 발을 멈추었다. 수많은 음식 이름 사이에서 '육개장', 그 세 글자가 눈에 들어왔다.

서너 시간을 푹 삶아 흐물흐물해진 양지 살을 결대로 족족 찢어놓고, 쇠기름을 넣고 고기와 고사리, 다진 마늘과 대파, 고

춧가루와 국간장을 넣어 볶다가, 육수와 고추기름을 넣어 매콤하게 끓여낸 육개장. 술 마신 다음 날 먹으면 해장국이고, 여름에 먹으면 보양식이지만, 그보다 더 육개장을 흔하게 만나볼 수 있는 곳은 장례식장이었다. 이틀 내내 계속 두고 끓여도 상하지 않고, 질긴 고기를 넣어도 푹 끓이다 보면 오히려 깊은 맛이 우러나 좋고, 고춧가루와 고추기름의 칼칼한 맛이 문상객들의 안주로도 제격이다. 무엇보다도 '상문살(喪門煞)'이라고, 아직도 어르신들 중에는 남의 장례식에 조문을 갔다가 잡귀가 붙어와 고생을 하더라는 이야기를 하시는 분들도 있는데, 잡귀를 쫓는 육개장의 붉은색이 그런 염려를 덜어준 것도 있었을 거다. 하지만 그것뿐일까. 수연은 문득 황상식의 장례식 육개장을 생각했다. 함께해서 더러웠고 다시는 만나지 말아야 마땅할 저 인연처럼, 결대로 찢어진 질긴 고기와 토란대, 숙주, 고사리 같은 섬유질이 질긴 채소들이 푹 물러 어우러져 오래오래 끓여졌을, 고추의 매운맛과 파의 칼칼한 맛이 더해졌을 그 맛을. 그런 것들을 질경질경 씹어 넘기다 보면, 어쩌면 후련한 웃음을 지을지도, 어쩌면 그때 못 흘린 눈물을 흘릴지도 모른다. 어느 쪽이라도, 부인 있는 남자의 빈소에서 보일 수 있는 표정은 아니었다.

그렇다면 지금 여기서, 웃음도 눈물도 미리 쏟아버리자. 그 새끼의 장례식장에 가기 전에, 지금 여기서 육개장 한 사발에 밥을 말아, 혼자 꼭꼭 씹어 먹으면서. 수연은 김밥천국의 메뉴판을 들여다보며 마음속으로 중얼거리다, 문을 열고 들어갔다.

김밥천국에서도 육개장을 파는 줄, 수연은 그날 처음 알았다.

*   기본소득당 홈페이지, 〈[보도자료] 용혜인, "지난 5년 동안 과로사
    2500명 넘어 2021년 565명, 2020년 497명 비해 13.7% 증가"〉, 2022.
    07. 18.
    (https://www.basicincomeparty.kr/news/briefing?mod=document&pageid=1&
    keyword=%EA%B3%BC%EB%A1%9C%EC%82%AC+2500%EB%AA%85
    &uid=1623)

** 기본소득당 홈페이지, 〈[보도자료] 2021년 공무원 순직 중 자살이
    16.1% 지난 5년간, 공무원 과로사 113명 발생〉, 2022. 03. 24.
    (https://yonghyein.kr/press/?bmode=view&idx=11027185)

콩
국
수

오후 5시 10분, 전화벨이 울렸다. 팀원이 전화를 받더니 바로 파티션 위로 머리를 내밀었다.

"팀장님, 오늘 회의가 또 연기되었답니다."

희우는 손으로 책상을 짚으며 자리에서 일어났다. 머리가 지끈거렸다.

"언제로?"

"저녁 6시 반이라는데요."

듣자마자 욕이 나올 뻔했다. 초조한 마음에 목이 타기도 해서, 희우는 텀블러에 남은 물을 털어 마셨다. 튀어나오려는 욕설까지 꾹꾹 눌러 삼키듯이.

원래 오늘 회의는 아침 9시로 잡혀 있었다. 그 회의를 준비하기 위해 일찍 나오느라, 쿨쿨 자고 있는 아이를 눈곱도 떼지 못

한 채로 옷만 겨우 갈아입혀서 데리고 나왔다. 사무실에 먼저 들어와서 전날 밤에 넘어온 문서들을 확인하고, 7시 반에 직장 어린이집 문이 열리자마자 아이를 데려다 맡겨놓고 다시 사무실로 뛰어 올라왔다. 그랬더니 회의가 오후 2시로 연기되었다는 거다. 오후 2시는 4시로, 이제 퇴근 시간도 지난 다음인 6시 반으로 미뤄졌다. 이쯤 되면 여기서 더 미뤄지지 않기나 바라야 할 노릇이다.

공식적인 퇴근 시간은 저녁 6시다. 7시 정도까지 아이들을 돌봐준다는 집 근처의 사설 어린이집에 아이를 보낸다면, 6시에 퇴근하자마자 발바닥에 불이 나도록 달려가도 시간이 모자라지만, 사실은 퇴근 시간이 되자마자 사무실에서 일어날 수 있는 날도 드물다. 오늘만 해도, 공식적인 퇴근 시간이 지나서까지 회의가 미뤄졌을 정도니까. 다행히 시청에는 직장 어린이집이 있고, 저녁 7시 반까지는 아이를 맡아준다. 하지만 희우는 늘, 직장 어린이집마저 문 닫기 직전에 아슬아슬하게 달려가는 엄마였고, 종종 아이를 데리고 다시 사무실로 돌아와 일을 해야만 했다.

그나마 다른 일이라면 아이를 데려다 사무실 구석에 앉혀놓고 일을 마무리하거나, 일거리를 들고 퇴근하는 방법도 있다. 하지만 회의는 달리 방법이 없다. 한 시간 안에 끝난다면 어떻게든 어린이집이 문을 닫기 전에 아이를 데리러 갈 수 있겠지만,

이런 식으로 제멋대로 늦춰진 회의가 제시간에 끝날 가능성은 지극히 낮았다.

"……이럴 거라면 일과 가정을 양립하자는 소리나 하지 말 것이지."

희우는 셔츠의 단추를 하나 풀고 옷깃을 늦추며 한숨을 쉬다가, 자세를 바로 하고 어린이집에 전화를 걸었다.

"예, 죄송합니다. 회의가 잡혀서요. 예…… 끝나는 대로 바로 데리러 가겠습니다. 정말 죄송합니다."

몇 번이나 전화기를 향해 죄송하다고, 정말로 죄송하다고 머리를 조아렸다. 지금의 희우에게 있어 제일 어려운 사람은 어린이집 선생님이었다. 과장이나 국장, 기관장보다도. 그럴 일이야 없겠지만 만약 대통령이 갑자기 희우에게 전화를 걸어오더라도, 어린이집 선생님과 통화 중이라면 감히 이쪽 전화를 끊고 대통령의 전화를 받진 못할 것이다. 그렇지 않아도 자신이 어린이집 선생님을 늘 야근하게 하는 사람, 시청과 한 울타리 안에 있는 직장 어린이집인데도 제일 늦게 아이를 데려가는 사람이라는 것을 잘 알고 있으니까. 그렇게 몇 번을 굽실거리며 전화를 끊는데, 파티션 너머에서 뭔가 부스럭거리는 듯한 소리가 들렸다.

"……왜?"

파티션 너머로 고개를 빼꼼 내민 것은 올해 초에 결혼한 직원과, 얼마 전 청첩장을 돌린 신입이었다.

"뭐, 할 말 있어?"

"아뇨, 그게……."

올해 결혼한 직원이 뭔가 말을 하려다가 입을 다물었다. 별일이다 싶어서 잠시 쳐다보다가 희우는 모니터 쪽으로 시선을 돌리며 중얼거렸다.

"하고 싶은 말 있으면 하지 그래, 왜. 실없이."

"힘드신 것 같은데 남편분은 왜 안 도와주시나 해서요."

신입이 해맑은 목소리로 말했다. 희우는 천천히 고개를 돌려 두 사람을 바라보았다. 망했다, 하는 표정의 제 사수를 등 뒤에 두고 신입은 눈을 동그랗게 뜬 채 고개를 갸웃거리고 있었다.

"팀장님 맨날 어린이집에 전화하고 아기 키우느라 힘들어하시잖아요. 이제 남녀평등 시대라는데. 이런 날은 남편분이 데리러 가셔도 되지 않아요? 어디 먼 데서 근무하세요? 아니면 할머니도 계시지 않아요?"

"입바른 소리 하니까 좋냐?"

희우가 천천히 몸을 일으키며 신입을 노려보았다. 신입은 그제야 뭔가 잘못되었다고 생각했는지 어깨를 움츠렸다.

"난 별론데, 내 가족관계 대충 넘겨짚는 것도, 애 키우다 보면 별일이 다 일어나는데 고작 어린이집 갖고 신기해하는 것도."

"죄송합니다."

"성평등을 대충 아는 건, 그래. 연애도 하고 있고 결혼도 할 거니까 그만하면 잘하고 있겠지. 근데 너, 아이가 한 명 있으면 당연히 그 애한테는 엄마도 있고, 아빠도 있고, 양쪽 집안에 할머니 할아버지 풀세트로 갖춰져 있는 줄 알지?"

희우가 혀를 쯧 하고 찼다. 신입은 희우의 말투가 날카로워지자, 그제야 자기가 크게 잘못한 줄 알았는지 기어들어가는 목소리로 대답했다.

"그, 그런 거 아니고요. 저도 결혼하면 아이도 낳고 그럴 거니까……."

"청첩장에 토너도 마르기 전에 가족계획부터 하고, 준비성 있어서 좋네."

"결혼까지 할 것 같으면 그래도 하나는 낳아야죠."

"네 와이프 될 사람도 같은 생각이고?"

"아이 생각 아마 있겠죠? 결혼도 하는데."

신입은 대답하다가 뭐가 그리 좋은지 물색없이 웃었다. 결혼을 앞둔 새신랑이라 그런지, 뭘 생각해도 다 행복한 미래만 그려지는 모양이었다. 희우는 신입의 책상을 물끄러미 바라보았다. 업무용 바탕화면에는 연인과 함께 찍은 사진을 띄워놓았고, 책상 위에는 '여자친구와 같이 여행 갔다가 산 것'이라며 캐릭터 인형 같은 것을 아기자기하게 올려놓았다.

고작 반년 보았을 뿐이지만 매사에 열심인 친구였다. 사무실에서는 착실하고 싹싹한 청년이고, 결혼을 앞두고 몸만들기를 한다며 성실하게 운동을 하러 다니고, 주말에는 신경 써서 데이트를 했다. 사랑을 하는 것도, 가족을 이루는 것도 모두 노력이 필요하다는 듯이.

"잘됐네, 와이프도 일하니까 애는 여기 직장 어린이집에 보내면 되겠다."

하지만 그런 노력 끝에 저 친구가 기대하는 건 뭘까. 사랑하는 사람과 결혼을 해서, 아이는 둘쯤 낳고, 주말에는 아내가 만든 도시락 같은 것을 들고 온 가족이 어딘가에 놀러 가거나 하는 모습일까.

"예?"

"출근할 때 데려와서 어린이집에 맡겼다가 퇴근할 때 찾아가기만 하면 되는걸, 뭐."

그런 것도 나쁘진 않다. 자신이 성장한 가정이 어떻든, 지금의 현실이 어떻든, 화목하고 단란하며 모두가 부러워할 만한 가정을 이루며 살겠다는 꿈 자체가 문제는 아니다. 희우는 자신이 이혼했다고 해서 타인이 행복한 결혼을 꿈꾸는 것까지 못마땅해하는 사람은 아니었다. 하지만 때때로 희우는 젊은 남자들이 행복한 결혼이나 정다운 가정을 생각하면서도, 자신과 함께 살아가고 아이를 낳을 여자의 삶에 대해서는 고민 없이 지내는 게 눈에 걸리곤 했다. 결혼을 하면 당연히 내 아이도 낳아줄 것이라는 식으로.

"하지만…… 팀장님, 그렇게 갓난아기를 어떻게 어린이집에 맡겨요."

"야, 누가 태어나자마자 어린이집을 보내. 어린이집도 아주 갓난아기는 못 맡겨. 그래도 6개월은 지나서, 모유든 분유든 어느 정도 떼고 맘마 먹기 시작할 때 보내는 거지. 뭐가 걱정이야. 회사에 괜찮은 어린이집이 딱 있는데, 남들은 회사에 어린이집이 없어서 안달인데. 안 그래?"

희우는 웃었다. 신입은 뭐라고 대답해야 좋을지 몰라 쩔쩔매다가 먼저 결혼한 제 선배를 쳐다보았다. 팀장님한테 무슨 말이라도 좀 해달라는 듯한 얼굴이었다. 희우의 표정이 점차 싸늘해졌다.

"남들은 어린이집에 아이 맡겨놓고, 퇴근하고 뛰어가면 빨라야 7시인데 맨날 어린이집 문 닫을 시각에 온다고 싫은 소리 듣고 살아. 직장에 어린이집이 있어서 퇴근하자마자 아이 픽업하고, 어떻게든 일을 계속할 수 있다면 다행인 거지. 회의 때문에 퇴근이 늦어질 것 같다고 어린이집 선생님께 굽실거리는 거? 그런 건 애 키우면서 생기는 온갖 일들에 비하면 뭐, 스트레스거리도 아니야."

"죄송합니다."

"생각 잘해라. 너 그러다가 와이프한테 쫓겨난다. 우리 애 아빠처럼."

주변 분위기가 싸늘하게 가라앉았다. 고참인 팀원이 신입을 끌고 나가며 속삭였다.

"팀장님 이혼하셨어. 지금 혼자서 애기 키우시는 거 몰랐어?"

파티션 너머 왼쪽의 최 팀장과 오른쪽의 설 팀장이 차마 뭐라고 말도 못 붙인 채 이쪽을 흘끔거리는 것이 느껴졌다. 보든가 말든가, 마음대로 하라지. 희우는 다시 의자에 몸을 파묻듯이 앉으며 모니터에 오늘 회의 자료를 띄웠다.

*

"세상이 많이 좋아졌어."

희우가 지금보다 한참 젊었을 때에도 당시의 어른들은 여자애들에게 치여 사는 요새 젊은 남자애들이 불쌍하다고 말하곤 했다.

"옛날에는 남자가 대학 가면 저 좋다는 여자들이 줄을 섰는데. 이제는 남자들이 여자한테 잡혀 사는 세상이라니까."

호랑이띠, 용띠, 말띠 해에 태어난 여자들은 드세다며 태어나기도 전에 낙태를 해놓고는, 그해에 태어난 남자아이들이 학교에 갔더니 여자 짝꿍이 모자라서 울고 있다며 불쌍하다고 했다. 여자애들이 죽도록 공부해서 대학 캠퍼스의 3분의 1 정도

를 차지하게 되자, 공부로 여자에게 밀려서 좋은 대학에 못 가
는 남자애들을 불쌍하다고 했다. 여자의 비위를 맞춰서 결혼해
야 하는 세상이 되었다는 말도 했다. 아침 드라마의 시어머니들
은 결혼을 하더니 퇴근 후에 집에서 설거지나 청소를 하고 있
는 아들의 모습에 눈물지었다.

물론 드라마 속 세상은 현실보다 과장되어 있었다. 내 귀한
아들이 화장실 청소를 한다고 눈물을 흘리는 시어머니들은 우
스꽝스럽고 부정적인 인물로 묘사되어 있었다. 트렌디 드라마에
서는 전문적인 일에 종사하는 여성들이 일로 세계를 누비면서,
고리타분한 부모님이나 억압적인 남자 대신 자신을 존중하는
멋진 남자와 사랑에 빠지곤 했다. 그 안의 여성들은 멋지게 성
공하고, 예전의 사고방식을 가진 사람들은 웃음거리가 되거나
사랑에 실패했다.

드라마들이 그런 환상을 보여주고 있을 때, 현실의 어머니들
은 딸에게는 "너는 공부를 하고 출세를 해서 나처럼 살지 말라"
라고 말하면서도, 아들이 또래 여자애들에게 밀리는 모습을 보
면 답답해서 가슴을 치곤 했다. 쓰레기 분리수거라는 전에 없
던 새로운 집안일이 생기면서 그 일은 종종 아버지들의 일이 되
었는데, 평생 집안일을 거들어본 적 없는 아버지들은 고작 다른
가족들이 분리해놓은 쓰레기를 내다 버리는, 그 한 가지 일을
맡아 하면서도 요즘은 남자들이 집안일 다 하는 세상이라고 말

하곤 했다. 세상이 달라졌다고 말을 하면 아버지는 별꼴을 다 보겠다는 듯 말했다.

"워메, 그런 거시기한 건 서울 놈들이나 그러는 거지."

그런 말을 들을 때마다 희우는 생각했다. 어머니는 '나처럼 살지 말라'고 말했지만, 여기에 더해서 '아버지 같은 남자와 결혼하지 않겠다'고.

물론 누나와 여동생이 공장 가서 벌어 온 돈으로 고등학교에 가고 대학에 가는 걸 당연한 줄 알던 시대의 남자들과, 누나도 여동생도 공부하는 모습을 보며 자란 남자들이 다르기는 달랐을 것이다. 어머니나 누이가 불쌍하다고 눈물은 지으면서도 그 희생은 당연하게 받아먹던 시대의 남자들과, 대학에서 '여성학'을 듣는 것이 지성인의 상징처럼 여겨졌던 시대에 대학에 다닌 남자들이 다르긴 했을 것이다. 하지만 과거에 밖에서는 민주주의와 노동 해방을 외치던 남성 지식인들도 집에 가면 아내에게 밥을 시켰듯이, 시대가 변하고 새로운 세기가 시작되고 버튼 하나만 누르면 컴퓨터의 소프트웨어들이 업데이트가 되는 시대가 되어도, 남자들의 관념까지 하루아침에 새 시대에 맞게 업데이트가 되는 것은 아니었다. 희우가 만났던 남자들도 그랬다. 희우가 혼자 서울에 와서 살고 있다는 것을 알면 쉽게 여겨 추근거렸고, 조금만 잘해주면 자신이 희우의 집에 눌러앉아 희우가 해주는 밥을 얻어먹으며 살 수 있을 거라고 쉽게 기대했다. 그런 놈들을 걸러내고 상냥하고 괜찮은 남자들을 골라서 만났지만, 이들도 사귀기 시작하면 으레 소유욕을 드러냈다. 그런 것이 로맨스라고 착각했다. 그리고 좀 오래 사귀었다 싶으면 결혼 이야기를 하면서 살림을 합치자고 권하거나, 희우가 자기 집에 자주 와서 설거지나 빨래 같은 자잘한 일들을 처리해주기를 넌지시 바라곤 했다. 그런 것이 마치 좋은 아내가 되기 위한 조건이라도 되는 것처럼. 희우가 그런 점을 지적하며 작별을 고하면, 그들은 하나같이 "너와 결혼까지 생각했다"며 짐승처럼 울부짖었다. 그건 사랑해서가 아니라, 자기 몫으로 할당받았다고 생각한 것이 제 의지를 갖고 자신을 거부하는 게 억울해서 우는 것이었다.

전남편은 그런 남자들과는 조금 달라 보였다. 처음에는 희우라는 이름이 두보의 시에서 따온 것이 아니냐며 다정하게 다가왔고, 희우를 구속하거나 소유욕을 보이거나 일방적으로 결혼까지 생각하는 대신, 일 잘하고 동기들 중에서도 먼저 승진하는 희우의 유능함을 칭찬했다. 술 마시다가 언뜻 들은, 고향에서 그의 어머니가 유치원 선생님으로 평생 일하셨다는 점도 마음에 들었다. 적어도 이 남자는 일하는 여자에게 걸림돌이 될 만한 그런 남자는 아닐 거라고 생각했을 무렵, 희우는 임신을 했다. 서둘러 결혼을 했다. 한동안은 모든 것이 나쁘지 않았다. 하지만 결혼한 지 6개월 만에 아이를 낳고, 출산휴가로 3개월을 쉬고 다시 인사 시즌 전까지 아이를 돌볼 수 있도록 6개월간의 육아휴직을 신청했을 때, 그는 억울하다는 듯 말했다.

"나 혼자만 가장 노릇하는 게 얼마나 힘든지 알아?"

어처구니가 없었다. 사람이 할 일이 없어서 노는 것도 아니고, 아이를 키우기 위해 육아휴직을 쓴다는데 저런 말을 할 줄은 몰랐다.

"가장 노릇이라니, 당신이 언제 가장 노릇씩이나 했다고 그래."

"결혼하고 얼마나 되었다고, 애 낳는다고 3개월이나 집에 있었잖아. 이젠 그것도 모자라서, 육아휴직까지 거의 1년을 돈도 안 벌어오고 집에서 놀겠다고?"

출산휴가와 육아휴직 합쳐서 9개월을 거의 1년이라고 주장하는 것은 둘째 치고, 아이를 키우는 일을 두고 '논다'니. 그 순간 희우는 남편을 죽이고 싶었다. 대학 졸업한 이후로 평생 밖에서 일하던 희우였다. 하루 종일 집에서, 대화가 통하는 것도 아닌 갓난아기랑 단둘이 있는 것도 고역이었지만, 그래도 출근하는 사람을 배려한답시고 밤중 수유도, 기저귀를 가는 것도 어지간해선 남편에게 부탁하지 않고 혼자 해왔다. 그랬더니 이제 저런 소리를 한다. 집에서 놀고 있다고.

"집에서 놀면서 말이야, 주말에도 사람이 좀 쉬려고 하는데 자꾸 애 똥 기저귀나 갈라고 시키고. 나 정말 당신 이런 여자인 줄 몰랐어. 넌 지금 너 애 낳았다고 내가 혼자 나가서 돈 벌어오는데, 나한테 미안하지도 않아?"

"요즘 백일도 안 된 애를 어디다 맡겨. 못해도 6개월은 되어야 어린이집에서도 받아주지. 내가 육아휴직 하는 게 정 싫으면, 내가 나가서 일할 테니 네가 집에서 민서 키우든가."

남편은 말도 안 되는 소리 하지 말라며 억울해했다. 애를 키운다고 회사를 그만두라니, 자기 인생을 망치려고 작정한 게 아니냐고도 했다. 그러면서도 어떻게 같은 입으로 그런 말을 하는지, 공무원들은 육아휴직 기간에도 수당이 잘 나온다던데 휴직 중에도 생활비의 절반은 희우가 내야 하는 게 아니냐고도 했다. 결혼할 때도 공평하게 반반씩 하자더니, 결국 이 집 보증금의 7할 정도는 희우가 냈다. 그런데 이제는 제 성 물려받은 아이를 낳아서 키우는 사람보고 저런 소리다. 희우는 더 듣기가 싫어졌다. 출산휴가며 육아휴직을 쓴다고 사람을 거지 취급하는 꼴을 보니, 나중에 아프고 병에 걸리기라도 했다간 아주 지게에 짊어지고 뒷산에 내다 버릴 인간이었다. 저런 남자와 평생을 사느니, 혼자서 사는 게 나았다.

"됐고, 이혼하자."

"뭐라고?"

"제 자식 키우는 일을 두고 헛소리하는 남자는 아빠 자격도 없어."

이래 봬도 십수 년을 공무원으로 일해왔다. 절차 같은 건 따로 찾아볼 필요조차 없었다. 법원 전자민원센터에서 협의이혼

의사확인신청서를 출력해다가 바로 도장을 찍어 내밀자 남편은
울었다. 다시는 안 그러겠다고 싹싹 빌었다. 오만 정이 다 떨어졌
지만, 태어난 아이에게 아빠를 빼앗는 건 너무 잔인한 일이라는
남편의 말이 발목을 잡았다. 한 번만 더 이따위로 굴면 두 번은
못 참는다고 말했다. 예정대로 휴직을 하고, 인사 시즌에 맞춰
복직을 하고, 아이를 직장 어린이집에 넣었다. 아침에 눈을 떠서
부터 퇴근할 때까지, 희우는 직장의 책상 앞에 앉아 있었지만
여전히 아이와 묶여 있었다. 그리고 마침내 아이를 유치원에 보
낼 때가 되었을 때, 희우는 남편과 마주앉았다.

"3년 동안 직장 어린이집에 데리고 다녔어. 마침 집 근처에 괜
찮은 유치원도 있고, 당신이 나보다 좀 여유 있게 출근하는 편
이니까 유치원은 당신이 데리고 다녀."

"등원만 시키는 거라면, 뭐. 하원은 당신이 시킬 거지?"

"무슨 소리 하는 거야. 나 팀장이고, 우리 팀 맨날 퇴근 늦는
거 뻔히 알잖아. 하원까지 당신이 시켜야지."

남편은 또다시 따지고 들었다. 그러면 야근도 하지 말고, 회식
도 하지 말라는 소리냐. 남자가 이런저런 사회생활도 있는데, 그
런 걸 다 포기하라는 말이냐면서. 어차피 학교 가기 전까지 어
린이집에 보내도 된다면서, 그냥 직장 어린이집에 계속 보내라
고 우겨댔다. 어느 정도 예상했던 반응이었다. 희우가 집 안의
각종 서류를 보관해놓은 서랍에서 예전의 그 협의이혼의사확

인신청서를 꺼내 내밀자, 남편은 또다시 울었다. 무슨 애 엄마가 비정하기 이루 말할 수 없다, 옛말에 토끼 사냥이 끝났으면 사냥개를 잡아먹는다고 했는데, 힘든 시기 다 지났으니 이제 남편 같은 것은 필요 없다는 거냐며 울더니, 희우가 눈 하나 깜짝 안 하자 이번에는 주먹을 휘두르며 때리려 했다. 앉아서 맞을 수는 없어서 동영상을 찍겠다고 휴대폰을 들어 올렸더니 정말 이렇게 독한 여자인 줄 몰랐다면서 훌쩍거렸다.

폭력을 휘두르려는 남자와는 살 수 없었다. 남편을 내쫓고, 남편의 짐은 캐리어 두 개에 싸서 오토바이 퀵을 불러 시가로 보냈다. 집 비밀번호도 바꾸었다. 그러자 남편은 혼자 죽을 수 없다며 작정을 하고 희우의 직장으로 쳐들어왔다. 시청에 쳐들어와 희우의 이름을 불러대고, 직장 어린이집에 찾아가 송희우 팀장 남편이라면서 아이를 데려가려고 시도했다. 자기는 절대 이혼 같은 것은 하지 않겠다며 주차장에 드러눕기도 했다. 경찰을 몇 번인가 불렀고, 법원에 갔다. 희우가 아이를 낳고 육아휴직을 했을 때에는 생활비의 반을 내놓으라며 생떼를 썼던 남편은, 이혼은 할 수 없으며 이혼을 한다고 해도 아이의 양육비는 줄 수 없다고 버텼다. 자기는 말도 안 되는 이유로 일방적으로 이혼당하는 피해자라며 오히려 위자료를 요구했다. 희우의 가계부와 메모, 통장 내역, 블로그에 비밀글로 써놓았던 일기들이 법원에 제출되었다. 마침내 이혼을 하게 되자, 남편은 희우를 보며 손가락질을 했다. 저렇게 독한 여자인 줄 몰랐다면서, 이혼하려고 증거만 모으고 있었던 거라고, 사기 결혼이라고, 심지어는 밖에 나가 일한답시고 밥도 제대로 못해서 늘 맛이 없었다면서. 희우는 실소했다. 사랑한답시고 결혼을 하면서 자기 성 물려받은 자식도 낳고 돈까지 벌어와서 자기를 먹여 살려줄 성능 좋은 가전제품을 기대했던 주제에, 저 새끼는 뚫린 입이라고 말이 너무 많았다.

*

"오늘 정신 하나도 없었죠?"

회의 끝나고 나오는데 옆 팀의 최 팀장이 말을 걸었다. 희우가 고개를 끄덕였다. 마음이 다급해 말도 제대로 안 나오는 것을 겨우 다잡아, 바닥까지 남은 인내심을 벅벅 긁어모으듯이 대꾸했다.

"없었죠…… 시간이 이게 몇 시예요. 저 인간들은 집에 기다리는 사람도 없나."

"차 키 갖고 왔어요?"

"예?"

"여기서 사무실까지 갔다가 어린이집 가면 애가 너무 기다리잖아요. 차 키랑 휴대폰 갖고 왔으면 얼른 애기 데리고 집에 가요. 난 어차피 사무실 가야 하니까, 송 팀장님 업무 수첩이랑 파일도 내가 갖다 놓으면 되고.”

희우는 머뭇거렸다. 사실은 웬만하면 회사에서 아이 키우는 문제로 남에게 신세 지지 않으려 했다. 출산휴가와 육아휴직을 쓰고 복직한 이래, 5년이 넘게 직장 어린이집에 아이를 맡겨놓은 채 죽도록 일했다. 잠든 아이를 아기띠로 안고서라도 사무실에 돌아와 일하고, 아침에 회의가 있으면 어린이집이 열기도 전에 아이를 데리고 출근을 했다. 남들은 어린이집에는 3년 정도 보내고, 다시 유치원에 3년 동안 보낸 뒤 학교에 보낸다고 들었다. 희우는 이혼을 하면서 아이를 유치원에 등원시키고 출근할 방법이 없어 직장 어린이집에 계속 아이를 맡기고 있는 상황이었지만, 그런 문제로 고민하고 있으면 남들에게 약점을 잡힐 거라고 생각했다. 세상이 아무리 변했다, 변했다고 해도 사람들의 생각까지 변하는 것은 아니었다. 공무원 세계는 여전히 보수적이었고, 남자들은 여전히 이혼한 여자를 우습게 보기 일쑤였다.

“하지만……”

“저도 우리 애들 어릴 때 정말 정신없었어요. 지금이 제일 손이 많이 갈 때잖아요.”

최은희 팀장은 자기 이야기는 잘 하지 않는 사람이었지만, 그래도 대충 알고 있는 것이 두 가지는 있다. 원래는 다큐멘터리를 만들고 싶었다는 것, 그리고 희우와 나이는 비슷하지만 일찍 결혼한 편이라서 지금 아이가 중학교에 다닌다는 것.

"초등학교 1학년 1학기가 제일 힘든데, 1학년 1학기 때 어떻게 방과후 세팅 잘 하고 학교 앞 태권도장 평판 좋은 데 맡겨놓으면 괜찮아요. 관장님이 차량으로 집 앞까지 데려다주실 거고, 2학년쯤 되면 혼자서 집 찾아오고, 친구들이랑 편의점 가서 간식 먹고 떡볶이도 먹으러 다니고."

"그런가요……."

"내년에 학교 가죠? 올해랑 내년이랑, 진짜 딱 2년만 더 고생하면 되겠다. 파일 이리 주세요. 내가 사무실에 갖다 놓고 일 좀더 하다 나올 테니까."

희우는 고개를 끄덕였다. 시간만 보면 이제 밤 8시, 밤늦게까지 불이 켜진 시청에서는 그렇게 늦은 퇴근이라고 부르기도 민망한 시각이었지만, 아이를 키우는 사람은 마음이 급하다. 타인이 먼저 손 내밀고 도와주는 일이 너무나 드물어 어색했지만, 희우는 어쩔 줄 몰라 당황하는 표정을 감추려는 듯 깊이 머리를 숙여 인사했다. 사무실에 가져다 놓아야 하는 파일을 부탁하고, 그대로 어린이집을 향해 달렸다. 시 의회와 테니스 코트를 지나 자리한 어린이집은 혼자 남아 있는 아이 한 명을 위해 이 시각까지 불을 밝히고 있었다.

"죄송합니다."

언제나처럼 죄송하다고 몇 번이나 머리를 숙였다. 처음에는 희우가 늦는다고 잔소리를 하던 원장 선생님은, 이제는 반쯤 해탈한 듯한 표정으로 아이를 데리고 나왔다. 아이의 손에 들린 그림책을 떼어놓고, 겉옷을 입히고 데리고 나왔다. 바깥 공기는 아직 싸늘했다.

"오늘 어린이집 재미있었어?"

"응, 오늘 베트남 선생님 오시는 날이었어. 베트남 모자도 만들었다?"

"그랬구나. 아, 지금 꺼내지 마. 집에 가서 볼게."

"베트남 선생님이, 베트남에서는 '씬짜오!' 하고 인사한대."

"엄마도 베트남어 할 줄 모르는데, 우리 민서 훌륭하네."

"엄마."

"응."

"나 엄마 오래 기다렸는데."

"……."

"되게 되게 많이 보고 싶었는데."

"……응."

희우는 고개를 끄덕였다. 주차장에 다 왔는데, 아이의 배에서 꼬르륵 소리가 났다. 6시에 간식을 먹었을 테니, 슬슬 배가 고플 시각이었다.

"저녁 먹고 갈까?"

"엄마, 나 국수 먹고 싶어."

"무슨 국수?"

"콩국수."

콩국수. 희우는 걸음을 멈추었다. 쌀쌀한 바람이 뺨을 스치고 지나가는데, 콩국수라니. 어지간한 국수 전문점에서도 이런 날씨에는 콩국수 같은 것은 내놓지 않을 것이다.

"……콩국수? 웬 콩국수를."

"응, 먹고 싶어. 먹으러 가자아."

뺨이 발그레한, 내년이면 학교에 들어가야 할 아이가 희우의 손을 붙잡고 졸랐다. 희우는 몸을 숙이고, 한쪽 무릎을 꿇으며 아이와 눈높이를 맞추었다.

"콩국수는 여름에 먹는 건데."

"그렇지만 지금 먹고 싶어."

"두 달만 있으면 먹으러 갈 수 있을 것 같은데. 안 될까?"

"나 오늘 먹고 싶단 말이야."

"갑자기 콩국수는 또 왜……."

"오늘 이야기 할머니가 오셨는데."

"이야기 할머니? 아, 그림책 읽어주시는……."

"이야기 할머니가 오늘 곰 할머니네 잔치에 국수가 잔뜩 나오는 그림책을 갖고 오셨단 말야."

"그림책에 콩국수가 나왔어?"

"응, 토마토 한 조각 들어간 콩국수. 나 그거 보면서 지금까지 계속 콩국수가 먹고 싶었어. 엄마, 제바알. 콩국수우우우."

희우는 한숨을 쉬었다. 퇴근길에 아이가 갑자기 뭔가 먹고 싶다고 보채는 건 대체로 어린이집에서 그날 읽은 책이나 배운 내용과 관련이 있었다. 보건소에서 영양 교육을 나오거나, 함께 읽은 그림책에 뭔가 좋아하는 음식이 나오면, 아이는 집에 가는 내내 먹고 싶다고 말하곤 했다. 먹고 싶기만 하면 다행이지, 어린이집에서 만들어본 것을 집에서도 만들어보고 싶다고, 소원이라며 조르는 바람에 주말에 만사 제치고 겉절이도 무치고, 깍두기도 담그고, 딸기찹쌀떡까지 만들어야만 했다.

"……엄마가 바쁘다고 대충 먹이는 거, 어린이집에서 5대 필수 영양소 꼬박꼬박 챙겨서 식단 안 겹치게 챙겨 먹이고, 우리 민서한테 어떤 음식이 몸에 좋고 나쁜지 알려주시는 건 진짜 고마운데."

"솔직히 엄마보다 영양사 선생님 음식이 더 맛있지."

"나도 알아, 아는데. 아, 정말 콩국수 꼭 오늘 먹어야 해?"

"응!"

남들은 애들이 튀김이나 고기만 찾아서 걱정이라는데, 토마토 들어간 콩국수를 찾는 것 때문에 골머리를 썩이다니, 사실은 배부른 소리라는 것도 알고 있었다.

하지만 전형적인 여름 음식을 이 애매한 봄날에 찾으면 어쩌라는 것인지.

"우리 민서, 그거 알아? 콩국수는 원래 엄마네 외가인 순창 쪽의 음식이었다?"

"그래서 내가 콩국수를 좋아하는구나?"

여름 음식이라는 말을 하려는데, 아이는 활짝 웃으며 말을 끊었다. 이걸 어쩐다.

"그래, 뭐…… 엄마도 콩국수를 좋아하긴 하지……."

말끝을 흐린 채, 한 손으로는 주변에 콩국수 하는 음식점이 있는지 바쁘게 검색했다. 그러면서도 이런 계절에 제대로 된 콩국수를 먹는 건 어려울 거라고, 애초에 인천에서 제대로 된 콩국수를 찾아서 먹는 것 자체가 쉽지 않은 일이라고 계속 생각했다.

콩은 옛날부터 호남의 대표적인 작물이었다. 지금도 사람들이 '고추장' 하면 순창을 떠올리는 것도, 전라북도 순창 지역의 콩과 맑은 물로 빚어낸 메주로 만들어진 고추장이 무척 맛있고 깊은 맛을 내는 것으로 유명해, 왕실에도 진상이 되던 것에서 유래한다. 오죽하면 숙종을 모셨던 어의가 순창고추장 만드는 법을 《소문사설(謏聞事說)》에 기록해 바치고, 영조 대왕이 순창 조씨 집안의 고추장을 즐겨 먹었다는 이야기가 《승정원일기》에 기록될 정도였을까.

하지만 장맛이 각별한 것도, 품질이 뛰어난 콩을 재배하는 것도 순창만이 아니었다. 희우가 어릴 때 살던 동네도 그런 점에서는 크게 빠지지 않았으리라고 자신할 수 있다. 희우가 어릴 때 할머니 손잡고 시장에 가보면 검정콩, 푸렁콩, 흰콩, 밤콩에 서리태, 완두콩, 오리알콩, 호랑이 양대까지, 밥에 넣는 밥밑콩이며 장 담그는 메주콩, 콩나물 키우는 데 쓰는 나물콩까지, 품종이며 쓰임에 따라 토종부터 수입까지 온갖 콩을 다 볼 수 있었다. 할머니는 그렇게 사 온 콩을 밥에도 얹고, 떡에도 넣고, 콩을 볶아 설탕을 솔솔 뿌려 간식으로 내주기도 했다. 여름이면 콩을 갈아 시원한 콩물을 내어 설탕을 타서 달달하게 마셨는데, 옛날 어른들은 이 콩물에다가 사카린을 조금 타서 마시면 그렇게 맛있었다고도 하셨다. 갓 갈아낸 진하고 고소한 콩물에 달콤한 설탕을 더하고, 여기에 얼음을 동동 띄우면 그렇게 시원하고 든든할 수가 없었다.

콩국수라는 것은, 사실 여름에 이 차갑고 시원한 콩물만 먹으면 좀 출출하고 입이 심심해지니 여기다 국수까지 넣어서 간단한 식사로 먹는 음식이다. 호남에서 콩국수에 설탕을 넣는 것도 원래 콩물에 설탕을 타서 마시던 가닥이 있어서다. 여기에 있으면 있는 대로, 없으면 없는 대로, 오이나 토마토 같은 것을 숭덩숭덩 썰어서 얹으면 제법 그럴듯한 한 끼가 된다.

하지만 문제는 이거다. 호남에서도 기본적으로는 여름 음식인 콩국수를, 여기 인천에서 이 애매한 봄날에 어디 가야 먹을 수 있느냐는 거다.

'두부 전문점에 가야 하나.'

희우는 직접 콩을 갈아 두부를 만든다는, 두부전골과 비지찌개, 손두부를 파는 가게를 검색해보다가 문득 고개를 들었다. 시청 길 건너편 김밥천국 간판이 눈에 들어왔다.

"우리 저기 갈까?"

"저기 콩국수 있어?"

"⋯⋯있으면 좋겠네."

밑져야 본전이다. 콩국수가 아니더라도, 김밥천국에 가면 일단 아이에게 돈가스든 김밥이든 뭐라도 먹일 수 있을 것 같았다.

"어서 오세요."

가게 문을 열고 들어가는데, 아이가 손가락으로 입구 정면 유리를 가리켰다. 유리의 선팅 위에 붙여놓은 메뉴 한가운데에 구세주처럼 '콩국수', 세 글자가 보였다. 내심 안도하며, 들어가서 아무 데나 자리를 잡고 앉았다.

"저희 콩국수 둘 주세요."

"콩국수 둘이요."

아직 여름이 오려면 멀었는데, 직원은 당황하지도 않고 주문을 받았다. 콩국수라는 게 제대로 만들기가 쉽지 않은 음식인데, 대체 어떻게 나오려나 조금 걱정이 되었다.

희우가 아는 콩국수란, 어렸을 때 할머니가 직접 갈아준 콩물에 국수를 말아 먹는 음식이었다. 언제나 그게 진짜이고 제대로 된 콩국수였다. 그다음으로 치는 것은 고향의, 집 가까이 있는 전통시장 근처 가게에서 직접 갈아낸 걸쭉하게 진한 콩물에 국수를 말아놓은 것이었다. 이때 국수는 가느다란 소면이 아니라, 두툼하게 식감이 좋은 국수나 아예 메밀국수 같은 것을 말아서 시원하게 먹었다. 그 굵직한 국수에는 입자가 느껴지는 걸쭉하고 시원한 콩물이 진득하게 묻어났고, 국물을 숟가락으로 휘휘 저으면 뻑뻑한 느낌이 들 정도였다. 그렇게 콩의 정수만을 모아 만든 것 같은 콩국수는, 이곳 수도권에서는 제철인 여름에도 만나기 쉽지 않은 것이었다.

아니나 다를까, 주문하고 몇 분 지나지도 않아 나온 콩국수 국물은 웃음이 나올 정도로 멀겋고 가벼웠다. 마치 편의점에서 파는 두유처럼, 마시면 입술에 거의 묻지 않고 목으로 술술 넘어갈 것 같았다. 그래도 아이는 신이 나서 포크로 국수를 떠먹기 시작했다.

"잘 먹겠습니다!"

아직도 포크질이라니, 내년에는 학교에도 가야 할 텐데, 슬슬 젓가락질에 익숙해져야 할 텐데 하고 생각하다가, 희우는 콩국수 국물을 먼저 한 입 떠먹어보았다. 아니나 다를까, 진하고 고소한 콩물이 아니라 콩가루를 물에 타서 만든 국물이었다. 소금 간이 조금 되어 있을 뿐, 콩의 고소한 맛이 덜하고 설탕의 단맛이 없다 보니 심심했다.

"여기 설탕 좀 주세요."

콩국수 국물에 소금 조금, 그리고 설탕을 밥숟가락으로 한 숟갈 좀 넘게 떠 넣어 휘휘 저었다. 숨은 짠맛이 설탕의 단맛을 확 밀어 올려주자, 마치 편의점에서 파는 달콤한 두유 같은 맛이 났다. 고향에서 먹던 콩물과는 다르지만 이건 또 이것 나름 대로 나쁘지 않았다. 조금 멀겋긴 해도 차가운 콩국물에, 딱 좋게 삶아 내어온 소면, 여기에 오이와 토마토와 삶은 계란 반 개를 썰어 올린 것이 어설픈 것 같으면서도 제법 그럴듯했다.

"아, 나쁘지 않네."

"나쁘지 않은 게 뭐야, 엄마. 이런 건 맛있다고 하는 거지."

"네가 좋아할 만한 귀여운 맛인데 엄마가 생각하는 콩국수는 이것보다 좀 더 진해야 해."

"그렇지만 난 이것도 좋아. 맛있어."

진짜 콩국수란 이런 것이라고, 집에서 콩을 불려서 가는 이야기부터 시작하려다가도, 아이가 정말 좋아하다 보니 그냥 웃고 넘어가게 된다. 생각해보면 원래 콩국수라는 것은 한여름에 먹는 것인데, 제철도 아닌 지금 아이가 조른다고 바로 후루룩 한 그릇 먹고 갈 수 있는 것만으로도 고맙다. 진짜 콩국수는 좀 더 자란 뒤에, 같이 친정인 전주나 외가인 순창에 가서 먹어보면 되는 거지. 그렇게 생각하니 마음이 좀 너그러워졌다. 희우가 생각하는 100퍼센트의 콩국수가 아니더라도, 지금은 그냥 아이가 기뻐하는 것으로 충분하다.

"엄마."

"응."

"전에 콩국수랑, 까맣고 기다란 만두 먹었는데."

"메밀전병?"

"응. 김치 든 거. 내가 김치 속은 매워서 껍질만 먹었잖아."

"어디서?"

"몰라, 산에 갔을 때."

희우는 아이를 물끄러미 바라보았다. 딱 한 번, 정말로 산에 갔다가 돌아오며 그렇게 먹었던 적이 있었다. 아직 이혼하기 전에, 세 사람이 한 가족을 이루고 있던 그 시절에, 전남편도 함께 계양산에 갔었다. 덥다고 칭얼거리는 아이를 안고 둘레길을 따라 조금 걷다가 그대로 산에서 내려오던 길에, 세 사람은 산자락에 있는 도서관 옆 국숫집에서 콩국수와 메밀전병을 시켜놓고 먹었다. 그때 정말로 민서가 만두피만 벗겨서 오물오물 씹고 있어서 잔소리한 적이 있었는데.

아이가 어떻게 그때 일을 기억하는 걸까. 설마 아빠가 필요하다는 말을 하려는 건가. 어린이집에서 또 가족에 대해 배우다가, 아빠에 대해 이야기 나누는 시간이라도 가진 것 아닌가. 머리가 지끈거렸다. 이혼했다고, 그래서 가족에 대해 배울 때에도 다양한 가족의 형태에 대해 꼭 말씀해주십사 당부드렸는데. 희우는 별별 생각이 다 들었다.

이 작은 생명을 세상에 낳아놓은 뒤로, 희우는 매일매일이 송구스러웠다. 아이를 기르는 것도 걱정과 고민의 연속이었지만, 환경과 정치 문제, 사람들이 살아가며 발생하는 온갖 문제들이 희우에게 새롭게 다가왔다. 이 세상에는 이렇게 고통이 가득한데, 어떻게 해야 아이를 더 좋은 사람으로 기를 수 있을까, 어떻게 해야 좀 더 나은 세상에서 살아가게 할 수 있을까. 그런 고민들로 밤을 지새웠다. 그런 것을 모르는 사람은, 이해하지 못하고 감히 경험해볼 생각조차 하지 않는 사람은 누군가의 아비가 되어선 안 된다.

이혼한 뒤로 남편은 양육비도 처음 한 달 빼고는 보내지 않았다. 애 엄마가 능력 좋아서 잘 버는데, 양육비는 무슨 양육비냐고 뻗댔다. 아이를 만나러 오지도 않았다. 아니, 애초에 아이에게 그렇게 정이 있었던 것 같지도 않았다. 아이가 태어나도 아빠로서 책임지고 이 아이를 잘 키우겠다는 기특한 결심 한번을 하기는커녕 유치원 등하원도 못 시키겠다고 드러눕던 무책임한 인간이었다. 아홉 달 동안 뱃속에서 아이를 키우고 몸을 갈아 아이를 기르는 사람을 두고, 왜 자신이 아이를 함께 키워야 하는지에 대해 근본적인 이해가 부족한 사람. 양육비는 대체 얼마나 더 밀릴 거냐고 전화를 했더니, 자기 인생이 안 풀리는 게 마치 이쪽 탓이라도 되는 것처럼 다시 여자를 만나서 재혼을 해보려고 해도 되는 일이 없다며 푸념만 늘어놓고 끊어버린 사람. 그런 무정하고 책임감 없는 아빠가 보고 싶다고 지금 말하는 거라면, 어떻게 해야 하나. 머릿속이 어지러웠다.

"……그때 좋았어?"

"응."

"누구누구 갔는지 기억나?"

"아마 엄마랑 갔었지?"

"응?"

"엄마랑 갔었어. 왜?"

"……아니, 그냥. 엄마도 생각이 잘 안 나서 그래. 언제 산에 갔다 오다가 먹었던 것 같긴 한데."

대충 얼버무리며 고개를 돌렸다. 일곱 살은 충분히 거짓말을 할 수 있는 나이였지만, 엄마를 위로하기 위해 거짓말을 할 수 있을 정도의 나이는 아니다. 그냥, 아이는 정말로 기억하지 못하는 거라고 믿고 싶었다.

"민서야."

"응?"

"엄마는 우리 민서 제일 사랑하는데."

"에이, 나도 엄마 사랑하지."

국수를 호로록호로록 건져 먹으며 천연덕스럽게 웃는 아이를 바라보았다. 얼굴의 어느 구석에는, 이제는 남이 된 남자를 닮은 구석도 조금은 있겠지만. 그 남자는 이 아이를 밤새 안고 달래지 않았다. 아이가 열이 끓어오를 때 품에 안고 응급실로 달려가지도 않았다. 두 시간 간격으로 수유를 해야 하던 시절에 새벽에 일어나 차갑지도 뜨겁지도 않게 온도를 맞춰 분유를 타지도 않았고, 아이의 등하원을 단 일주일도 책임지고 도맡아 보지 않았다. 이혼당할 때는 마치 하늘이 무너진 것처럼 굴며, 아내와 자식은 자신의 전부라고 판사 앞에서 눈물을 뚝뚝 흘렸으면서, 막상 이혼하고 나니 자신에게 아이가 있었다는 사실조차 잊어버린 것 같았다. 더는 자신의 소유물이 아니라는 것을 확인하자마자 관심을 딱 끊어버리는, 고작 그만큼인 남자였다.

혼자서 아이를 키우는 것이 쉽지 않았다. 일을 하면서 어린아이를 키우는 것은 하루하루 목숨을 갉아내며 사는 것처럼 고되게 느껴지기도 했다. 죽을 만큼 아이를 사랑하지만, 아이를 위해서는 무슨 일이라도 하겠다고 마음먹었지만, 현실에는 늘 한계가 있었다. 아이는 다른 친구들보다 어린이집에 오래 남아 있었고, 학교에 다니기 시작하면 돌봄교실과 방과후 수업과 태권도장 뺑뺑이를 돌게 될 것이다. 그렇게 엄마가 퇴근할 때까지 최대한 오래 밖에 있다가 집에 들어가면, 그곳에는 다른 친구들처럼 두 사람의 양육자가 아니라, 어떻게든 1.5인분은 해내겠다고 독하게 마음만 먹은 엄마밖에 없을 것이다. 아무리 애를 써도 아이의 마음을 다 채워줄 수는 없을 거라고, 자신은 늘 부족할 수밖에 없을 거라고 생각했다.

하지만 그럼에도 불구하고 최선을 다하고 있다면. 그리고 그 최선에 지금 아이가 만족하고 있다면. 이 순간도 어떻게든 힘내서 넘어갈 수 있는 게 아닐까.

"민서야."

"응?"

"다음에 또 산에 가자. 우리 둘이서."

"뭐야, 엄마. 늘 우리 둘이 꼭 붙어서 다녔잖아."

"꼭 붙어서?"

"응, 아기 캥거루처럼 엄마 품에 꼭 안겨서. 난 엄마 품에 안기는 것도 좋고, 엄마랑 손잡고 다니는 것도 좋아. 이렇게 엄마랑 맛있는 거 먹는 것도 좋고."

할머니가 만들어주시던 진한 콩국수는, 생콩을 여러 시간 물에 불려 부드럽게 삶아낸 뒤 굵은 입자가 느껴지도록 갈아낸 것이었다. 그런 것을 진짜 콩국수라고 생각했듯이, 그렇게 아이에게 먹을 것 하나까지도 정성을 들이는 것이 진짜 사랑이라고 생각했다. 하지만 그런 진한 콩국수만이 진짜인 것은 아니듯이, 지금 먹고 싶을 때 언제든 달려가서 먹을 수 있는 콩국수, 아이가 좋아하게 묽고 가볍고 달달한 김밥천국 콩국수도 괜찮은 것이듯이, 하루 종일 일을 하느라 아이와 보내는 시간 자체가 짧다고 해서 이 사랑이 가짜이거나 부족하다고 말할 수는 없을 것이다.

"요즘은 엄마가 맨날 늦어서 힘들지?"

"아냐, 괜찮아. 나 내년이면 초등학교도 가잖아. 나 이제 다 컸어, 제일 큰 형님이야."

"엄마가 우리 민서 제일 사랑해."

"나도 엄마 제일 사랑해."

희우는 묽고 가볍고 달달한 콩국수 국물을 호로록 마셨다. 입안에 퍼지는 그 맛은, 익숙하진 않았지만 나쁘지 않았다.

쫄

면

"딸꾹, 딸꾹, 딸꾹."

자신이 하지 않은 딸꾹질 때문에 온몸이 들썩거리고 있다. 작은 새가 날아다니며 내장을 들이받는 것 같은 이 딸꾹질은 숨을 참고 입을 막고 찬물을 마셔도 사그라들지 않는다. 그저 견뎌야 한다. 기다려야 한다. 조금이라도 빨리 그치기만을 간절히 바라면서.

"유현 씨 지금 딸꾹질해?"

그나마 얼마 전까지는 티가 날 정도는 아니었는데, 이젠 뱃속의 아이가 딸꾹질을 할 때마다 옆에서도 알아볼 정도로 등과 어깨가 꿈틀거린다. 옆자리에서 일하는, 민원실의 왕언니 신영주 주무관이 걱정스러운 얼굴로 유현을 들여다보다, 등을 쓰다듬어주었다.

"어떡하니, 임신 중이니 확 놀라게 할 수도 없고. 물이라도 좀 갖다줄까?"

"괜찮아요…… 딸꾹."

겨우 입을 열어 대답하는데, 유현이 말하는 도중에도 태아는 또 딸꾹질을 했다.

"제가…… 딸꾹, 하는 게 아니, 딸꾹, 에요."

"아, 아기가 하는 거구나. 힘들어서 어쩌니."

이 괴로움을 이해할 수 있는 건 아이를 낳아본 엄마들뿐이겠지. 어쩌면 그들도 아이 낳고 몇 년 지나면 다 잊어버리는지도 모른다. 그래서 이렇게 고통스러운데도 둘째를 낳고, 때로는 셋째까지 낳을 수 있는 걸까.

이럴 때는 누군가에게 등을 쳐달라고 하거나, 깜짝 놀라게 해달라고 할 수도 없다. 태아에게도 충격이 전해지니까. 태아가 움직일 때마다 위와 장이 눌려 하루 종일 속이 안 좋고 내장이 뒤틀리는 느낌이 나도, 따끈따끈하게 찜질팩을 데워서 안고 있는 것조차도 할 수 없다. 태아가 고온에 노출되면 신경 발달에 이상이 생길 수도 있다니까. 배 앞에 커다란 수박을 통째로 달고 있는 것처럼 부풀어서 걸을 때마다 균형을 잡기 위해 뒤뚱거리고 가만히 서 있기만 해도 허리가 아프지만, 그래도 파스조차 붙일 수 없다. 파스의 무슨 성분이 역시 태아에게 썩 좋지 않다고, 웬만하면 참으라고 의사도 말하니까. 물론 그런 의사들도,

감기에 걸려서 열이 나면 타이레놀은 먹어도 된다, 몇 주 이후에는 감기약 정도는 먹어도 문제없다고 말하곤 한다. 하지만 대부분의 임산부들은 그마저도 꾹 참고 참고 약 안 먹고 버티곤 했다. 혹시라도 약 성분이 태아에게 좋지 않을지도 모른다면서. 분명히 내 몸에서 일어나는 일인데, 자신을 돌보고 좀 편안하게 해줄 방법이 지금은 없다. 낳고 나면 편해질 거다, 이 순간도 다 지나갈 거라는 말은 위로가 되지 않는다. 그저 조금이라도 아이가 얌전해지기를 바라면서, 그저 넋 나간 표정으로 화장실 거울을 바라보며 달래듯이 배를 토닥거릴 뿐.

"앞으로 한 달……."

지금은 임신 35주였다. 의사 말로는 모체의 자궁이 임신 전에 비해 놀랍게도 1,000배 가까이 커졌고, 태아도 거의 다 성숙하여, 장기 중에서 가장 늦게 발달하는 폐도 자가호흡이 거의 가능해지는 시기라고 했다. 아직은 아이가 태어나면 조산으로 분류될 시기이고, 예정일인 40주가 되려면 앞으로 한 달이 남았지만, 보통 37주부터는 아이가 태어나도 문제가 없다고 한다.

언제 태어날까.

화장실 벽에 등을 기댄 채 쪼그려 앉으며 유현은 한숨을 쉬었다. 아이를 사랑하는 것도 사실이다. 아이의 얼굴이 궁금한 것도, 하루빨리 만나보고 싶은 것도 사실이다. 하지만 지금은, 자신의 몸이 자신의 것이 아닌 이 상황에서 하루라도 빨리 벗어나고 싶었다.

"아야야야……."

몸을 일으키려는데, 꼬리뼈와 엉치뼈가 만나는 자리부터 고
관절 주변까지 커다란 바늘로 찌르듯이 아프고 쑤셨다. 태아가
움직이다가 허리의 신경을 누르면 생기는 통증이라고 의사는
대수롭지 않게 말했지만 몸을 일으키는데도 아파서 찔끔찔끔
눈물이 났다. 남들은 이럴 때 어떻게 할까. 아이의 성장을 기뻐
할까. 아니면 곧 태어날 거라고, 머잖아 만날 수 있을 거라고 기
대할까. 이렇게 아프다고 울고, 내 몸이 힘든 것을 먼저 생각하
는 나는 혹시 좋은 엄마가 되기에는 뭔가가 부족한 사람인 걸
까. 그런 생각 때문에 마음까지 괴로워서, 유현은 앉지도 다 일
어나지도 못한 어정쩡한 자세로 자꾸만 눈물을 뚝뚝 떨어뜨
렸다.

"아무 문제 없어요. 임신 중 일어나는 자연스러운 일입니다."

임신 초기 빼고 30주 동안 한 달에 한 번, 중반이 지나면서
는 한 달에 두 번씩 병원에 갔지만, 그때마다 의사에게 들은 말
은 늘 이렇게 끝났다. 피부가 가렵고 전에 없던 건선이 생기는
것도, 난시가 갑자기 심해져서 안경을 다시 맞추게 된 것도, 손
가락이 부어 반지를 낄 수 없게 되고, 발등이 부어 운동화를 한
치수 큰 것으로 다시 산 것도, 입덧을 하고 토하는 것도, 뱃속에
서 태아가 딸꾹질을 하는 것도, 흔히 '환도 선다'고 말하는 골반

의 통증들과 자다가 눈뜨게 만드는 손발 저림, 자려고 똑바로 누우면 숨이 막혀서 헐떡거리는 증상까지 전부 다, 의사는 자연스러운 일이라며 좀 참으라는 듯이 말했다.

차라리 자신이 딸꾹질을 하는 거라면 일에는 지장이 가지 않을 것이다.

딸꾹, 딸꾹, 딸꾹. 아기는, 아니, 아직 뱃속에 있는 태아는 무섭게 딸꾹질을 해댔다. 거짓말 안 보태고 하루에도 열두 번씩은 딸꾹질을 하는 것 같았다. 한번 시작하면 잠을 잘 수도 없고, 내장이 다 흔들리는 것 같아 일에 집중하기도 어려웠으며, 밥도 먹을 수가 없었다. 아이가 딸꾹질을 너무 자주 하는 게 아닐까. 무슨 문제라도 있는 건 아닐까. 걱정되어 병원에 가보기도 했지만, 아이는 병원 문턱만 넘어서면 거짓말처럼 딸꾹질을 멈추곤 했다. 딸꾹질을 하다가 죽은 사람은 없다지만, 이러다가 정말 죽을 것 같아서 공황이 올 지경인데도, 의사는 여전히 괜찮다고만 했다. 마치 유현이 유난스럽다는 듯이.

"애기가 숨쉬기 연습하는 거예요. 그러다가 양수도 삼키면서 딸꾹질도 하고."

"정말 괜찮아요?"

"엄마가 불안해하는 게 더 안 좋아요. 가기 전에 막달 검사 날짜 잡고 가세요."

불안했지만, 의사는 그 불안마저도 아이에게 안 좋다는 말로 내색하지 못하게 한다. 이쪽은 그 불안감에 숨도 쉬기 어려운데도.

임신을 하면, 먹고 싶은 게 많을 줄 알았다. 한밤중에 남편을 깨워 한겨울에 딸기며 망고, 한여름에 귤을 내놓으라고 상전처럼 떼를 쓸 줄 알았다. 밤마다 치킨을 뜯으며 맥주는 왜 못 마시냐고 투덜거릴 줄 알았다. 인생 최고 체중을 가뿐히 갱신할 거라고 막연히 생각했다.

현실은 달랐다. 처음에 못 견뎠던 건 라면 냄새였다. 그다음은 냉장고를 열자 뺨을 때리듯 튀어나오던 김치 냄새였다.

"내가 살다 살다 새벽 2시에 냉장고 청소를 다 하네."

남편은 투덜거리면서도, 울면서 헛구역질을 하는 유현을 보고 어깨를 으쓱거리며 냉장고 선반들을 전부 빼내고 세제로 닦고 락스로 소독해놓았다. 태어날 아이를 위해서라고 바퀴벌레가 미끄러질 만큼 깨끗하게 청소를 한 것까진 장했는데, 이번엔 락스 냄새 때문에 동틀 때까지 속이 뒤집혀 울었다. 하지만 이것은 시작에 불과했다.

"우읍……."

전기 압력밥솥이 밥이 다 된 것을 알리며 새하얀 김을 뿜어내던 순간, 유현은 평생 맡아온 밥 냄새가 마치 흐린 날 티타늄 공장에서 뿜어내던 연기처럼 역겨워져 숨을 쉴 수가 없었다. 그 순간에는 자신의 한국인으로서의 정체성이 의심스럽기까지 했다. 33년 평생 밥을 먹고 김치를 먹으며 살아왔는데 밥 냄새를 맡고 토기가 올라오다니, 죽고 싶었다.

생수마다 맛이 다르다는 것도, 몇몇 생수는 물에서 희미한 비린내가 난다는 것을 알게 된 것도 그 무렵의 일이었다. 그나마 먹을 수 있는 것이 별 냄새는 나지 않고 맛은 강한 것들이었다. 새콤한 것들. 왜 사람들이 임신을 하면 신 것이 당긴다는지 이해가 갔다. 한의학적으로 간이 허해서 그렇다는 이야기도 들었지만, 이렇게 속이 메스껍고 모든 것이 텁텁하고 역겨워 물도 못 마시는 상황에서, 신맛만은 그 텁텁함을 조금이나마 눌러주는 듯했다. 입덧이 계속되는 동안, 유현은 아침마다 레몬 반쪽을 쭉 짜서 물병에 넣고, 레몬물을 마시며 하루를 버티곤 했다. 하지만 매일 공복에 레몬물만 마셔댔더니, 이번에는 새벽마다 속이 쓰리고 아팠다. 입덧과 위통에 시달리다 보니 임신 초기의 거의 넉 달을, 제대로 먹지도 마시지도 못했다. 이러다 죽는 것은 아닐까, 영양실조로 애가 잘못되는 게 아닐까 불안했다.

"걱정 마세요, 태아는 멀쩡합니다."

의사는 태연히 대답했다. 그 말을 들었을 때는 안심했지만, 뒤이은 말에는 경악했다.

"엄마가 밥을 안 먹으면 엄마 몸에서 양분을 빨아서라도 아이는 자라게 되어 있어요. 너무 걱정하지 마세요."

"……저는요?"

"밥 드셔야죠."

모두가 아이 걱정만 하고 아이 안부만 묻고 아이는 괜찮으니 걱정 말라고 했다. 유현을 걱정해주기는커녕, 사람이 입덧을 하느라 물도 못 삼키는 걸 무슨 반찬 투정 정도로 생각하는 것 같았다. 이쯤 되면 아이도 아이지만 나도 좀 걱정해달라고 비명이라도 지르고 싶었다.

퇴근길에 길에서 주저앉아 병원에 실려 간 적도 있었다. 포도당을 맞고 누워 있으니 눈물이 났다. 남편에게 카톡을 보내고 하얀 병원 천장을 올려다보는데, 시어머니가 전화를 하셨다.

"얘, 애 낳다가 죽은 사람은 없다더라."

안부 전화가 아니라는 것은 짐작했지만, 그날따라 뼈에 사무쳤다.

"너는 말이야, 남들 다 하는 입덧 갖고 유세를 하고. 엄마가 될 애가 좀 진득하니 버티는 게 있어야 아이도 잘 자라지. 넌 진짜 무슨 애가 그렇게 요만큼도 힘든 걸 못 참니. 엄마가 되는 게 그럼 보통 일인 줄 알았니?"

그 말 한마디 한마디가 원망스럽고 서운한데, 시어머니는 꼭 거기에 쐐기를 하나 더 박았다.

"너희 엄마가 체질이 좀 유별나셨던 것 아니니? 그렇지 않고서야 무슨 애가 이렇게 임신하고서 내내 하루도 안 아픈 날이 없어."

속이 뒤집혔다. 아픈 사람에게 자꾸 뭐라고 탓하는 것도 속
상한데, 돌아가신 엄마 체질이 어떻다는 이야기까지 하는 사람
과 말을 섞고 싶지 않았다. 명절에 시댁에 안 갔더니 또 전화가
걸려왔다. 무슨 말을 하든 한 귀로 듣고 한 귀로 흘리며 데면데
면하게, "예, 예, 그런가 보죠", 그렇게 퉁명스럽게 대꾸하고 끊었
다. 애 낳다가 죽은 사람이 없긴 왜 없어. 그런 게 정말 없었으면
산모 사망률이라는 살벌한 통계 항목은 왜 있겠어. 바로 이 동
네 산부인과도 몇 년 전에 산모가 애 낳다가 죽어 난리가 난 마
당에.

*

"딸꾹." 이번에는 아이가 아니었다. 배가 불러올수록, 온 내장
이 짓눌리는 게 느껴졌다. 아이는 뱃속에서 부지런히도 움직였
고, 그때마다 내장을 걷어차곤 했다. 원래 비위가 좋지 않았는
데, 아이가 위장 근처를 발로 찰 때마다 속이 뒤집어질 것 같았
다. 오른쪽 갈비뼈 아래로 불룩 튀어나온, 아마도 엉덩이로 추
정되는 부위를 달래듯이 토닥토닥 두드리며, 유현은 어릴 때 봤
던 공포영화를 떠올렸다. 아니, 지금 생각해보면 SF영화였을 텐
데. 아무리 기억을 되짚어도 공포밖에는 남아 있지 않은 영화.
무서워서 이불에 머리를 처박으면서도 결국 끝까지 봤던 영화,

〈에일리언〉을.

에일리언은 사람을 숙주로 삼는다. 사람의 얼굴에 덤벼든 괴물은 긴 촉수 같은 것으로 사람 몸 안에 에일리언의 유생을 밀어 넣고, 유생은 마치 기생충처럼 사람 몸속에서 영양분을 빨아 먹으며 성장하다가 때가 되면 사람의 가슴을 찢으며 태어난다. 에일리언의 새끼가 꿈틀거리며 태어나는 장면이야말로 이 영화에서 가장 끔찍하고 무서운 장면이었다.

물론 유현의 뱃속에서 자라나는 것은 외계인의 새끼도, 기생충도 아닌 사랑스러운 아기다. 제법 행복한 결혼 생활을 하다가 임신이 되었고, 친정아버지와 시부모님들도 기다리던 첫 손주였다. 그런 아이를 두고 에일리언의 유생을 떠올리는 것이 어쩌면 이상한 일일지도 모른다. 모성애가 없는 것은 아닐까 고민이 되기도 했다. 하지만 그만큼이나 뱃속의 존재는 낯설었다. 처음부터 엄마와 자신은 다른 존재라고 주장하듯, 엄마인 유현의 생각이나 행동 방식과는 번번이 다르게 움직이곤 했다. 한번은 체크무늬 잠옷을 입고 침대에서 뒹굴거리는데, 때맞춰 뱃속의 아이가 반대편으로 획 돌아눕는 바람에 배 위에서 출렁거리는 그 체크무늬에 놀라 비명을 지른 적도 있었다. 그럴 때마다 유현은 자신의 몸 안에 있지만 자신과는 다른 그 생명체의 존재감에 번번이 놀라곤 했다. 아이가 태어난 다음에도 자신은 무사할까. 에일리언의 유생이 몸을 찢고 나오면 숙주는 죽는다. 아이가 태어날 때에도 어떤 산모들은 여전히 목숨을 잃기도 한다. 드라마나 영화 속에서 사람들은 그런 산모들을 두고, 아이를 한번 안아보지도 못하고 어떻게 눈을 감느냐고 안타까워한다. 의사는 그런 일은 드라마에나 나오지, 실제로는 아이를 낳다가 죽는 여성은 거의 없다고 안심시켜주었다. 하지만 거의 없다고 해서, 그것이 자신이 되지 말라는 법은 없지 않을까.

그런 생각을 하는 것이 아이를 사랑하지 않는다는 뜻은 아니라고 유현은 애써 생각했다. 힘들어서 그래. 아이를 사랑하는 건 사랑하는 거고, 힘든 건 힘든 거지. 돌이켜보면 행복한 일이라도, 지금 당장 겪고 있는 본인은 힘들게 지나갈 수도 있는 거지. 유현은 거울을 바라보았다. 심한 입덧 때문에 앙상하게 말라서 배는 툭 튀어나왔으면서 팔다리며 얼굴, 손등은 부어오른데다 혈관이 피부 위로 울긋불긋하게 얼룩을 만들기까지 하는 자신의 모습이, 마치 〈에일리언〉에 나오는 외계인 괴물처럼 보였다. 그때, 뱃속에서 또다시 딸꾹질이 시작됐다. 울고 싶었다.

어쨌든 임신은 임신이고, 일은 일이다. 임신을 했다고 일도 안하는데 월급이 나오는 것은 아니다. 계속되는 아이의 딸꾹질에 숨도 못 쉬고 괴로워하다가 헛구역질까지 하고 있어도, 화장실을 나설 때는 다시 옷매무새를 가다듬고 할 수 있는 한 멀끔한 모습을 보여야 한다. 몸에 기운이 하나도 없고 발이 무거웠지만, 그래도 흐트러지지 않은 모습으로 사무실에 돌아와 앉았다. 뒤통수를 쳐다보는 계장의 시선이 따갑게 느껴졌다.

"어떡해, 유현 씨. 괜찮아? 얼굴이 너무 안 좋다."

창백한 얼굴을 보고 신 주무관이 걱정스레 말을 붙였다. 대답할 기운도 없었지만, 유현은 정말로 죽을힘을 다해 미소를 지으며 대답했다.

"좀…… 기운이 없어서 그래요. 밥을 못 먹어서."

"아직도 입덧이야?"

"그런가 봐요. 막달인데 어떻게 아직도 이러나 몰라."

"가끔 있더라, 정말 애가 다 나올 때가 되도록 입덧하는 사람들이. 힘들다 힘들다 말은 들었지만, 유현 씨가 옆에서 앓고 있으니 정말 안쓰러워 죽겠어. 뭐 먹고 싶은 건 없고?"

"그래도 전보다는 좀 나아졌어요. 먹는 게 힘들어서 그렇지, 처음처럼 맨날 토하진 않으니까. 근데 요즘은 애가 자꾸 딸꾹질을 해서 그게 더 힘들어요."

"그러면 안 되는데. 임신했을 때 잘 못 먹으면 나중에 골다공증 오는데. 자기 출산휴가 좀 일찍 들어가야 하는 거 아니야? 우리 때야 육아휴직 쓰기도 힘들고, 출산휴가도 두 달밖에 안되었지만. 요즘은 육아휴직 잘되어 있어서, 출산휴가 일찍 쓰고 좀 쉬다가 낳으러 가는 사람도 많잖아."

"거, 무슨 소리 하는 거야."

민원실장이 잔뜩 찌푸린 얼굴로 한숨을 쉬며 말했다.

"뭘 그런 소리를 굳이 해. 사람들이 왜 애 낳기 전까지 일하는지 몰라서 그래? 출산 전에 휴가 안 쓰고 참았다가, 출산 후에 더 길게 쉬어서 태어난 아기 옆에서 하루라도 더 보내려고 아등바등 버티는 건데. 왜 거기다 대고 헛바람을 넣어?"

"얼굴이 너무 안 좋아 보이잖아요. 잘 먹어도 힘들 때인데 밥도 못 먹고 있으니⋯⋯."

"봤어, 그러니까 민원인이 저렇게 밀려 있어도 점심 먹고 나서 잠깐씩 휴게실 가서 쉬라고 하잖아."

"지금 쉬는 정도로 될 것 같지가 않아서 그렇죠. 얼굴도 너무 안 좋고. 지난번에도 휘청거리다가 병원 실려 간 적 있었잖아요. 실장님도 그러는 거 아니에요. 요즘은 출생률이 떨어지다 못해 아주 바닥을 찍고 있어서 큰일인데."

"그래, 애가 안 태어나서 큰일인데 남유현 씨 애국하는 거 나도 알지."

애국이라는 말에, 유현은 어깨가 더 움츠러들었다. 임신해서 고생하는 게 딱한 것도, 새 생명이 태어날 때까지의 힘들고 지난한 과정을 걱정하는 것도 아니다. 민원실장으로서 임신한 임산부, 곧 아이를 낳고 출산휴가를 써야 할 사람, 그리고 앞으로 십수 년을 아이 때문에 안절부절못할 사람은 부담스럽지만, 그야말로 출생률이 떨어져서 다들 큰일이다, 이러다가는 나라가 위태롭다고들 하니까 봐준다는 식이었다.

"근데 나도 지금 돌겠다. 우리 민원실에 사람도 모자라고, 유현 씨 휴직한 동안 충원이 될지 안 될지도 모르는데."

"아니, 실장님. 지금 그게 할 말이에요? 여기 다 죽어가는 얼굴 좀 보고 말해요."

"사실은 사실이야. 사람 빌 것은 확실한데 들어올 것은 확실치 않고. 지금은 나보고 매정한 소리 하지 말라고 하지만, 사람 모자라면 신 주무관도 고생일걸?"

마음이 무거웠다. 사실이 그렇다는 것은 알지만, 그런 말을 들을 때마다 마음에 돌덩어리가 하나씩 얹히는 것 같다. 그런데다 이쪽은 계약직이다. 누군가 사람을 채워 넣는다는 말에 더 불안해지는.

"반년만 쉬고 올게요. 출산휴가 3개월에 육아휴직 석 달만."

"그래, 요즘은 6개월만 되면 어린이집에서 받아주더라. 저기 직장 어린이집에 이야기는 해뒀지?"

"아니, 실장님. 지금 무슨 말씀 하시는 거예요. 유현 씨도 석 달이 아니라 육아휴직 전부 쓸 수 있는데!"

"전 계약직이라서……."

"계약직도 1년 쓸 수 있어. 총무팀에 물어봐. 박영희 주무관이 잘 알 거야."

"거, 쓸데없는 소리 좀 하지 말고."

민원실장이 손을 내저으며 눈살을 찌푸렸다. 정말로 규정을 따지고 들자면 사실 할 수 있는 일은 많았다. 규정대로라면 계약직도 육아휴직을 1년 동안 쓸 수 있고, 출산휴가를 쓰는 것에 미안해할 필요도 없었다. 규정대로라면 임신 초는 물론 당장 다음 주부터 아이를 낳을 때까지 하루에 두 시간씩 근무 시간을 단축할 수도 있었다. 매달 산부인과 검진일에도 보건휴가를 쓸 수 있어야 했다. 보건휴가는 다 무급인 줄 아는 사람도 많지만, 생리로 인한 보건휴가는 무급이어도 임신해서 검진받으러 가는 건 유급휴가로 쓸 수 있었다. 하지만 계약직은 물론이고 공무원도, 그런 걸 챙겨 쓰는 사람은 많지 않았다. 정확히 말하면 법은 그래도 이것저것 생색을 내듯이 이것도 저것도 보장한다고 하는데, 현실의 직장은 그런 것을 보장하지 않았다. 누군가 임신했다고 말하는 순간, 직장은 그 사람을 한 사람 몫을 못하는 반쪽짜리 일꾼, 짐짝으로 취급했다.

"애 낳고 바로 움직이면 몸 상하니까, 출산휴가든 육아휴직이든 몇 달 쉬다 오긴 해야지. 우리 집에도 애가 넷이야. 나도 집사람이 애 낳고 고생하는 거 다 봤어. 남유현 씨보고 뭐라고 하는 거 아니니까 너무 나쁘게 생각하진 말고."

"죄송합니다."

"죄송하긴 뭘 죄송해. 이 김에 집에서 좀 놀아보는 거지. 우리 남자들은 그러고 싶어도 못 하는 거잖아. 애 낳으면 이 기회에 좀 푹 쉬고, 늦잠도 자고 좀 그래. 언제 또 그래보겠어."

집에서 논다고 하다니. 자식을 넷이나 기르고 있다면서 대체 집에서 무엇을 본 걸까. 임신한 여자들이, 그리고 아이를 낳은 여자들이, 정말로 일을 안 하고, 손가락 하나 까딱 안 하고 놀 수나 있나?

멍청한 남자들이 임신한 여자는 무슨 사회적 특권층이라도 되는 양, 자신의 권리를 빼앗아가고, 지하철 의자의 빈자리를 빼앗아가고, 회사에 와서도 자기 일을 다 남들에게 떠넘긴다는 식의 망상들을 게시판에 올리는 바로 그 순간에도, 임신한 여자는 시시각각 불어나는 아기와 양수의 무게를 감당하며 회사 일이든 집안일이든, 일을 하고 있다. 조산기가 있어서, 아기가 몸 밖으로 나와도 생존할 수 있을 시기까지 뱃속에서 보호하기 위해 병원에 입원해 몇 주, 몇 달 동안 침대에서 벗어나지 못한 채 꼼짝도 못하고 누워 있는 게 아닌 이상에야. 아니, 조산기 때문에 누워 있는 여자들은 아기를 지키기 위해 보험도 제대로 안 되는 독한 약을 계속 맞고 있다. 마치 살아 있는 인큐베이터처럼. 임신한 여자들은 아무것도 하지 않는 게 아니다. 임신을 해도 출근하고, 일하고, 그러면서도 숨 쉬는 그 몸으로 아이를 키워낸다. 그런데도 돌아서면 늘 이런 말을 듣는다. 여자니까, 임신했으니까, 일을 제대로 할 수 있을 리 없다고. 애 낳으면 집에서 놀아서 좋겠다고.

반쪽짜리 취급을 받기 싫어서, 배가 불러오는데도 다른 사람에게 무거운 짐 좀 들어달라고 부탁 한 번 한 적 없었다. 임산부는 아무리 일이 많아도 초과근무를 시키면 불법이라고 투덜거리는 사람들 속에서, 야근을 해야 하니 수당도 못 받고 일하기도 했다. 그런데도 임신 기간 내내, 뭔가 부족한 사람, 짐짝 취급이었다. 남자는 애 아빠가 되면 책임질 게 늘어난다고 고과도 승진도 더 잘 받던데, 그 못지않게 열심히 일하던 여자는 임신하는 그 순간부터 반쪽어치도 일을 못 하는 사람인 것처럼 취급당했다.

하지만 유현도 안다. 그나마 여긴 시청이어서 이 정도라는 것을. 민원실장도 투덜거릴 뿐 규정은 기본적으로 지키는 사람이라는 것을. 다행히 좋은 상사를 만나면 입덧이나 임신 말기의 힘든 고비들을 배려받으며 지내기도 한다는 것을. 일반 회사 중에는 임신만 해도 괴롭히거나 한직으로 보내거나 위험한 업무를 시키거나 지방 발령을 강요해 끝끝내 회사를 그만두게 한다는데, 여기는 계약직도 출산휴가며 육아휴직을 쓸 수 있으니 얼마나 다행이냐는 말도 들었다. 그럼 누가 이 땅에서 이런 모욕들을 감수하며 아이를 낳고 싶을까.

"유현 씨. 속상하지?"

"……계약직이 아니었으면 좀 달랐을까요?"

유현은 한숨을 쉬었다. 신 주무관이 유현의 어깨를 토닥거렸다.

"……제가 남유현 씨가 아니라 남 주무관이었으면, 실장님이 좀 덜 그랬을까요?"

"아니."

"……"

"출산휴가 낼 사람이라고, 육아휴직도 들어갈지 모른다고, 죽어라 열심히 일해도 고과 깎이고 승진 밀리고, 성과평가 기간에 휴직이 단 한 달만 걸쳐 있어도 바로 최하점 뜨고. 아무리 일 잘하는 사람이라도 애 낳고 전후 2, 3년은 다들 엉망이야."

유현은 눈물을 뚝뚝 떨어뜨렸다.

"토할 것 같아요, 이러다가 정말 죽을 것 같아요. 밥도 제대로 못 먹고, 물만 마셔도 체하고. 소화제도 활명수도 마음 놓고 먹질 못하고. 저 정말 이러다가 애 낳기도 전에 죽으면 어떡하죠?"

신 주무관은 유현의 등을 쓸어주다가, 문득 물었다.

"자기 혹시, 친정 엄마랑 먹었던 음식 중에 생각나는 것 없어?"

그 말을 듣는 순간, 막연한 어떤 맛이 입안에서 비누거품 터지듯이 순간 확 번지는 느낌과 함께, 입안에 침이 돌았다.

임신 기간 내내 먹고 싶은 것은 많았지만, 먹을 수 있는 것은 거의 없었다. 냄새만 맡아도 속이 뒤집어지고, 자다가 일어나서도 토하느라 화장실로 달려가다가, 온갖 걱정 때문에 뜬눈으로 밤을 지샌 날이 하루이틀이 아니었다.

입덧이 심해서, 아이에게 문제가 생길까 봐 걱정하는 것만은 아니었다. 사실은 태어난 뒤의 일들이 더 걱정이었다. 집 근처의 어린이집은 물론 시청 어린이집도, 생후 6개월은 되어야 아이를 맡아줄 수 있다고 했다. 출산휴가 3개월만으로는 턱없이 부족하니 휴직을 해야 하는데, 그다음 일을 생각하니 아득하기만 했다. 육아휴직을 하고 돌아와도 정말 계약직인 내 자리가 남아 있을까. 휴직을 하면 월급은 중단되고 그보다 적은 육아휴직 수당만 받게 되는데, 아기까지 태어나면 돈 들 일은 더 많아질 텐데 어떻게 해야 할까. 좋은 것만 먹이고 입히진 못하더라도 궁핍하진 않게 키우고 싶은데. 그런 수많은 걱정과 입덧으로 밤잠을 설치는데, 팔자 좋게 잘 자고 있는 남편을 보면 더욱 앞으로의 일들이 아득하기만 했다.

그럴 때마다 생각했다. 엄마는 어떻게 했을까.

유현을 낳았을 때 엄마는 스물한 살이었다. 지금 유현이 출산을 앞두고 있는 나이인 서른세 살에 엄마는 유현을 중학교에 보낼 준비를 하고 있었다.

"동인천은 버스 타고도 갈 수 있잖아."

"중학생이 되면 버스뿐 아니라 전철도 잘 타고 다녀야 해."

집 근처의 중학교에 배정을 받았을 때, 유현의 엄마는 유현을 데리고 제물포역 뒤에 있는 교복집 거리로 데려가 치수를 쟀다. 그러고는 지하철이 아닌 국철을, 지상 위를 달리는 경인선 전철을 타는 법을 가르쳐주겠다며, 제물포역에서 동인천역으로 가는 법을 알려주었다.

"요즘은 이렇게 교통카드 한 장으로 다 다닐 수 있으니 얼마나 좋니. 너 태어났을 때만 해도 버스는 버스표나 토큰을 내고 탔고, 전철은 정액권이라는 걸 사서 들고 다녔어. 그 정액권을 잃어버리면 정말 큰일이었는데."

동인천역은 예로부터 인천 상권과 교통의 중심지였다. 1990년대 말에 큰 화재가 일어난 이후로 상권이 많이 쇠락했다고는 하지만, 그곳에 남아 있는 것은 비탈길을 따라 형성된 꼬불꼬불한 골목길과 허름한 건물들, 층고가 낮은 단층집과 낡은 포장마차만이 아니었다. 일견 초라해 보이는 그 골목골목 사이로 동인천역을 중심으로 하는 큰 지하상가도, 헌책방도, 보세 시장도, 교과서와 문제집의 총판 서점도 모두 모여 있었다. 엄마는 그 모든 것들이 구석구석 숨어 있던 복잡한 골목골목을, 사뭇 기쁨이 넘치는 표정으로 걸었다. 유현의 손을 꼭 쥔 채로.

"엄마는 여기가 좋아."

그때는 창피했다. 중고등학생들이 자기들끼리 몰려다니는 거리를 마치 어린애처럼 엄마에게 손을 꼭 붙들린 채 걸어가는 것이. 또 중학생이 될 나이의 딸을 두었다기엔 너무 젊어 보이는, 옷차림에서부터 넉넉치 못한 형편이 드러나는 엄마의 모습도.

"엄마 학교 다닐 때는, 학교에서 제일 멋지고 잘나가는 애들은 이런 델 다녔어. 동인천 상권 다 죽었다지만 지금도 애들이 많이 오네."

동인천역 앞에 있는, 순정만화가 가득하다는 커다란 만화방과, 멋진 언니 오빠들이 많이 다닌다는 음악감상실 '심지'의 존재를 알게 된 것도 그때였다. 서점에서 반 배치고사 참고서를 산 뒤, 엄마는 유현을 동인천에서 학교를 다닌 사람이라면 모르는 사람이 없다는 큰 문구점인 '대동학생백화점'으로 데려갔다. 그곳에서 중학교에 가면 쓸 문구들을 고르고 나오다가, 엄마는 작은 분식집으로 유현을 끌고 들어갔다. 그리고 유현에게는 묻지도 않고 쫄면이나 우무, 오징어튀김 같은 것들을 시켰다.

"너 그거 알아? 서울 애들이 이 맛을 모르더라니까."

"서울에는 없어?"

"없어. 서울에는 쫄면도 없고, 우무도 없더라. 그렇게 보면 인천에 맛있는 게 많긴 많아. 짜장면도 인천이 원조라잖니."

인천여상을 졸업한 엄마가 어깨를 으쓱거리며 쫄면 자랑을 하는 이야기를 들으며, 학생백화점 바로 옆 분식집에서 먹었던 쫄면의 맛은 지금도 생생하다. 그때만 해도 입에 불이 날 것처럼 매웠지만, 한번 먹어보면 계속 생각나는 그 맛.

3년 뒤, 유현이 진학한 고등학교는 동인천역 바로 앞이었다. 엄마는 역사가 오래된 좋은 고등학교에 진학한 것을 기뻐했지만, 유현은 학교 근처에 대를 이어 운영하는 오래된 분식집들이 많다는 사실에도 남몰래 기뻐했다.

동인천 쪽으로 학교를 다니면서야, 유현은 엄마에게서 느껴졌던 신선한 활기가 무엇이었는지 짐작할 수 있었다. 인천에서 자라난 아이들이 동인천에 대해 느끼는 묘한 향수에 대해서도 이해할 수 있었다. 교복 상의는 소매며 몸통이며 전부 좁게 줄이고, 치마 길이는 종아리까지 내려오게 늘려 입고, 음악실, 만화방을 전전하며 문화생활을 하고, 미림극장에서 영화를 보고, 골목골목마다 숨어 있는 분식집에서 배 터지게 먹고. 세월과 세대를 넘어 남아 있는 그립고 아득한 시절이 책갈피에 숨겨둔 은행잎처럼 군데군데 숨어 있는 곳.

그리고 동인천은, 쫄면이 태어난 곳이기도 했다. 일설에 따르면 지금도 "쫄면을 최초로 만든 곳"이라는 간판을 달고 있는 광신제면에서 배합 실수로 만들어내었다고도 하고, 또 인천 남구청에서 면류 제조업 1호로 허가를 받은 삼성식품에서 일부러 기존과는 다른 두껍고 질긴 면을 만들어낸 것이라고도 한다.

어느 쪽이라도, 그렇게 만들어낸 노랗고 질기고 고무줄 같은 탄력이 있는 면은 동인천 인근의 분식집들을 중심으로 퍼져나갔다. 엄마는 쫄면과 오징어튀김을 함께 먹으면 맛있다고 했지만, 동인천으로 학교를 다니게 되면서부터는 친구들과 쫄면과 만두를 함께 주문해서 먹었다. 그 쫄깃쫄깃한 면에 초고추장을 얹어서 한 그릇 먹고, 남은 국물에 찐만두를 두 개쯤 같이 먹어도 정말 맛있었지. 그리고 유현은 그런 인천과 쫄면의 역사를 몸으로 이해하기라도 할 기세로, 동인천의 이름난 분식집은 전부 섭렵하며 쫄면을 먹으러 다녔다. 쫄면이라는 이름을 처음 붙여 '쫄면의 성지'라고 불린다는 맛나당과 만복당, 명물당. 여기에 쫄면 면발을 더욱 쫄깃하게 개량한 신포우리만두도 있었다. 이 신포우리만두에서 만들어낸 또 기막히게 좋은 것이 비빔만두였다. 원래 만두가 전문이었던 가게에서, 갓 튀겨낸 만두 위에 그 동네가 원조인 쫄면을 얹어서 내어왔으니, 맛있는 것에 맛있는 것을 더해 두 배 더 맛있어졌다.

엄마와 함께 먹었던 것은 쫄면뿐만이 아니었다. 붉고 묘한 색이 나는 해초인 우뭇가사리를 붉은색이 빠질 때까지 삶았다 말렸다 하며 공을 들였다가, 청주와 물을 넣고 풀국처럼 풀어질 때까지 푹 끓여서 걸러낸 것을 틀에 굳혀 만든 묵에 양배추와 오이를 듬뿍 썰어 넣고, 초고추장을 얹어 매콤 달콤 시원하게 먹는 것 말이다. 쫄면도 그렇지만 우무도, 예전에는 다른 지역에서는 거의 먹지 않았다. 요즘도 다른 지역에서는 우무를 먹긴 해도 대개는 콩국에 말아 냉국으로 먹는 모양이라지만. 그래도 역시 원조는 신포동에서 먹던 매콤한 우무였다고 생각한다. 차갑고 미끄덩거리는 우무가 목구멍을 타고 넘어가던 그 감촉은, 어렸을 때 손님이 왔을 때 동네 횟집에서 썰어서 사 온 오징어회가 목구멍으로 넘어가던 그 느낌과도 비슷했다.

그 새콤달콤하고 시원한 맛. 그 맛이 간절하게도 생각났다.

"쫄면 하나요."

동인천으로 달려가고 싶었지만, 사실 쫄면은 이제 김밥이나 짜장면처럼 전국 어디에서나 비슷한 맛을 내는 음식이 되었다. 유현이 엄마와 함께 동인천에서 쫄면을 먹고 오던 그 시절에도 이미 인천, 그것도 동인천의 골목길에서만 맛볼 수 있는 특이한 음식을 넘어선 지 오래였다. 특히 인천에서라면 그저 오래된 분식점 어디에서나 비슷한 맛을 낼 것이다. 이런 김밥천국도 그중 하나다.

"……포장해주시고요, 중간에 가위질 한 번 해주세요."

가게는 넓지 않았고, 점심시간이라 사람은 많았다. 쫄면을 주문하고 기다리는 그 짧은 시간 동안 여기저기 테이블에서 풍겨오는 음식 냄새에 입덧이 다시 올라올 것 같아, 유현은 손바닥으로 입을 가린 채 김밥천국 앞에 서 있었다. 잠시 후 문이 열리고, 일회용 용기에 든 쫄면이 비닐봉지에 담겨 나왔다. 유현은 용기에 든 쫄면을 손으로 살살 흔들며 시청 앞, 화단가에 놓인 벤치에 가서 앉았다. 그 옆에서 담배를 피우던 남자가 유현의 가방에 매달린 임산부 배지를 보고 눈치를 보며 담배를 껐다.

유현은 얇은 비닐로 밀봉된 쫄면 용기를 열었다. 갓 나온 쫄면인 데다 걸어오면서 계속 살살 흔들어준 덕분에, 쫄면은 면끼리 서로 떡처럼 들러붙는 일 없이, 위에 얹은 양념과 채소가 흐트러져 적당히 범벅이 되어 있었다. 나무젓가락의 포장을 벗겨, 젓가락의 양쪽 끝을 손가락으로 잡은 뒤 벌리듯 잡아당겼다. 딱 하는 소리와 함께 젓가락이 깔끔하게 분리되어 나왔다. 얼른 쫄면을, 양념과 국수와 가늘게 채 친 채소들을 한데 섞었다가 손을 흔들어 다시 풀어냈다. 달달하고 새콤한, 식초에다가 매실 맛도 살짝 나는 초고추장 냄새에, 아직 다 비비지도 않았는데 침이 꼴깍꼴깍 넘어갔다. 한 젓가락 집어 들자 소면처럼 가늘지만은 않은, 냉면처럼 색이 짙고 질긴 것도 아닌, 연한 노란색에 고무줄 같은 탄성이 느껴지는 쫄깃한 면발이 딸려 올라왔다. 여기에 향긋하고 섬유가 질긴 당근과 촉촉하고 상큼한 오이, 아삭아삭한 양배추의 식감이 더해졌다. 산뜻하고 새콤한 초고추장의 맛이, 서로 다른 재료의 식감들을 어우러지게 만든다. 유현은 허기에 사로잡힌 듯 쫄면을 먹었다. 그러자 엄마와 함께 동인천의 골목을 돌아다니던 그 모든 기억들이 위로처럼 자신을 안아주는 것 같았다.

"······맛있어."

뭔가를 입에 넣고 맛있다는 생각이 든 게 얼마만일까.

매운 것도, 짠 것도, 탄수화물이 많이 든 것도 전부 조심하라고 해서, 그렇지 않아도 입맛도 없는데 간도 모자라게 밍밍한 것만 먹었던 것은 아니었을까. 아니, 그것도 그거지만 이건 추억이 더해진 맛이다. 엄마와 함께했던 시간의 맛.

"우리 유현이, 엄마랑 다니는 게 창피해?"

"······그런 거 아니야."

"시간이 지나면, 지금 이 순간도 추억이 될걸?"

추억일까. 그런 건 어른들이 적당히 갖다 붙이는 말, 말도 안 되는 이야기라고 생각했다. 원래도 잘사는 집은 아니었지만 집안이 쫄딱 망해버리고, 서른몇 살의 젊은 엄마는 아침저녁으로 남의 집을 청소하면서 번 돈으로 가족들을 먹여 살렸다. 그런데 그때의 엄마 나이가 된 유현은 정말로 너무나 무서워서 아무것도 할 수가 없었다. 하루빨리 이런 힘겨운 날들이 지나가기를, 그리고 두 번 다시 돌아오지 않기를 간절히 바랐다. 커다란 지우개로 박박 문질러 지워 없앤 것처럼, 추억조차도 남지 않기를 바랐다.

고등학교 때 힘들었던 수험 기간 중에도. 앞으로 나는 어떻게 될까, 아무도 답해주지 않는 질문 앞에서 무서워서 한 걸음도 앞으로 나아갈 수 없을 것 같은 그런 순간에도, 유현은 그렇게 생각했었다. 지금도 그렇다. 사람들은 아주 쉽게, 나중에 아이가 태어나고 나면 지금이 그리울 거라고 말했다. 그런 말에 납득하지 못하는 유현을 두고 남들 다 하는 임신 갖고 유세한다고 말하기도 했다. 하지만 정말로 유현은 유세하는 게 아니었다. 임신하고 아이를 낳고 나면 누구의 엄마로 불릴 뿐, 자기 자신으로 불리지 못할까 봐 두려워하는 것도 아니었다. 유현은 그저 무서웠다. 상사에게 영영 찍혀버릴까 봐, 직장으로 돌아오지 못할까 봐, 돈을 벌어야 하고 생존해야 하는데, 그저 아이 엄마가 된다는 이유만으로 어처구니없이 밀려나버릴 것 같아서.

눈물이 쫄면 위로 뚝 하고 떨어졌다. 눈물을 닦아내며 그릇을 들여다보니 구석의 양념이 고인 쪽에, 원래는 쫄면 위에 다소곳이 놓여 있었을 삶은 계란이 굴러가 처박혀 있었다.

문득 웃음이 났다. 원래 삶은 계란은 오이와 초고추장과 함께 먹어야 제맛이지. 마치 삼합처럼. 인천 음식이라는 것이 쫄면만 있는 것은 아니었다. 주안역 근처 학원가에는 쫄면 한 그릇을 다 먹기엔 주머니가 가볍거나, 밥 먹고 학원 가는 길에 간단히 쫄면 맛만 보고 싶은 학생들을 위한 초계란이라는 간식거리도 있었다. 삶은 계란을 4분의 1로 잘라서, 그 위에 채 친 오이와 초고추장을 얹은 그 간식은, 지금 생각해보면 쫄면에서 가장 맛있는 부분만 모아놓은 정수였다.

초계란은 여전히 인천 음식이지만, 쫄면의 운명은 많이 달라졌다. 1990년대 김밥천국이 전국적으로 유행하면서, 그 전까지는 인천과 경북 영주에서나 분식의 대명사였던 쫄면 역시 전국으로 알려졌다. 유현 역시 그랬다. 집이 쫄딱 망해서 거리로 나앉을 줄 알았지만, 그래도 엄마는 어떻게든 상황을 수습하고 오랜 세월에 걸쳐 빚을 다 갚았다. 앞날을 알 수 없을 것 같던 대학 입시도 언젠가는 결판이 났다. 지금도 그럴 것이다. 힘들고 고통스럽고 꼼짝도 할 수 없을 것 같은 이 막막한 상황도, 언제까지나 계속되지는 않을 것이다. 지금은 그렇게 되기를 바랄 수밖에 없다.

지금 이 쫄면은, 지금의 자신보다 몇 배는 힘들었을 서른세 살의 젊은 엄마가, 조금 철이 들어 집안 형편을 걱정하고 기가 죽어 지내던 딸의 손을 붙잡고 동인천으로 갔던, 그날의 추억이 담긴 맛, 엄마의 사랑의 맛이다.

유현은 뱃속에서 아이가 태동하는 것을 느끼며, 젓가락을 내려놓고 손바닥으로 부드럽게 배를 어루만졌다. 엄마와의 추억의 맛에는 이제는 곧 태어날 아이와의 추억의 맛이 더해질 것이다. 그렇게 기억을 더하고 더하며 그 바닥에는 소중한 기억들의 정수가 괴어들 것이다. 추억의 골목길이 사라지고, 사랑하는 엄마가 젊은 나이에 돌아가시고, 지금 임신 중의 괴로움을 다른 누군가와 나눌 수조차 없다고 해도, 모든 것이 지나간 뒤에도 그 순간의 정수들은 추억으로 남을 것이다.

쫄면 한 그릇을 비우도록 아껴두었다가, 맨 마지막에 오이와
남은 양념을 얹어 한 입 베어 무는 삶은 계란처럼.

비선 실세의 개인적 이익을 위해 국정을 농단하고 권한을
남용하며 헌법을 위반한 박근혜가 대통령직에서 파면되었던
2017년 3월, 나는 모든 면에서 좀 지쳐 있었다. 식사를 해도 자
꾸만 허기가 느껴지던 그 무렵, 나는 인천에 놀러 온 지인들을
데리고 인천역 앞에 갔다. 당시에는 공사가 중단된 채 흉물처
럼 놓여 있던 월미은하레일 앞에서 함께 낄낄거리고, 차이나타
운에서 짜장면과 탕수육을 먹었다. 공자상과 개항장 거리, 그림
을 그리고 디자인하는 이들을 데려가면 "초점이 안 맞는다"며
괴로워하는 한미 수교 100주년 기념탑과, 출판 편집을 하는 이
들이 "굴림체를 돌에 새기다니 무슨 짓이냐"며 수치스러워하는
인천 중구청과 중구의회 표지석을 두루 보여주었다. 그리고 신
포시장에 갔다. 지인들의 목표물은 신포시장에서 아저씨 세 분

이 나란히 서서 튀기는 신포시장의 닭강정이었지만, 내가 먹으러 간 것은 따로 있었다. 바로 신포시장의 쫄면과 만두튀김, 내 관념 속 인천 음식의 오리진이었다.

그 후 얼마 지나지 않아 나는 〈브릿G〉에 "시청 앞 김밥천국"이라는 제목으로 분식집 음식, 그중에서도 인천에서 유래한 음식들을 소재로 한 짧은 이야기 몇 편을 써서 올렸다. 내 물색 모를 허기를 쫓아버리기 위해서.

*

"김밥천국 가는 길"이라는 제목은 어느 동네에서나 흔히 볼 수 있을 것 같은 분식집 간판을 연상하게 할 것이다. 이 이야기의 원래 제목이었던 "시청 앞 김밥천국"이라는 제목에서는, 아마도 서울시청 근처의 골목길 풍경을 떠올릴지도 모르겠다.

하지만 이 이야기의 배경은 인천광역시 구월동의, 1985년부터 그 자리에 있었던 인천광역시청 근처 어딘가이다. 교육청과 도서관, 시청, 종합병원이 있고, 지금은 고층아파트가 들어선 그 자리에 옛날에는 구월주공의 대단지와 과거에는 '희망백화점'이라 불렸던 올리브백화점이 있었던 바로 그곳. 하나의 도심을 중심으로 발달한 것이 아니라, 부평과 인천이라는 두 덩어리를 붙여놓은 가운데 여러 개의 부도심이 포도알들처럼 붙어 있는 이 도시에서 40년 이상 행정의 중심지였던 곳. 나는 그곳을 배경으로 어느 도시에서나 있을 수 있는 인천의 이야기를 하고 싶었다. 인천에서 시작되어 전국으로 퍼져나간 김밥천국이라는 이름과, 저 신포동 쫄면에서 시작해서 다른 지역, 다른 나라에서 태어나 인천에서 살아가는 사람들의 이야기를.

사람들은 흔히 인천을 뜨내기들의 도시라고 부른다. 개항의 도시, 인천상륙작전과 피난민들의 도시, 이민자들의 도시, 차별받는 사람들의 도시, 고향을 떠나 수도권으로 왔지만 서울에 입성하지 못한 이들의 도시라고. 규모는 크지만 역사가 짧아 볼만한 게 없다고 말하는 이들도 분명 있다. 하지만 대체 무엇이 인천을 말하느냐고 내게 묻는다면, 나는 그 다양성이야말로 인천이라고 말하고 싶다. 이곳은 백제가 세워지기 전에도 고구려의 이민자들이 도착했던 곳이었고, 바다를 끼고 새로운 나라를 세우려 했던 비류의 꿈이 담긴 개항의 도시였으며, 바다를 메운 땅을 이어 붙여 세워낸, 인간의 손으로 만들어낸 도시다. 그런 역사가 아로새겨진 지층 위에서 다양한 사람과 음식과 문화와 함께 씁쓸한 차별의 역사들이 엇갈리며 골목마다 새로운 무늬를 만들어내는 곳. 인천시청 근처 어딘가에 있을 내 관념 속의 김밥천국은, 그런 사람들의 이야기들이 맞물려 교차되는 복잡한 골목길 같은 곳이다.

박근혜 탄핵에 즈음해 쓰기 시작했던 연작을, 수많은 사람이 광장에서 윤석열 탄핵을 소리 높여 외치는 즈음에 책으로 엮게 되었다. 그때의 내가 글을 쓰며 공허한 허기를 쫓아버렸듯이, 누군가 이 책을 읽고 조금은 헛헛한 기분을 떨쳐버릴 수 있었으면 좋겠다.

2025년 봄
전혜진

김밥천국 가는 날
전혜진 소설

초판 1쇄　　2025년 4월 9일

지은이　　전혜진

발행인　　문태진
본부장　　서금선
책임편집　　최지인 김수현　　　**래빗홀**　이은지

기획편집팀　　한성수 임은선 임선아 허문선 이준환 송은하 김광연 송현경 이예림 원지연
마케팅팀　　김동준 이재성 박병국 문무현 김윤희 김은지 이지현 조용환 전지혜 천윤정
저작권팀　　정선주
디자인팀　　김현철 이아름
경영지원팀　　노강희 윤현성 정헌준 조샘 이지연 조희연 김기현
강연팀　　장진항 조은빛 신유리 김수연 송해인

펴낸곳　　㈜인플루엔셜
출판신고　　2012년 5월 18일 제300-2012-1043호
주소　　(06619) 서울특별시 서초구 서초대로 398 BnK디지털타워 11층
전화　　02)720-1034(기획편집)　02)720-1024(마케팅)　02)720-1042(강연섭외)
팩스　　02)720-1043
전자우편　　books@influential.co.kr
홈페이지　　www.influential.co.kr

ⓒ 전혜진, 2025

ISBN　979-11-6834-278-1　(03810)